大智 50

三國演義

白話本

上

原著◎羅貫中

高寶書版集團

大智系列50

白話本三國演義【上】

原　　著：羅貫中
改　　寫：苗　洪
總 編 輯：林秀禎
編　　輯：李國祥
插　　圖：趙成偉　等
出 版 者：英屬維京群島商高寶國際有限公司台灣分公司
Global Group Holdings, Ltd.
地　　址：台北市內湖區洲子街88號3樓
網　　址：gobooks.com.tw
電　　話：(02) 27992788
E-mail：readers@gobooks.com.tw（讀者服務部）
pr@gobooks.com.tw（公關諮詢部）
電　　傳：出版部 (02) 27990909　行銷部（02）27993088
郵政劃撥：19394552
戶　　名：英屬維京群島商高寶國際有限公司台灣分公司
發　　行：希代多媒體書版股份有限公司/Printed in Taiwan
初版日期：2008 年 8 月
原出版人：中國少年兒童新聞出版總社（中國少年兒童出版社）

國家圖書館出版品預行編目資料

白話本三國演義　【上】／羅貫中著. --初版. --　臺北市：高寶國際出版；希代多媒體發行，2008. 8
冊；公分.　--（大智系列；BI050）

ISBN 978-986-185-212-6（上冊；平裝）

857. 4523　　97013281

目錄【上】

目錄【上】

劉關張桃園三結義

誅董卓曹操獻七星

關雲長溫酒斬華雄

虎牢關三英戰呂布

猛夏侯拔矢啖睛

劉玄德策馬躍檀溪

劉皇叔三顧茅廬

魚得水隆中獻策

戲曹瞞草船借箭

求東風孔明登壇

計連環火燒赤壁

華容道雲長釋曹操

第一回　宴桃園三英結義　鞭督郵劉備掛冠

滾滾長江東逝水，浪花淘盡英雄。是非成敗轉頭空。青山依舊在，幾度夕陽紅。　白髮漁樵江渚上，慣看秋月春風。一壺濁酒喜相逢。古今多少事，都付笑談中。——調寄《臨江仙》

話說天下大勢，分久必合，合久必分。東漢末年，漢靈帝寵信宦官，太監張讓、趙忠、封諝、段珪、曹節、侯覽、蹇碩、程曠、夏惲、郭勝等十人朋比為奸，號為「十常侍」。靈帝特別尊信張讓，稱他為「阿父」，把國家大事都交給他料理，自己安居深宮享樂。朝政一天比一天腐敗，以致天下人心動盪，民眾起義時有發生。

當時巨鹿郡有兄弟三人，一名張角，一名張寶，一名張梁。中平元年（西元一八四年）正月，疫病流行，張角散施符水，為人治病，自稱「大賢良師」。此後追隨他的人日益增多，張角於是將徒眾劃分為三十六方，大方萬餘人，小方六、七千，各立統帥，宣稱：「蒼天已死，黃天當立；歲在甲子，天下大吉。」私造黃旗，約期舉事。張角自稱「天公將軍」，張寶稱「地公將軍」，張梁稱「人公將軍」。四方百姓，頭裹黃巾追隨張角造反者多達四五十萬人。官軍望風披靡。消息傳到京城洛陽，大將軍何進一面奏請靈帝火速降詔，令各處加緊備御，一面遣中郎將盧植、皇甫嵩、朱雋，各引精兵，分三路討伐黃巾。

幽州太守劉焉聞得黃巾將至，深感手下兵力單薄難以抵敵，急忙派人四出張榜招募義兵。

榜文行到涿縣，引出一個英雄。此人不好讀書，性情寬和，少言語，喜怒不形於色；一向胸懷大志，喜好結交天下豪傑；生得身長七尺五寸，兩耳垂肩，雙手過膝，目能自顧其耳；姓劉名備，字玄德，是漢景帝玄孫，中山靖王劉勝的後裔。劉備幼年喪父，事母至孝；家貧，販履織席為業。家住涿縣樓桑村。年十五歲，奉母命外出遊學，曾師從鄭玄、盧植，與公孫瓚等為友。及劉焉發榜招軍時，劉備年已二十八歲。

當日看完榜文，忍不住慨然長嘆。忽聽身後一人厲聲喝問：「大丈夫不為國家出力，為何嘆氣？」劉備回頭一看，見那人身長八尺，豹頭環眼，燕頷虎鬚，聲若巨雷，勢如奔馬。劉備見他形貌異常，便問他姓名。那人說：「我姓張名飛，字翼德。世居涿郡，頗有莊田，賣酒屠豬，專好結交天下豪傑。適才看到你對著榜文嘆氣，因此相問。」劉備也自報姓名，說：「我是漢室宗親劉備。如今天下動盪，我有心為國效力，拯救百姓，只恨自己力量有限，所以嘆起氣來。」張飛說：「我倒是有一些家產，拿出來招募鄉勇，和你一起幹一番大事業，你看怎樣？」劉備大喜，就和張飛一起找了一家鄉村小店，飲酒談心。

正喝得高興，見一大漢，推著一輛車子，到店門前歇了，入店坐下，便喚酒保：「快斟酒來吃，我待趕入城去投軍。」劉備看那人：身長九尺，髯長二尺；面如重棗，脣若塗脂；丹鳳眼，臥蠶眉，相貌堂堂，威風凜凜。劉備就邀他同坐，問其姓名。那人答道：「我姓關名羽，字雲長，河東解良人。因本鄉強豪倚勢凌人，被我殺了，逃難江湖，有五、六年了。

如今聽說這裡招軍，特來應募。」劉備就把自己的志向告訴了他，關羽非常高興，就和他們一起來到張飛莊上。張飛說：「我莊後有一桃園，花開正盛；不如我三人明日到園中祭告天地，結為兄弟，協力同心，然後可圖大事。」劉備、關羽齊聲贊同道：「好主意！」

第二天，張飛在桃園中準備好青牛白馬等祭品，三人焚香禮拜，鄭重宣誓說：「我劉備、關羽、張飛三人，從今結為異姓兄弟，願同心協力，救困扶危；上報國家，下安百姓。不求同年同月同日生，只願同年同月同日死。如有背義忘恩，天地不容！」誓畢，三人按年歲論序，劉備年長做了大哥，關羽第二，張飛最小，是三弟。祭罷天地，張飛吩咐宰牛設酒，招聚鄉中勇士，共得三百多人，就在桃園中痛飲一醉。

次日收拾兵器，劉備命良匠打造雙股劍，關羽造青龍偃月刀，又名「冷豔鋸」，重八十二斤，張飛造丈八點鋼矛。三人又各自置辦了全身鎧甲，帶著招募來的鄉勇數百人，去見太守劉焉。三人參見畢，各通姓名。劉備提起自己的宗派出身，劉焉大喜，便認劉備為姪。

不久，黃巾部將程遠志統兵五萬來襲涿郡。劉焉命劉備兄弟三人帶著五百鄉勇前去迎敵。兩軍相對，劉備出馬，左有關羽，右有張飛。程遠志遣副將鄧茂出戰。張飛挺著丈八蛇矛直衝過去，抬手一槍，刺中鄧茂心窩，翻身落馬。程遠志見折了鄧茂，拍馬舞刀，直取張飛。關羽舞動大刀，上前截住。程遠志見關羽勇猛，心中慌亂，措手不及，被關羽一刀揮為兩段。手下見主將被斬，都四散逃走。劉備揮軍追趕，大勝而回。劉焉親自迎接，賞勞軍士。

劉焉又令劉、關、張帶領五千名兵士，趕赴青州支援。劉備巧設伏兵，大敗黃巾軍，解除了青州之圍。此時中郎將盧植領兵五萬，正與張角十五萬大軍在廣宗相持，未見勝負。劉備過去曾經師事盧植，想前往協助他，於是告別劉焉，與關、張率領本部五百人赴廣宗來投盧植。此後三人轉戰軍前，大小數十戰，累立軍功。不久張角病死，張梁、張寶相繼兵敗被殺，朝廷論功行賞，劉備被任命為定州中山府安喜縣尉。

劉備將兵士散回鄉里，只帶了二十多名親信隨從，與關、張來安喜縣就任。安喜縣沒有縣令，縣衙公務都由劉備代理。到任一個月時間，與百姓秋毫無犯，百姓都很感念他的功德。劉備每天與關、張同桌吃飯，同床睡眠，形影不離。每在人多嘈雜的公眾場合，關、張總是侍立在劉備身邊，終日不知疲倦。

到任不滿四月，朝廷降詔，凡憑軍功出任地方長官的都要被淘汰。劉備疑心自己也在被遣散的名單中。恰巧州里的督郵來安喜縣巡視，劉備出城迎接，見到督郵施禮問安。那督郵坐在馬上，只稍稍抬抬馬鞭就算有了回答。關、張二人都十分氣憤。等來到館驛，督郵大咧咧地坐在南面的主位上，劉備站在階下聽候吩咐。過了好半天，督郵才漫不經心地問道：「劉縣尉是什麼出身啊？」劉備回答：「我是中山靖王的後人；自從涿郡討伐黃巾，大小三十餘戰，積累了一點微末的軍功，得以出任現在這個職務。」督郵不等他說完，就大聲喝斥道：「你冒充皇親，虛報功績！眼下朝廷降詔，就是要淘汰你這樣的濫官汙吏！」劉備含混答應著退了下去。回到縣衙，劉備與縣吏商議。縣吏說：「督郵作威，無非是索要賄賂罷了。」劉備說：「我與百姓秋毫無犯，哪裡有財物送他？」次日，督郵先把縣吏召去，逼迫他指控縣尉侵害百姓。劉備幾次親自前去說情，都被把門的役卒攔住，不讓他與督郵見面。

正巧張飛飲了數杯悶酒，乘馬從館驛前經過，看見五、六十個老人，都圍在門前痛哭。張飛上前詢問原由，眾老人回答說：「督郵逼勒縣吏，想加害劉公；我們都來為劉公求情，不僅不放我們進去，反被把門人趕打！」張飛大怒，睜圓環眼，咬碎鋼牙，滾鞍下馬，逕直闖入館驛，把門人哪裡阻擋得住。張飛直奔後堂，看見督郵正坐在廳上，將縣吏綁倒在地。張飛大喝：「害民賊！認得我嗎？」督郵還沒來得及說話，早被張飛揪住頭髮，扯出館驛，一直拉到縣衙前。張飛把督郵綁縛在馬樁上，攀下柳條，朝督郵兩腿上用力鞭打，一連打折了十多枝柳條。

劉備正在煩悶，忽然聽到縣衙前有人喧鬧，一問身邊的隨從，答說：「張將軍綁一人在縣前痛打。」劉備連忙出來查看，看見被綁縛在那裡的正是督郵，慌忙詢問原因。張飛忿忿地說：「這樣的害民賊，不打死還等什麼！」督郵看見劉備，急忙告饒說：「玄德救我！」劉備終究是個心地仁慈的人，急忙喝令張飛住手。這時關羽從旁邊走過來，說：「兄長立了許多大功，僅僅得了縣尉這麼個小官，如今還要被督郵侮辱。不如殺了督郵，棄官歸鄉，別圖遠大之計。」劉備便叫人取來印綬，掛在督郵脖子上，斥責他說：「照你這欺害百姓的行徑，就該把你一刀殺了；如今暫且饒你一條性命。我把縣衙的印綬交還給你，從此就離開了。」督郵回去報告定州太守，太守申報公文到省府，差人捕捉。劉、關、張三人往代州投奔劉恢。劉恢見劉備也是漢室宗親，就把他們留藏在家中。

再說十常侍，手中已經大權在握，就互相商議：凡是不依附自己的官員，統統殺掉。趙忠、張讓派手下向擊破黃巾的將士索要財物，有不服的當即奏請皇帝罷免他的官職。靈帝又加封趙忠等為車騎將軍，張讓等十三人為列侯。朝政日益敗壞，人民怨聲載道。於是長沙有區星作亂，漁陽有張舉、張純造反，各地告急表章雪片一樣遞到京城，十常侍都隱瞞不報，卻假傳皇帝的詔令，命長沙太守孫堅鎮壓區星，又封劉虞為幽州牧，領兵征討張舉、張純。代州牧劉恢聽說此事，就寫了一封書信向劉虞舉薦劉備。劉虞正在用人之際，非常高興，就委任劉備為都尉，帶兵平定漁陽。很快漁陽平定，劉虞上表申奏劉備大功，朝廷赦免了劉備鞭打督郵的罪過，任命他為下密縣丞，轉升高堂縣尉。好友公孫瓚又上表列舉劉備此前平黃巾的功勞，舉薦他為別部司馬，代理平原縣令。劉備來到平原縣，錢糧軍馬充足，漸漸恢復了往日的氣象。

第二回　獻赤兔李肅說呂布　走中牟陳宮釋曹操

中平六年（西元一八九年）四月，靈帝病故。國舅、大將軍何進扶立太子劉辯繼位，張讓等共同參預朝政。

六月，何進打算除掉十常侍，暗中派使者發檄文至各鎮，召請四方諸侯帶兵來京勤王。單說西涼刺史董卓，統西州重兵二十萬，常有不臣之心。此時得詔大喜，便命他的女婿中郎將牛輔守住陝西，自己親率大軍望洛陽進發。同時上表朝廷，請求誅除宦官。朝廷大臣素知董卓為人，面善心狠，一旦入宮，必生禍患，聽說董卓將至，一大半人都棄官離去了。

張讓等人得知外兵將至，聚在一起商議說：「這一定是何進的主意；我等不先下手，就都要被滅族了。」於是在長樂宮嘉德門內埋伏下五十名刀斧手，假借何太后名義誘騙何進入宮，把他殺了。何進的部將聞變，便在青瑣門外放起火來。司隸校尉袁紹、典軍校尉曹操引兵衝入內廷，只要看到宦官，不論大小，全部殺死。張讓、段珪劫擁少帝及陳留王從後道逃出，連夜奔走至北邙山下，被河南中部掾史閔貢追上，殺了段珪，張讓投河而死。司徒王允、太尉楊彪及袁紹等一行人眾隨後追尋而來，數百人馬接著車駕，簇擁著少帝及陳留王回京。車駕行不到數里，忽見旌旗蔽日，塵土遮天，董卓的兵馬已經到了。

董卓把大軍駐紮在洛陽城外，每日帶鐵甲馬軍入城，橫行街市，百姓惶惶不安。他自己出入宮廷，毫無忌憚。百官都看出他的野心，但朝廷剛剛安定，誰也不願出來多事。

董卓私下與他的女婿李儒商議，打算廢掉少帝，改立陳留王，藉此樹立自己的威權。一天，董卓在溫明園中大排宴會，遍請公卿。大臣們畏懼董卓，誰敢不到。董卓待百官到了，然後徐徐到園門下馬，帶劍入席。酒過數巡，董卓下令停酒止樂，高聲宣布有話要說，眾官都側耳恭聽。董卓說：「天子為萬民之主，應該以威儀表率天下。如今的皇上性格懦弱，不如陳留王聰明好學，我想廢了皇帝，改立陳留王，各位大臣覺得怎麼樣？」百官聽罷，都不敢作聲。

忽然有一人推開桌案，站出來大呼：「不行！不行！你是什麼人，竟敢妄議廢立，難道想要謀逆篡位嗎？」董卓一看，說話的人是荊州刺史丁原。當下大怒，喝叱道：「順我者生，逆我者死！」抽出佩劍就要殺丁原。這時，李儒看見丁原背後站著一人，生得器宇軒昂，威風凜凜，手執方天畫戟，正對著董卓怒目而視。李儒急忙上前勸住董卓，說：「今日酒席宴上，不宜談論國家大事，改天在都堂上公議不遲。」丁原也在眾人的解勸下上馬離開了。

董卓又問百官：「我說的話有沒有道理？」盧植道：「明公錯了。古時候伊尹放逐太甲，霍光廢黜昌邑王，是因為這兩位君主做了許多無道的惡行。當今的皇上雖然年幼，可並沒有分毫過失；您只是外郡的一個刺史，一向未曾參與國政，也看不出有伊尹、霍光那樣的才德，怎麼可以強行作主廢立天子？難怪別人要懷疑您居心不軌了。」董卓大怒，又拔劍要殺盧植，眾官慌忙勸住。這時司徒王允站出來說：「廢立天子這樣的大事，不宜在酒後相商，我們改日再議吧。」於是百官紛紛散去。

送走百官，董卓手按寶劍站在園門口，忽見一人躍馬持戟，於園門外往來奔馳。董卓問李儒：「此人是誰？」李儒說：「這是丁原的義子，姓呂，名布，字奉先。主公最好暫且躲避一下。」董卓便進入園中悄悄避開了。

次日，人報丁原領軍在城外挑戰。董卓大怒，立刻同李儒帶著人馬出城迎敵。雙方擺開陣勢，只見呂布頭頂束髮金冠，身披百花戰袍，肩擐唐猊鎧甲，腰繫獅蠻寶帶，縱馬挺戟，隨丁原出到陣前。丁原手指董卓罵道：「國家不幸，閹官弄權，以致萬民塗炭。你對國家沒有尺寸之功，也敢妄言廢立，想擾亂朝綱嗎？」董卓還沒來得及答話，呂布早已飛馬直殺過來。董卓慌忙逃走，丁原率軍隨後掩殺，董卓大敗，一直後退三十多里才穩住陣腳。

董卓召集眾將商議對策。他說：「我看呂布是個人才。如果此人能歸順我，何愁天下不能到手！」帳前一人挺身而出，說：「主公不必煩惱。我和呂布是同鄉，知道他為人有勇無謀，見利忘義。我願憑自己三寸不爛之舌，說服呂布拱手來降。」董卓一看，原來是虎賁中郎將李肅。董卓忙問他用什麼方法打動呂布。李肅道：「我聽說主公有一匹能日行千里的寶馬，名叫赤兔。只要用這匹馬，加上金珠寶物籠絡住他的心意，我再用言語遊說，一定能叫呂布背叛丁原，來投主公。」董卓有些猶疑，就徵詢李儒的意見，問：「這樣做行嗎？」李儒說：「主公要得天下，何必吝惜一匹馬呢！」於是董卓欣然叫人牽來赤兔馬，又添上黃金一千兩、明珠數十顆、玉帶一條。李肅帶了這些禮物，便直奔呂布營寨而來。

半路上被伏路的軍丁圍住。李肅說：「可速報呂將軍，有故人來見。」兩人相見，互道問候。呂布問：「許久不見，你現在在做什麼？」李肅道：「我現在做了虎賁中郎將。聽說賢弟有志匡扶國家，非常歡喜，特地獻上一匹良馬，為你壯威。」呂布便令人牽過馬來一看，果然渾身上下像火炭一般赤紅，沒有半根雜毛；從頭至尾，長一丈；從蹄至項，高八尺；嘶喊咆哮，有騰空入海的氣勢。呂布非常喜歡，連連稱謝，當即備酒款待李肅。

喝到酒酣耳熱的時候，李肅說：「我與賢弟難得相見，可是和令尊大人倒是常常碰面的。」呂布說：「兄長喝醉了！先父已經去世多年，怎麼會和你見面呢？」李肅聽了大笑起來，說：「不是！我指的是當今的丁刺史。」呂布有些難為情，不安地說：「我在丁原這裡，也是出於無奈。」李肅說：「賢弟有擎天架海的本領，四海之內，誰不欽敬？取功名富貴，如探囊取物一般容易，有什麼無奈而一定要屈居人下呢？」呂布嘆道：「只恨自己一直沒有遇到一個明主！」李肅笑著說：「良禽擇木而棲，賢臣擇主而事。不及早見機行事，將來後悔就晚了。」呂布道：「兄長你一向在朝廷裡任職，依你觀察，誰可稱得上是當世英雄？」李肅說：「我遍觀群臣，皆不如董卓。董卓為人敬賢禮士，賞罰分明，將來必成大事。」呂布說：「我也想投靠他，只可惜沒有門路。」李肅聽了這話，就取出金珠、玉帶，放到呂布面前，叫他支開左右隨從，以實情相告：「這是董公派我專程給你送來的禮物。還有那匹赤兔馬，也是董公所贈。」呂布說：「董公如此厚愛，我拿什麼回報他呢？」李肅說：「像我這樣沒能耐的人，尚且做到了虎賁中郎將；你如果投到那邊去，肯定前途無量。」呂布說：「可我沒有一點功勞，拿什麼做見面禮呢？」李肅說：「功勞唾手可得，只是你不肯幹罷了。」呂布悶頭想了半天，說：「我想把丁原殺了，帶領軍隊歸順董卓，你看怎麼樣？」李肅說：「賢弟如能這樣做，真是莫大的功勞！但事不宜遲，請速作決斷。」兩人約好次日呂布帶兵來降，李肅就告辭離去了。

當夜二更時分，呂布提著刀，逕直來到丁原的軍帳中。丁原正在燭光下看書，見呂布進來，就問：「我兒這時候來有什麼事嗎？」呂布喝道：「我是堂堂大丈夫，怎麼肯做你的兒子！」丁原見勢頭不對，忙問：「奉先為什麼突然變心？」呂布二話不說，衝上前去，一刀砍下丁原的腦袋。然後走出帳外，大聲高呼：「丁原不仁不義，已經被我殺了。願意跟從我的留下來，不願意的請自便！」軍士們一下子散去了一大半。

次日，呂布提著丁原的首級來見李肅，李肅就帶著他去見董卓。董卓大喜，置酒相待。酒席宴前，董卓先向呂布下拜，說：「董卓今日得到將軍，就像久旱的禾苗得到了甘霖一樣。」呂布連忙把董卓扶到座位上坐好，下拜說：「主公如不嫌棄，呂布願拜您為義父。」董卓又賜給呂布金甲、錦袍，當下暢飲，盡歡而散。董卓從此威勢更加強大，自封為前將軍，封呂布為騎都尉、中郎將、都亭侯。

李儒勸董卓早日確定廢立大事。董卓於是在省中設宴，會集公卿，令呂布率領千餘名披甲武士侍衛左右。這一天，百官皆到。酒行數巡，董卓手按寶劍站起來說道：「當今皇帝闇弱無能，不配做一國之主；我決定把他廢為弘農王，改立陳留王為帝。有不從者斬！」眾大臣惶恐不安，沒有人敢作聲。只有中軍校尉袁紹挺身而出，說：「當今皇上即位未久，沒有做過有虧德行的事，你一心要廢嫡立庶，不是造反是什麼？」董卓殺氣騰騰地叫道：「天下事我說了算！我決定了的事，誰敢不從！莫非你是看我手中的寶劍不夠鋒利嗎？」袁紹也拔出寶劍，說：「你的劍鋒利，我的劍也未嘗不鋒利！」兩個人在酒宴上僵持起來。李儒連忙上前把他們勸開。袁紹手提寶劍，辭別百官，逕直出城，奔冀州去了。董卓又指著袁紹的叔父、太傅袁隗說：「你的姪兒無禮，我看在你的面子上暫且饒恕他這一回。廢立之事你看怎樣？」袁隗只得表態：「太尉說的很對。」眾大臣心驚膽戰，也紛紛隨聲附和，這件事就這樣決定了。

宴會結束後，董卓留下侍中周毖、校尉伍瓊，向他們詢問：「袁紹此去該怎麼處置？」周毖說：「袁紹憤憤離去，正在氣頭上，如果逼迫得急了，一定會激起事變。袁氏是四代公卿的名門望族，門生舊部遍及天下，倘若就此招攬豪傑聚眾反抗，山東一帶恐怕就非您所有了。不如赦免他的罪過，任命他為一郡長官，那袁紹慶幸自己得以免罪，就一定不會再生是非了。」伍瓊也表示贊同。董卓聽從了二人的意見，當即派人趕往冀州，任命袁紹為渤海太守。

九月初一這一天，董卓召集滿朝文武，請少帝升嘉德殿。董卓手持寶劍，命李儒宣讀策文，廢少帝為弘農王，改立陳留王為皇帝。陳留王名劉協，表字伯和，就是後來的漢獻帝。當時年僅九歲。改年號為初平。董卓自任相國，可以贊拜不名，入朝不趨，帶劍履上殿，威福無人能比。

不久，董卓暗中命李儒把少帝毒死，將何太后、唐妃也一併殺掉。從此董卓更加肆無忌憚，每夜入宮姦淫宮女，夜間就睡在皇帝的龍床上。有一次，董卓領兵出城，路過陽城地方，正趕上村民舉行二月社賽，男女會集，十分熱鬧。董卓命令軍士將村民團團圍住，把男人全部殺掉，人頭懸掛在車下，把掠來的婦女、財物裝載在車上，浩浩蕩蕩地返回都城，揚言殺賊大勝而回，於城門外焚燒人頭，將婦女和財物分賞給手下軍士們。

越騎校尉伍孚見董卓如此殘暴，心中憤恨不平，就在朝服裡面穿上軟甲，暗藏短刀，趁上朝的時候，突然衝出刺殺董卓，被董卓抓住，千刀萬剮而死。董卓自此出入常帶甲士護衛。

此時袁紹在渤海，得知董卓在朝中弄權跋扈的情形，便派人給司徒王允送來一封密信。信中希望王允能尋找機會除掉董卓，自己願意隨時聽候調遣。王允收到袁紹的信，思前想後，想不出好的計策。一天，王允在朝班的閣子內，看見當日值班的都是一些親信的老臣，就對大家說：「今日是老夫的生日，晚間請眾位屈駕到舍下喝杯水酒。」眾官都答應說：「一定前去祝壽。」

當晚，王允在家中後堂設宴，公卿大臣都應約前來。酒過數巡，王允忽然掩面大哭。眾官驚訝地問道：「司徒誕辰，本該高興才是，為何突然大放悲聲？」王允道：「今日並非我的生日，只因想和眾位說些心裡話，恐怕董卓疑心，才找了這樣一個藉口。董卓欺凌主上，把持朝政，漢室的宗廟社稷眼看就要保不住了。想當年高祖皇帝誅秦滅楚，打下這片江山，誰想傳至今日，竟要斷送在董卓的手中！我是為了這個才痛哭啊。」眾官聽了王允這番話，也都不禁落淚哭泣。

忽聽坐中一人鼓掌大笑道：「滿朝公卿，夜哭到明，明哭到夜，難道能哭死董卓嗎？」王允一看，見此人身長七尺，細眼長髯，原來是驍騎校尉曹操。這曹操字孟德，乳名阿瞞，沛國譙郡人，父親曹嵩，本複姓夏侯，因被宦官曹勝收為義子，才隨了曹姓。黃巾軍起事時，曹操還是一名小小的騎都尉，因破黃巾有功，累遷至現職。當下王允見是曹操，不由發怒道：「你的祖先也曾食漢朝俸祿，如今你不思報效國家，反而譏笑大家，是何居心？」曹操說：「我不笑別的，笑你們這麼多人竟然想不出一個辦法殺掉董卓。我曹操雖然沒什麼本事，但願意馬上就去砍下董卓的腦袋，懸掛在都城城門上，以謝天下。」王允急忙離開座位，恭敬地詢問道：「孟德有何高見？」曹操說：「最近一段時間我之所以屈身在董卓手下為他效力，實際上就是想找機會算計他。如今董卓對我十分信任，我得以隨時接近董卓。聽說司徒有一口七寶刀，希望能借給我進相府刺殺董卓，即使搭上性命也不後悔！」王允說：「孟德要真有這心，真是天下蒼生的福分了！」說著，親自為曹操斟上一杯酒。曹操灑酒起誓，王允便取出寶刀交給他。曹操把刀藏在身邊，舉起酒杯一飲而盡，隨即起身辭別眾官離開了。眾官又坐了一會兒，也各自散去。

次日，曹操佩著寶刀來到相府，打聽到董卓正在小閣中休息，便逕直走了進去。只見董卓坐在床上，呂布在一旁侍立守衛。董卓見到曹操，便招呼道：「孟德今天怎麼來得這麼晚？」曹操說：「我的馬又老又弱，走不快。」董卓便回頭向呂布說：「我有西涼進獻來的好馬，你親自去挑一匹送給孟德。」呂布領令出去了。曹操暗想：「此賊合該送死！」當即就要拔刀刺去，又顧慮董卓力氣大，不敢輕舉妄動。董卓身軀胖大坐不了太久，就倒身面朝裡躺下了，曹操心想「這下老賊該沒命了」，急忙抽出寶刀擎在手中，剛要刺下去，不想董卓一抬頭，恰巧從穿衣鏡中看見曹操在背後拔刀，猛地回身問道：「孟德要幹什麼？」這時呂布已經牽著馬來到閣子外。曹操驚慌之間急中生智，順勢把刀舉過頭頂，跪下說：「我有一口寶刀，要獻給恩相。」董卓接過來細看，見此刀一尺多長，七寶嵌飾，極其鋒利，果然是一口寶刀，便遞給呂布收了起來。曹操又把刀鞘解下來交給呂布。董卓帶著曹操出閣看馬，曹操乘機拜謝說：「希望能借我騎上試試。」董卓就叫人備好鞍轡。曹操牽馬走出相府，立即跳上馬背，狠抽幾鞭，飛快地朝著東南方奔去。

呂布對董卓說：「剛才曹操好像要行刺的樣子，因被當場喝破，才推說獻刀。」董卓說：「我也有些疑心。」正說話間，李儒來了，董卓便將事情經過告訴他。李儒說：「曹操的妻子兒女不在京城，自己獨身一人住在客店裡。可派人去召請他，如果他毫不遲疑地回來，就是獻刀；如推托不來，則必是行刺。」董卓當即派了四名獄卒去喚曹操。獄卒去了很久，回報說：「曹操根本不曾回客店，而是乘馬飛奔出東門，對門吏說『丞相差我有緊急公事』，已經不知去向了。」李儒說：「曹操心虛逃竄，肯定是行刺了。」董卓大怒，說：「我如此重用他，他反倒要害我！」李儒說：「這件事一定有同謀，等拿住曹操便可明白了。」董卓於是下令發布文書到各郡縣，畫影圖形，捉拿曹操：有誰抓住曹操，賞千金，封萬戶侯；膽敢窩藏者，與曹操同罪。

且說曹操逃出城外，一路向譙郡飛奔。路經中牟縣，被守關軍士擒獲，押著去見縣令。曹操聲稱：「我是客商，複姓皇甫。」縣令仔細打量了曹操半天，說：「我從前在洛陽求官時，曾認得你是曹操，為何要隱姓埋名？先送到牢裡監押起來，明日解送到京師請賞。」又賞賜把關軍士酒食，打發走了。

到了半夜，縣令暗地派親信提出曹操，領到衙門後院仔細盤問。縣令問曹操：「我聽說丞相待你不薄，為什麼要惹禍上身呢？」曹操說：「小小燕雀怎麼能知道鴻鵠的志向！你既然拿住我，就該解去請賞，何必多問！」縣令摒退左右，對曹操說：「你不要小看我。我並非庸碌無為的俗吏，只是沒有遇到明主罷了。」曹操說：「我刺殺董卓，是要為國除害。如今沒有成功，也是天意如此罷！」縣令問：「孟德此行，要往何處去呢？」曹操說：「我打算返回家鄉，假借天子的名義發布詔令，號召天下諸侯起兵共誅董卓。」縣令聽了這番話，親自給曹操鬆綁，扶他坐在上座，拜了兩拜說：「您真是天下忠義之士啊！」曹操連忙回禮，問縣令姓名。縣令說：「我姓陳，名宮，字公臺。老母妻子，皆在東郡。如今為您的忠義之心所感動，願意拋棄官位，追隨您逃亡。」曹操十分高興。陳宮連夜收拾盤費，和曹操兩人換了便服，各自背了一口寶劍，乘馬奔譙郡而來。

行了三日，來到成皋地界，天色漸晚。曹操用馬鞭指著樹林深處對陳宮說：「此間有一人姓呂，名伯奢，是我父親的結義弟兄；就到他家借住一宿，順便打聽一下我家中的消息，你看怎樣？」陳宮說：「這樣最好。」二人來到莊前下馬，進去拜見呂伯奢。伯奢對曹操說：「我聽說朝廷四處發布文書抓你，你父親已經躲避到陳留去了。你是怎麼來到這裡的？」曹操把經過述說了一遍，說：「要不是陳縣令，我早已粉身碎骨了。」伯奢拜謝陳宮說：「多虧使君搭救小姪，使曹家免遭滅門之災。使君請放心休息，今晚便在我家過夜。」說完，就起身進入後室，過了半天才出來，對陳宮說：「家裡沒有好酒，請等我到西村打一樽來招待貴客。」隨即匆匆騎上驢子走了。

曹操與陳宮坐了很久，忽然聽到莊後有磨刀的聲音。曹操對陳宮說：「呂伯奢算不上我的至親知交，匆匆離去有些可疑，我們最好偷聽一下後面在幹什麼。」二人悄悄潛入草堂後園，只聽見有人說：「捆起來再殺，好不好？」曹操說：「沒錯了！現在我們如果不先下手，一定會被擒獲。」便和陳宮拔劍闖入後宅，不問男女，見人就殺，一連殺死八口。搜至廚下，卻看見一口豬綁在那裡等待宰殺。陳宮暗道：「孟德多心，誤殺好人了！」二人急忙出莊，上馬離開。走了不到二里，遠遠看見伯奢驢鞍前方掛著兩瓶酒，手裡提著瓜果蔬菜迎面走來，口中叫道：「賢姪和使君為什麼這麼快就要離開？」曹操說：「戴罪之人，不敢久住。」伯奢道：「我已吩咐家人宰一口豬款待你們，賢姪、使君住一晚再走不遲。還請快快掉轉馬頭，和我回去吧。」曹操也不答話，只催馬前行。走出不遠，忽然拔劍復回，招呼伯奢道：「那邊來的是什麼人？」伯奢回頭看時，曹操揮起寶劍，把呂伯奢砍倒在驢下。陳宮大驚，忙問：「剛才還可算作誤殺，現在這算什麼？」曹操說：「呂伯奢回到家中，看到那麼多人被殺死，豈肯善罷干休？如果率眾來追，我們就遭殃了。」陳宮說：「明知道是誤會還故意殺人，這事做得太不仁義了！」曹操說：「寧肯我負天下人，不教天下人負我。」陳宮聽了默然無語。

二人連夜走了數里，在月色下敲開一家客店投宿。餵飽了馬，曹操先睡著了。陳宮暗想：「我本以為曹操是好人，棄官跟他，原來是個狼心之徒！今日留他性命，將來必為大患。」便拔出寶劍要把曹操殺了。但又轉念一想：「我為國家跟他到此，把他殺了也是不義。不如離開他改投別處去，也就罷了。」於是收起寶劍，不等天明，騎馬自投東郡去了。

第三回　關雲長溫酒斬華雄孫文臺宮井得玉璽

曹操一覺醒來，不見了陳宮，心想：「想必是他聽我說了那兩句話，覺得我不夠仁義，拋下我走開了。我也不可在此久留，應抓緊趕路才是。」於是連夜起程，趕赴陳留。

曹操找到父親後，立即偽造皇帝的詔令，派快馬送往各州郡，約請各路諸侯聯合起兵，討伐董卓。同時，在家鄉豎起「忠義」大旗，招集義兵。不出幾天工夫，應徵的人就像雨點一樣聚集過來。先是有兩名武將，一名樂進，字文謙，一名李典，字曼成，前來投效，曹操把他們留在身邊。隨後有夏侯惇、夏侯淵兄弟二人各帶一千名壯士前來，曹操的父親曹嵩原來複姓夏侯，後來過繼給曹家才改姓曹，所以這二人也是曹操的同宗兄弟。又沒過幾天，曹氏一族的兄弟曹仁、曹洪也各率千餘人馬趕來襄助。當地的富豪衛弘自願獻出全部家產，為曹操的隊伍置辦衣甲旗旛。各地趕來贈送糧食的人，更是不計其數。

曹操的檄文發出去後，各鎮諸侯紛紛起兵相應。各路軍馬多少不等，有多達三萬人的，也有只一、二萬的，都由主將親自帶隊，各自帶著手下的文官武將，殺奔洛陽。

單說北平太守公孫瓚，親自統領一萬五千名精兵，應召前來。這一日路過德州平原縣，隊伍正在行進之間，遠遠望見桑樹叢中一面黃旗招展，幾個人騎馬迎著大軍跑來。公孫瓚仔細一看，為首的原來是自己的好友劉備。劉備當年蒙公孫瓚保舉，在這平原縣當縣令，如今聽說公孫瓚大軍過境，特地趕來慰問。兩人見面敘了幾句閒話，公孫瓚指著劉備身後的關羽、張飛問：「他們是什麼人？」劉備連忙把兩位結拜兄弟引見給公孫瓚，說自己當年能打敗黃巾軍，都是他二人的功勞。公孫瓚問起二人官職，得知只是在劉備手下充任馬步弓手，不禁感嘆道：「這真是埋沒英雄！」當下，公孫瓚勸劉備拋棄這不起眼的小官，隨他一起去討伐董卓，匡扶漢室。劉備欣然同意，就帶著關羽、張飛及幾名親信，隨從公孫瓚大軍進發。

各路人馬陸續來到洛陽附近，各自安營下寨，連接二百餘里。加上曹操共是十八路諸侯，兵馬超過四十萬。曹操宰牛殺馬，大會諸侯，商議進兵之策。眾人公推渤海太守袁紹為盟主，歃血盟誓，並赴國難。袁紹委派他的弟弟南陽太守袁術總督糧草，供應各營所需；又任命長沙太守孫堅為先鋒，直抵汜水關挑戰。

這孫堅表字文臺，吳郡富春人，生得廣額闊面，虎體熊腰，是戰國名將孫武子的後人。當時接了將令，隨即帶領本部人馬殺奔汜水關來。守關將士差流星馬往洛陽丞相府告急。董卓大驚，急忙召集眾將商議。溫侯呂布挺身請戰，董卓剛要答應，從呂布身後閃出一員驍將，高聲叫道：「殺雞何用宰牛刀？不用溫侯親自出馬，單憑我一人，斬落眾諸侯首級，猶如探囊取物一般容易！」董卓細看此人，身長九尺，虎體狼腰，豹頭猿臂，原來是關西猛將華雄。董卓非常高興，當即加封華雄為驍騎校尉，撥給他五萬人馬，命他率領李肅、胡軫、趙岑三員副將，星夜趕赴汜水關迎敵。

且說眾諸侯中有位濟北相鮑信，見孫堅當了先鋒，生怕被他搶了頭功，暗地裡派他的弟弟鮑忠，帶領三千馬步軍，抄小路趕在孫堅前面，逕直來到汜水關下挑戰。恰巧華雄趕到，立即帶領五百鐵騎兵衝下關來。鮑忠見對方來勢兇猛，剛要後退，華雄已飛馬來到他的面前，手起刀落，將鮑忠斬落馬下。華雄割下鮑忠的頭顱，派人送往洛陽報捷。董卓大喜，加封華雄為都督。

華雄正在慶賀，忽報孫堅的兵馬已到關前。華雄登上城樓一望，只見孫堅身披爛銀鎧甲，頭裹赤紅幘巾，胯下騎一匹花鬃馬，馬上橫放著一口古錠大刀，正指著關上高聲叫罵。手下四員大將：程普、黃蓋、韓當、祖茂，在他身後一字排開。華雄派副將胡軫帶兵五千出關迎戰。程普飛馬挺矛，直取胡軫。不過幾個回合，程普一矛刺中胡軫咽喉。孫堅指揮軍馬殺到關前，關上箭矢、滾石像雨點般射下。孫堅見一時無法攻進關內，只得收兵後退，一面安營紮寨，一面派人向袁紹報捷，順便到袁術那裡催要糧草。

有人向袁術進言：「孫堅是江東的一隻猛虎。一旦他攻破洛陽，殺了董卓，勢力一定大增，好比剛除掉惡狼又招來猛虎，對我們淮南沒有什麼好處。如今只要不給他糧草，他的軍馬很快就會潰散。」袁術覺得有道理，就扣住糧草不發。孫堅營中缺糧，軍心開始慌亂。華雄得到密報，立即和李肅分兵兩路，趁夜下關，偷襲孫堅營寨。孫堅措手不及，匆忙迎敵，雙方混戰在一起，只有祖茂跟定孫堅，突圍而走。背後華雄追來。孫堅連放兩箭，都被華雄躲過。再放第三箭時，因用力太猛，拽折了鵲畫弓，只得縱馬狂奔。祖茂叫道：「主公頭上的紅幘巾過於顯眼，快脫下來給我！」孫堅就脫下紅幘與祖茂的頭盔交換戴了，分頭逃走。華雄只望戴紅幘的追趕，孫堅乘機從小路逃脫。祖茂見華雄窮追不捨，就將紅幘掛在人家沒有燒盡的庭柱上，自己悄悄躲進樹林。華雄在月光下遠遠望見紅幘，不敢靠近，就帶兵四面圍住，命令士兵向紅幘射箭。射了半天，不見動靜，華雄拍馬近前，才知中計，正要伸手去摘紅幘，祖茂從樹林中飛馬衝出，揮舞著雙刀來斬華雄。華雄大喝一聲，將祖茂一刀砍於馬下。

殺至天明，華雄收兵上關。程普、黃蓋、韓當都來尋見孫堅，再收拾軍馬屯紮。孫堅得知祖茂被殺，傷感不已，連夜派人報知袁紹。袁紹大驚，連忙召請各路諸侯到軍帳中商議對策。袁紹說：「前日鮑將軍之弟不遵調遣，擅自進兵，殺身喪命，折了許多軍士；如今孫文臺又被華雄打敗，銳氣大挫，如何是好？」眾諸侯都默然不語。袁紹抬眼望去，見公孫瓚背後站著三個人，容貌不凡，都在那裡冷笑。袁紹便問：「公孫太守背後是什麼人？」公孫瓚招呼劉備站出來，說：「這是我從小一起讀書的好兄弟，平原縣令劉備。」曹操在一旁插問：「莫不是破黃巾的劉玄德嗎？」公孫瓚說：「正是。」就把劉備的功勞和出身詳細介紹了一遍，讓他上前拜見盟主。袁紹聽說劉備是漢室宗親，就派人取來座位，讓劉備在末位坐下，關羽、張飛叉手侍立在劉備身後。

忽然探馬進來報告：「華雄率領鐵騎兵衝下汜水關，用長竿挑著孫太守的紅幘，正在營寨前叫罵討戰。」袁紹問：「哪位前去應戰？」袁術背後轉出驍將俞涉，說：「小將願往。」袁紹大喜，便命俞涉出馬。沒有多久，小軍來報：「俞涉與華雄戰了不到三個回合，就被華雄斬了。」眾人大驚。冀州太守韓馥說：「我的上將潘鳳，可斬華雄。」袁紹急忙令潘鳳出戰。潘鳳手提大斧上馬。去不多時，探子飛馬來報：「潘鳳又被華雄斬了。」眾諸侯聽說華雄如此驍勇，都嚇得變了臉色。

袁紹說：「可惜我的上將顏良、文醜沒來。有其中一人在此，就不怕華雄了！」話音未落，只聽階下一人高聲叫道：「小將願去砍下華雄的腦袋，獻於帳下！」眾人循聲望去，見那人身長九尺，髯長二尺，丹鳳眼，臥蠶眉，面如重棗，聲如巨鐘，威風凜凜地立在帳前。袁紹見不認識，便問是什麼人，公孫瓚說：「這是劉備的義弟關羽。」袁紹問現在擔任什麼官職，公孫瓚回答：「在劉備手下充當馬弓手。」袁術在帳上聽了，立即大聲喝道：「你欺我眾諸侯沒有大將嗎？一個小小的弓手，也敢在這裡胡亂插嘴！快給我打出去！」曹操連忙勸阻說：「此人既然敢口出大言，必有一些本領；不妨叫他出馬試試，如果不能取勝，再責罰他也不遲。」袁紹說：「叫一弓手出戰，必被華雄恥笑。」曹操說：「此人儀表不俗，華雄怎會知道他只是一名弓手？」關羽說：「如果我勝不了華雄，甘願掉腦袋。」曹操叫人去斟一杯熱酒，讓關羽飲了上馬。關羽說：「先把酒斟下放在一邊，我去去便來。」說完，出帳提刀，飛身上馬。眾諸侯只聽得關外鼓聲大震，喊聲大舉，如天摧地塌、岳撼山崩一般，無不動魄驚心。正要派人出寨打探，只聽一陣鸞鈴響過，關羽已策馬回到中軍帳前，把華雄的人頭擲在地上。這時，那杯斟好的酒還是溫的。

曹操大喜。只見劉備背後轉出張飛，高聲大叫：「俺哥哥斬了華雄，不趁此時殺入關去，活捉董卓，更待何時！」袁術大怒，喝道：「我們大臣尚且互相謙讓，你一個縣令手下的小卒，怎敢在這裡耀武揚威！都給我趕出帳去！」曹操說：「立功者受賞，何必計較官位貴賤呢？」袁術說：「既然諸位只看重一個縣令，那我就告辭了。」曹操怕因小失大，耽誤了討伐董卓的正事，就讓公孫瓚先帶劉、關、張回寨，又暗中派人送去酒肉，撫慰三人。

再說董卓得知華雄被殺，立即派人殺了袁紹的叔父、太傅袁隗全家，又命大將李傕、郭汜引兵五萬去救汜水關，自己親率十五萬大軍，同李儒、呂布等趕赴離洛陽城五十里的虎牢關據守。董卓叫呂布帶領三萬兵馬在關前紮寨，自己在關上屯駐。

早有探馬報告給袁紹。袁紹於是分派公孫瓚、王匡等八路諸侯，趕往虎牢關迎敵。八路諸侯來到關下，正在紮寨，忽報呂布帶領三千鐵騎兵前來挑戰。八路諸侯一齊上馬，各領部下在高岡上排開陣勢，遠遠望見繡旗招展，呂布一馬當先，頭戴三叉束髮紫金冠，體掛西川紅錦百花袍，身披獸面吞頭連環鎧，腰繫勒甲玲瓏獅蠻帶，手持畫戟，坐下嘶風赤兔馬，果然是「人中呂布，馬中赤兔」！上黨太守張楊部將穆順挺槍出馬迎戰，只一個回合，被呂布手起一戟，刺於馬下。北海太守孔融部將武安國，使鐵錘飛馬而出。呂布揮戟拍馬來迎。戰到十多個回合，呂布一戟砍斷武安國手腕，武安國棄了鐵錘，敗回本陣。

公孫瓚大怒，拍馬揮槊，親自迎戰呂布。戰了幾個回合，也敗下陣來。呂布策動赤兔馬，在背後緊緊追趕。那馬日行千里，飛走如風，轉眼就要趕上，呂布高舉畫戟，望著公孫瓚後心便刺。突然從旁邊殺出一員猛將，圓睜環眼，倒豎虎鬚，挺丈八蛇矛，飛馬大叫：「三姓家奴休走！燕人張飛在此！」呂布先後認丁原、董卓為義父，所以張飛罵他「三姓家奴」。呂布一聽大怒，丟下公孫瓚，來戰張飛。張飛抖擻精神，酣戰呂布。連鬥五十多回合，不分勝負。

關羽見張飛不能取勝，把馬一拍，舞動八十二斤青龍偃月刀，上來夾攻。三匹馬形成一個丁字形，盤旋廝殺。又戰了三十個回合，還是難分勝負。劉備放心不下，也抽出雙股劍，催動黃鬃馬，從刺斜裡殺來助戰。三個人圍住呂布，像走馬燈一般戰在一起，把八路諸侯的人馬，都看得呆了。

呂布終於招架不住，朝著劉備臉上虛刺一戟，趁劉備躲閃的工夫，盪開陣角，倒拖畫戟，飛馬衝出包圍。劉、關、張三人哪裡肯捨，拍馬在後追趕。八路軍兵喊聲大震，一齊掩殺，一直把呂布追到虎牢關下。八路諸侯得勝回營，一面給劉備弟兄賀功，一面派人去袁紹寨中報捷。

董卓見呂布也吃了敗仗，知道抵敵不住，就聽從李儒的建議，連夜帶呂布返回洛陽，召集滿朝文武大臣，宣布立即把都城遷往西京長安。董卓先叫人把洛陽城裡的富豪全都抓起來，把他們的財產洗劫一空，然後按上「反賊同黨」的罪名，統統殺掉。然後又命部將李傕、郭汜帶兵，把洛陽城數百萬居民強行遷往長安。一隊官兵押送一隊百姓，日夜催逼，沿途凍餓而死的百姓不計其數。臨行前，董卓又下令四處放火，把宗廟、宮殿、園林、民宅燒成一片焦土。然後，將劫掠來的金銀財寶裝了滿滿幾千輛大車，裹脅著皇帝、后妃以及朝廷大小官員，一齊逃往長安。

汜水關守將趙岑，得知董卓已經逃走，就向孫堅獻關投降。孫堅的人馬進了關，立即飛奔洛陽，遠遠望見四處火焰沖天，黑煙鋪地，沿途二、三百里，看不到一隻活的牲畜。孫堅先派兵撲滅了大火，隨後趕來的各路諸侯就在荒地上紮下營寨。曹操勸袁紹乘勝追擊，剿滅董卓，袁紹卻推說兵馬疲乏，需要休整，眾諸侯也都說大功告成，不可再輕舉妄動。曹操大罵他們目光短淺，不足以成大事，一怒之下，只帶著自己的一萬多名部下，馬不停蹄地追趕董卓去了。

卻說各路諸侯的人馬分別駐守在洛陽城中，孫堅所部就屯紮在漢宮建章殿的廢墟上。這一夜，星月交輝，萬里無雲，孫堅獨自坐在營中空地上，仰望天空，想到董卓誤國、百姓塗炭，京城一片荒蕪的情景，不禁黯然長嘆。

忽然有軍士趕來報告，說在清理宮殿瓦礫時，在建章殿南邊的一口枯井中撈起一具宮女屍首。孫堅聽了，就帶上幾名親隨前去察看。雖然死了已有很長時間，那屍首卻未腐爛，脖子上還戴著一個錦囊。孫堅叫人取下錦囊，裡面是一個朱紅色小匣，用金鎖鎖著。打開一看，原來是一顆四寸見方的玉璽。那玉璽一隻角已經殘缺，是用黃金鑲補的，上面用篆文刻著八個字：「受命於天，既壽永昌。」程普在一旁告訴孫堅：「這就是傳國玉璽。是秦始皇時用當年卞和獻給楚文王的璞玉雕琢而成，上面的篆文是秦相李斯親筆所寫。後來王莽篡漢，向孝元太后索要玉璽，太后把它擲在地上，摔崩了一個角。聽說不久前十常侍作亂，劫持少帝出逃北邙山，回到宮裡發現丟了這件寶物。如今主公得到了它，一定是上天的安排。此處不可久留，我們應該火速返回江東，圖謀大計。」孫堅說：「這正是我的想法。明天我就托病去向袁紹辭行。」兩人商議好了，又暗地囑咐知道此事的軍士，不許洩漏消息。

不料那些軍士中有一個是袁紹的同鄉，想借此立功，便連夜偷出營寨，報告了袁紹。第二天，孫堅來向袁紹辭行，袁紹當場戳穿了孫堅的心思，並以盟主的名義，要孫堅交出玉璽。孫堅一口咬定自己沒有玉璽，兩人言語衝突，幾乎當場動起手來，被在場的眾諸侯勸住。孫堅一氣之下，帶領自己的人馬離開洛陽，回江東去了。袁紹大怒，當即寫了一封密信，派心腹人連夜送往荊州，交給荊州刺史劉表，叫他在半路上截擊孫堅。

再說曹操，孤軍去追董卓，在滎陽地界被太守徐榮設下的伏兵擊敗，一萬多兵士只剩下五百多人，狼狽而回。袁紹連忙擺設酒宴，為曹操解悶。曹操見袁紹等人各懷異心，知道這些人不能成大事，就帶著殘部投揚州去了。沒過幾天，又有幾路諸侯陸續不辭而別。袁紹見眾人各自分散，也帶著部下離開洛陽，撤回關東。一場轟轟烈烈的「十八路諸侯討董卓」行動，也就這樣悄然瓦解了。

第四回　王司徒巧使連環計董太師大鬧鳳儀亭

卻說荊州刺史劉表，字景升，山陽高平人，也是漢室宗親。當時接到袁紹的密信，就親自帶兵埋伏在荊州邊界，截住孫堅，索要傳國玉璽。孫堅哪裡肯給，雙方三言兩語不和，動起手來。劉表有備而來，一聲號令，伏兵盡出，孫堅大敗，死命殺出一條血路逃回江東，人馬已經損失了一大半。從此孫堅與劉表結下了死仇。

第二年，孫堅盡起江東水陸大軍，渡過長江，來找劉表報仇。孫堅取樊城，得江夏，一路高歌猛進，一直殺到襄陽城下。不料中了劉表謀士蒯良設下的埋伏，孫堅連人帶馬，被亂箭射死在峴山內，年僅三十七歲。

消息傳到長安，董卓大喜，說：「除掉了我一個心腹大患。」從此更加驕橫殘暴，肆無忌憚。他強徵了二十五萬民夫，在距離長安城二百五十里的地方又修築了一座塢城，規模形制和長安城不相上下。他在城中建造了華麗的宮殿，又從民間選了八百名美男少女，藏在宮中陪他玩樂。塢倉庫裡屯積的糧食足夠吃上二十年，金玉、彩帛、珍珠更是堆積如山，不知其數；董卓把家眷安置在塢，自己往來於長安與塢之間，有時半月一回，有時一月一回，每次都有禁軍護衛，公卿百官都要出城迎送。

一天，董卓在相府宴請百官。酒喝到一半的時候，呂布走了進來，在董卓耳邊低語了幾句。董卓一聲冷笑，便命呂布當場把司空張溫從宴席上揪了出去。大臣們還不知發生了什麼事，不一會兒工夫，侍從就把張溫的腦袋盛在托盤上端了進來。原來張溫私下與袁術聯絡，往來的書信落到了呂布的手裡。百官都嚇得魂不附體，只有董卓依然談笑自若，像沒有什麼事發生一樣。

司徒王允回到府中，尋思今天酒宴上發生的事，不由得坐立不安。到了半夜，他依然無法入睡，就趁著月色，拄著手杖來到後花園漫步散心。在寂靜的深夜中，忽然聽到牡丹亭邊，有人在長吁短嘆。王允悄悄走過去，躲在暗中查看，原來是府中的歌伎貂蟬。這貂蟬從小就被選入府中學習歌舞，如今已經長到十六歲，容貌、伎藝都十分出眾，王允對待她一直就像親女兒一樣。王允在一旁偷聽了一會兒，忍不住走出來大聲喝問：「賤人！深更半夜在這裡長吁短嘆，莫非和什麼人有了私情不成？」貂蟬見是王允，慌忙跪下回答說：「小女子哪敢有什麼私情！大人從小把我養大，教習歌舞，以禮相待，我就是粉身碎骨，也難以報答您的恩情。最近見大人總是愁眉緊皺，想來是在為國家大事擔憂，可又不敢多問。今晚又見到大人坐立不安的樣子，很是為大人擔心，所以躲在這裡長嘆，不想被大人看見。倘若有用得到小女子的地方，萬死不辭！」

王允聽了貂蟬這番話，忽生一計，不由得以杖擊地，感慨道：「誰能想到漢家天下的興亡，將要掌握在你的手中！」隨即招呼貂蟬：「隨我到畫閣中來。」

貂蟬跟著王允來到畫閣，王允把手下服侍的人全部攆開，請貂蟬坐在座位上，突然跪倒在她面前，叩起頭來。貂蟬大吃一驚，連忙也跪到地上，問：「大人這是幹什麼？」王允說：「請妳可憐可憐天下的蒼生百姓吧！」話音未落，已經淚如泉湧。貂蟬說：「我剛才已經說過，您有什麼吩咐，儘管直言，我萬死不辭。」王允跪在地上說：「奸臣董卓眼看就要篡奪漢朝天下，滿朝文武無計可施。董卓有一個義子呂布，異常驍勇。我想出一個連環計，先將妳許配給呂布，再獻給董卓；妳在中間見機行事，離間他父子反目，挑動呂布殺死董卓，漢室江山就有救了。不知妳願不願意？」貂蟬慨然應允。王允連連拜謝，同時再三叮囑貂蟬，千萬不能洩露風聲。

第二天，王允取出家藏的數顆明珠，雇巧匠嵌造成一頂金冠，使人密送呂布。呂布十分歡喜，親自來到王允府中致謝。王允早已預備下佳肴美食，把呂布接入後堂，請他上坐。呂布說：「我呂布只是相府的一員家將，司徒是朝廷大臣，為何對我如此厚愛？」王允說：「如今放眼天下，只有將軍您稱得上是英雄。我王允敬的不是將軍的職位，敬的是將軍的才華啊！」呂布聽了非常得意。

王允殷勤敬酒，口中不停地稱頌董太師的功德，呂將軍的英武，呂布笑得闔不攏嘴，只顧開懷暢飲。酒至半酣，王允摒退左右，吩咐侍女：「喚孩兒來。」不一會兒，二個丫鬟引著貂蟬盛妝而出。王允說：「這是小女貂蟬。承蒙將軍看得起老夫，老夫也把將軍當一家人看待，所以特意讓小女出來相見。」便命貂蟬為呂布斟酒，說：「孩兒要勸將軍多飲幾杯，我們一家全指靠著將軍哩。」呂布請貂蟬入座，貂蟬假意害羞，轉身要回後堂，卻被王允攔住，讓她坐在自己身旁。呂布的一雙眼睛片刻不離地盯著貂蟬，幾乎看得呆了。又喝了幾杯酒，王允指著貂蟬對呂布說：「我很想將此女配與將軍為妾，不知將軍還肯接受嗎？」呂布大喜過望，連忙離席致謝，說：「要真能如此，呂布甘願為您效犬馬之勞！」王允說：「待我選一個良辰吉日，親自將小女送到府中。」呂布心中無限欣喜，和貂蟬眉目傳情，依依難捨，喝到很晚才告辭離去。

過了幾天，王允在朝堂上見到董卓，趁呂布不在旁邊，拜伏在地說：「我有心想請太師到舍下喝幾杯水酒，不知太師肯否賞光？」董卓說：「司徒盛情相邀，我一定會去。」王允回家，裡裡外外布置妥當。次日晌午，董卓應邀來到王府。王允早已穿了朝服在大門外恭候，把董卓迎入大堂，口中不住地恭維董卓功德蓋世，古今無雙，董卓聽了異常受用。喝到傍晚，董卓已經半醉。王允將他請入後堂，上前敬酒說：「我看漢家氣數已盡，太師應該順應天意人心，早登大位。」董卓假意謙讓幾句，架不住王允一再吹捧，不禁得意忘形，大笑道：「如果真有這麼一天，司徒就是開國元勛了。」王允連聲拜謝。

這時，堂上已經點起畫燭。王允道：「舍下養了幾個歌伎，要不要叫她們出來，表演幾段歌舞助興？」董卓說：「很好。」王允便叫人放下簾櫳，吹奏起笙簧絲樂，貂蟬就隔著簾帳跳起舞來。舞罷，董卓叫她走上近前。貂蟬轉入簾內，深施一禮，親手為董卓斟酒。董卓見貂蟬容貌如此美麗，不禁舉著酒杯看出了神，不住口地稱讚貂蟬美貌。王允在一旁趁機說：「我想將此女獻給太師，不知太師肯不肯收納？」董卓大喜，連聲稱謝。王允當即命人備好氈車，先將貂蟬送到相府去。董卓也隨即起身告辭。王允親自把董卓送到相府門口，才拜辭回家。

王允騎著馬正走到半路，忽見前面轉出兩行紅燈，呂布騎馬執戟而來，正與王允撞了個對面。呂布跳下馬來，一把揪住王允的衣襟，厲聲責問道：「司徒既然已經把貂蟬許給了我，為何又將她送與太師？」王允急忙攔住他的話頭，說：「這裡不是說話的地方，且隨我回家再說。」

呂布隨王允到家，逕直進入後堂，摒退從人，王允才慢條斯理地解釋說：「太師得知我把女兒許配將軍，特意前來相親。一見到小女，就說：『今天正是良辰吉日，我這就把你女兒帶回去，配與奉先。』將軍試想，老夫怎敢違逆太師的好意？」呂布聽了，連忙道歉，說：「呂布錯怪司徒了，請不要介意，改日再來謝罪。」說完就起身告辭。王允送到門口，說：「小女還有一些陪嫁，等她到了將軍府上，我就派人送過去。」

第二天一早，呂布就到董卓府上打聽消息，卻聽到董卓的侍妾們告訴他：「太師昨夜與新人共寢，這會兒還沒有起床。」呂布大怒，悄悄潛入董卓的臥房後面窺探。這時貂蟬正在窗下梳頭，忽見窗外荷花池中映照出一個高大的人影，偷眼一瞧，正是呂布。貂蟬便緊蹙蛾眉，做出憂愁不樂的樣子，不時抬手用羅帕擦拭眼淚。呂布偷偷窺視了許久，才沮喪地退了出去。

過了幾天，董卓偶然得了一點小病，貂蟬衣不解帶，日夜侍奉在他身邊，董卓十分滿意，對她越加寵愛。呂布聽說董卓生病，前來問安。進入後堂，正趕上董卓午睡未醒，貂蟬看到呂布，就從床後探出半個身子，用手指指心，又指指董卓，眼淚一個勁地往下流。呂布看了，心如刀割。董卓迷濛之間，看見呂布失魂似地望著床後，回身一看，見貂蟬立在床後，不由得勃然大怒，呵斥呂布道：「你敢調戲我的愛姬！」立刻喚手下把呂布轟了出去，從此不許他進入內室。

呂布懷著一肚子怒氣往回走，半路上遇到李儒，不由得向他訴說委屈。李儒急忙來見董卓，說：「太師要取天下成大業，何必為一點小事責怪溫侯？倘若他因此而生異心，不是要壞了大事嗎？」董卓也有些後悔，問：「事已至此，該怎麼辦呢？」李儒說：「明天把他叫過來，用好話撫慰一番，再多賞他一些財物，也就沒事了。」第二天，董卓照著李儒說的做了。呂布雖然表面上與董卓和好如初，心裡卻無時無刻不在惦念著貂蟬。

董卓病好後，重新上朝議事，呂布執戟相隨。他看到董卓在和獻帝談話，看樣子一時半會兒不會結束，就抓住空子溜出宮門，上馬直奔相府。呂布提戟直入後堂，尋見貂蟬。貂蟬一見呂布，連忙輕聲對他說：「這裡人多眼雜，你先到後園中鳳儀亭邊等我。」

兩人在鳳儀亭邊相會，互訴衷腸。貂蟬抽抽噎噎地對呂布說：「自從見了將軍，便願以終身相許，不想太師起了不良之心……當時我恨不得立即死去，只因未與將軍訣別，所以暫且忍辱偷生。今天有幸見到將軍，我的心願已了，願以一死表白我的心志！」說完，手攀欄杆就往荷花池中跳去。呂布慌忙抱住她，也含著眼淚說：「我今生不能娶妳為妻，枉稱英雄！」兩人偎依在一起，難捨難分。

卻說董卓在殿上，回頭不見呂布，心中懷疑，連忙辭了獻帝，登車回府。老遠看見呂布的馬繫在府門前，董卓更加心急，三步併作兩步直奔後堂，卻不見呂布的蹤影；再喚貂蟬，侍女說：「貂蟬在後園看花。」董卓尋到後園，一眼看見呂布和貂蟬在鳳儀亭下喁喁密語，畫戟倚在一邊。董卓大喝一聲，飛奔過去。呂布見是董卓，不由慌了手腳，轉身便逃。董卓抄起畫戟，在後面緊緊追趕。董卓身軀肥胖，趕不上呂布，就把畫戟用力朝呂布背後擲去。

呂布回手一擋，把畫戟打落在地上。等董卓拾起畫戟再來追趕時，呂布已經跑遠了。

董卓趕出園門，正巧一人飛奔前來，與董卓撞個滿懷。原來正是李儒。李儒在府門外遇見呂布匆匆跑過，口稱「太師要殺我」，知道府中出了大事，連忙進來勸解，不想卻把董卓撞了個跟頭。當下李儒扶起董卓，至書房坐定，董卓依然餘怒未消，大罵呂布：「這個逆賊！竟敢調戲我的愛姬，我非殺了他不可！」李儒連忙勸說：「太師錯了！貂蟬不過一女子，而呂布是太師的心腹猛將。太師如果就此機會把貂蟬賜給呂布，呂布感激之餘，一定會死心塌地報效太師。孰輕孰重，還請太師三思。」董卓沉吟許久，道：「你說的也有道理，我再好好考慮考慮。」

李儒走後，董卓回到後堂，責問貂蟬說：「妳為何與呂布私通？」貂蟬哭訴道：「我正在後園看花，呂布突然闖了進來，我急忙躲避，他卻提著畫戟把我趕到鳳儀亭上……我見他居心不良，怕被汙辱，要投荷花池自盡，卻被這廝抱住。正在生死關頭，正好太師趕到，救了性命。」董卓說：「我現在把妳賜給呂布，好不好？」貂蟬大驚，哭著說：「我已服侍太師，現在忽然要把我賜給家奴，我寧死不辱！」說著抽出掛在牆上的寶劍就要自刎。董卓慌忙奪下寶劍，抱住貂蟬說：「我和妳開玩笑的！」貂蟬就勢倒在董卓懷中，掩面大哭道：「這一定是李儒的主意！李儒和呂布交情深厚，所以設計成全他，卻毫不顧惜太師的臉面與賤妾的性命，我真恨不得咬死他！」董卓連聲撫慰道：「我怎麼捨得妳呢？明天我們就回塢，逍遙快活去。」貂蟬這才破涕為笑。

次日，李儒來見董卓，說：「今天是個良辰吉日，太師可將貂蟬送與呂布。」董卓說：

「呂布和我有父子的名分，不便送給他。我不再追究他的罪過就是了。」李儒見董卓變卦，不覺一愣，說：「太師不要被婦人所迷惑了……」話沒說完，董卓已經勃然變了臉色，指著李儒大罵：「你肯把自己的妻子送給呂布嗎？貂蟬的事不要再提，再多嘴，小心你的腦袋！」李儒退出門外，不由得仰天長嘆，說：「我輩都要死在婦人的手上了！」

董卓當天就帶著貂蟬回塢，百官都來送行。貂蟬在車上，遠遠望見呂布夾雜在人群中，眼巴巴地望著車上，便舉手遮住面部，做出哀哀哭泣的樣子。董卓的車隊漸漸走遠，呂布騎馬緩緩走上一個土岡，望著遠去的車塵，嘆惜痛恨。

忽然聽到背後有人發問：「溫侯為何不隨太師一起去塢，而獨自一人在這裡嘆氣？」呂布回頭一看，原來是司徒王允。王允說：「老夫這兩天得了點小病，一直沒有出門。今天抱病來給太師送行，恰好遇到將軍。請問將軍，為何在此長嘆？」呂布懊喪地說：「還不是為了你的女兒！」王允故作驚訝地問：「怎麼？過了這麼長時間，還沒把貂蟬配與將軍嗎？」呂布長嘆一聲，說：「早被老賊自己占去了！」就把貂蟬進入相府前後的經過對王允講了一遍。王允愣了好一會兒，才緩緩吐出一句話來：「想不到太師竟然做出這種禽獸的行為。」

王允隨即把呂布請到家中，在密室設酒款待。呂布又將鳳儀亭相遇之事細述一遍。王允沉痛地說：「太師淫辱我的女兒，強奪將軍的妻子，實在是你我的奇恥大辱！我已老邁無能，也就罷了；可惜將軍蓋世英雄，也受此汙辱！」呂布聽了，不由得怒氣沖天，拍案大叫：「我一定要殺了老賊，洗雪我的恥辱！」王允急忙掩住他的嘴說：「將軍不要再說了，這會連累老夫的。」呂布說：「大丈夫生當天地間，豈能鬱鬱久居人下！」王允說：「以將軍的才能，確實不是董太師所能限制的。」呂布忽然又猶豫起來，說：「不過，我和老賊畢竟有父子的名分，殺了他怕要被別人議論。」王允聽了微微一笑，說：「將軍自姓呂，太師自姓董。況且，後園擲戟的時候，太師難道顧及過父子之情嗎？」一句話，說得呂布如夢方醒，奮然說道：「要不是司徒指點，呂布幾乎自誤！」

王允見呂布決心已下，又故作遲疑地說道：「鋤奸報國，固然是流芳百世的功業，只怕萬一不能成功，反而招致大禍。」呂布當即拔出佩刀，刺血為誓，王允這才放心。又諄諄囑咐說：「請千萬不要走漏消息。一旦我有了計畫，自會通知將軍。興復漢室的大業，就全仰仗將軍了！」

呂布走後，王允隨即與親信朝臣士孫瑞、黃琬商議誅董方案，決定派一個能言善道之人到塢，把董卓誘回長安，讓呂布率領甲兵埋伏在朝門內，等他上朝的時候，出其不意將他殺掉。至於去塢的使者人選，士孫瑞推薦騎都尉李肅。李肅是呂布的同鄉，自從幫董卓策反呂布，深得董卓的信任，但由於一直沒得到陞遷，內心對董卓十分不滿。大家都認為很恰當，就叫呂布把李肅找來，將密謀的計畫向他講了一遍，李肅痛快地答應下來。

李肅帶著十幾名隨從來到塢，假稱獻帝要把皇位讓給董卓，特派他來接董卓回京。董卓果然毫不懷疑，命令手下心腹將領李傕、郭汜、張濟、樊稠四人留守塢，自己興高采烈地起駕回京。來到長安城外，百官都出來迎接，只有李儒抱病在家。董卓見到呂布，得意地說：「我即位之後，就讓你總督天下兵馬。」呂布連連拜謝，心中卻暗暗發笑。

第二天清早，董卓興沖沖地駕車入朝，李肅手執寶劍，扶著車子步行。眾大臣都穿了朝服，在路邊迎候。到了北掖門，護駕的大隊人馬都被擋在門外，只准許隨車的二十來人進入。董卓遠遠望見王允等人各執寶劍站在大殿門外，心裡起疑，忙回頭問李肅：「這是何意？」李肅也不答話，推車直入。只聽得王允大聲喊道：「反賊已到，武士在哪裡？」眨眼之間，兩旁轉出一百多人，挺著刀槍朝董卓亂刺過來。董卓從車上滾落在地，傷了胳膊，急聲大呼呂布來救。不想呂布應聲從車後閃出，大叫：「奉詔討賊！」一戟刺中董卓咽喉。李肅跟上又是一刀，把董卓的腦袋割了下來。

呂布左手持戟，右手從懷中取出詔書，大呼曰：「奉詔討賊臣董卓，其餘人概不追究！」將士們齊聲歡呼。呂布正要派人去捉李儒，人報李儒家奴已將李儒綁縛來獻，王允下令將他押赴刑場斬首。又命人將董卓的屍首抬到大街上示眾。百姓恨透了董卓，爭相拋擲他的首級，在他的屍體上狠踩幾腳解恨。

王允又命呂布領兵五萬，去塢抄沒董卓的家產。留守塢的李傕、郭汜等得知董卓已死，連夜帶領手下人馬逃往涼州去了。呂布進入塢，先奪了貂蟬，然後殺光董卓的親屬，將抄出來的金銀珠寶，用幾千輛大車運回了長安。

第五回　犯長安李郭作亂　報父仇孟德興兵

獻帝初平三年（西元一九二年）四月，王允設計殺了董卓，大犒軍士，召集眾官，設宴稱慶。

正喝得高興，有人來報說：「董卓的屍首正在大街上示眾，忽然跑來一人，抱住他的屍體痛哭。」王允大怒，當即吩咐武士將那人捉來問話。轉眼那人被帶到堂前，眾官一見，都非常驚訝，原來是侍中蔡邕。蔡邕字伯喈，飽有才學，是漢末首屈一指的大學問家。董卓把持朝政的時候，想借用蔡邕的名望招攬人心，強迫他出來做官，在不到一個月時間裡三次陞遷他的官職，對他十分親厚。此時王允見是蔡邕，便怒聲呵斥道：「奸賊董卓大逆不道，現在終於被剷除了，這是國家的大喜事。你身為漢朝大臣，不為國家慶賀，反為奸賊哀傷，是何道理？」蔡邕伏在地上謝罪說：「我蔡邕雖然不成器，也明白國家大義，豈肯背棄國家而傾向董卓？只因一時想起他對我的知遇之恩，不由得有些感傷。我自知犯了大罪，願受任何刑罰，只求留下我一條性命，讓我完成續修漢史的工作，以此贖還我的罪過。」眾官憐惜蔡邕的才學，也紛紛為他說情。

太傅馬日磾也勸王允道：「蔡伯喈是曠世逸才，如果讓他續成漢史，也是一件大好事。何況他聲望很高，殺了他，恐怕會失去民心。」王允聽了，搖搖頭說：「從前漢武帝不殺司馬遷，讓他完成《史記》，致使很多不敬君主的言論流傳後世。如今國運衰微，朝政錯亂，不能把這樣的人留在小皇帝身邊，讓我們蒙受譭謗。」於是下令把蔡邕關入獄中，悄悄派人把他勒死了。馬日磾後來私下對別的大臣說：「王允恐怕不會有好結果的。殺害無辜的賢者，廢棄國史的編寫，這樣治理國家，怎麼能長久呢？」

再說董卓的部將李傕、郭汜、張濟、樊稠四人逃到陝西，派人到長安上表，請求寬赦。王允一口拒絕，說：「董卓能夠如此跋扈囂張，就是仗著這四個人的幫助；什麼人都能寬赦，就是不能赦這幾個人。」使者回報李傕，李傕失望地說：「既然得不到赦免，我們只好各自逃生了。」謀士賈詡卻勸阻說：「各位如果拋棄軍隊單身逃走，一個小小的亭長都能把你們抓住。不如在這裡召集一些人馬，連同原來的部下一起，殺入長安為董卓報仇。成功了，可以借皇帝的名義號令天下；失敗了，再逃也不遲。」李傕等人覺得這個主意很好，就派人在當地散布謠言，說王允要殺盡涼州一帶的百姓。老百姓聽了都很恐慌，李傕的人便乘機煽動他們一起造反，一下子就聚集了十幾萬人。李傕將他們分編成四路，由四人分別統帥，浩浩蕩蕩地向長安殺來。

王允聽說西涼大兵將至，急忙找來呂布商議。呂布根本沒有把李傕這些人放在眼裡，拍著胸脯讓王允放心，親自帶領人馬出城迎敵。正好遇上李傕的一路軍馬，呂布不等他列陣，便挺戟躍馬，揮軍直衝過來。李傕抵擋不住，敗退了五十餘里，才依山紮住營寨。李傕知道呂布雖然勇猛，卻有勇無謀，就請來郭汜、張濟、樊稠三人商議，由他和郭汜率部牽制住呂布，張、樊二人乘機分兵兩路，直取長安。眾人覺得這個計策很好，便各自分頭行動去了。

第二天，呂布領兵來到山下，李傕早已排好陣勢，主動向呂布挑戰。呂布一馬當先衝殺過去，李傕卻邊戰邊走，退回山上，據險固守。呂布幾次想衝上山去，都被亂箭射回。忽然手下軍卒來報，說郭汜從陣後掩殺上來，呂布急忙回師迎戰，只聽得鼓聲大震，郭汜的兵馬已經退了。呂布正要收軍回營，一陣鑼響，李傕又領軍殺下山來，郭汜也從背後殺到。等到呂布趕去迎戰，兩人又都擂鼓收軍，各自退去了。一連幾天都是如此，呂布欲戰不得，欲止不能，被激得怒氣填胸，又無計可施。正在左右為難的時候，忽然飛馬報來，說張濟、樊稠兩路軍馬已經殺到長安城下，京城告急。呂布急忙領軍撤回，背後李傕、郭汜乘勢殺來。呂布無心戀戰，只顧奔走，損失了好些人馬。

等到呂布好不容易退回長安，李傕等四路大軍已經會合在一處，將長安城團團圍住。呂布幾次作戰，都不能得勝。軍士們不滿呂布的暴虐，紛紛投降到叛軍一方。過了幾天，董卓的餘黨李蒙、王方在城中做內應，偷偷打開城門，四路大軍一齊擁入。呂布左衝右突，攔擋不住，只得帶領數百名兵將殺到青瑣門外，招呼王允一起逃走。王允在城樓上擺手說：「事情到了這般地步，我決心以身殉國。臨難而逃，不是我的性格。」呂布再三相勸，王允只是不肯去。不一會兒，四處城門相繼起火，喊殺連天，呂布只得丟了家眷，帶著一百多名殘兵飛奔出關，投奔袁術去了。

李傕、郭汜縱容士兵，在長安城裡大肆搶掠，不少朝廷大臣都死在亂軍手裡。亂兵把皇城包圍得水洩不通，內臣見情勢緊急，只好請獻帝登上宣平門安撫亂軍。李傕等遠遠望見天子專用的黃色傘蓋，就約束住軍士，口呼「萬歲」。獻帝倚在城樓上，問他們為什麼要造反，李傕、郭汜仰面答道：「董太師是朝廷重臣，無故被王允謀殺，臣等特來為他報仇，不是造反。只要得到王允，我們馬上退兵。」王允此時就在獻帝身邊，聽了這話，就對獻帝說：「我所做的都是為國家打算。現在事情弄到這種局面，陛下不用顧惜我，我這就下去見這兩個反賊。」說完，大呼一聲：「王允在此！」就從宣平門樓上跳了下去。李傕、郭汜等人一擁上前，把王允殺死在城門之下。

李傕、郭汜殺了王允，又派人去將王允全家盡行殺害。二人心想：事已至此，索性殺了皇帝，奪取天下。便揮舞寶劍，招呼兵士殺進宮去。張濟、樊稠連忙勸住，說現在殺了獻帝，恐怕各地諸侯會興兵討伐，不如暫且留下皇帝的性命，把諸侯騙到長安各個消滅，到那時天下自然唾手可得。二人這才罷休。

當下四人要挾獻帝封賞，各自將所要的官職寫在紙上遞上城去，獻帝只得依允，封李傕為車騎將軍池陽侯，郭汜為後將軍美陽侯，同掌朝政；樊稠為右將軍萬年侯，張濟為驃騎將軍平陽侯，領兵駐守弘農。其餘李蒙、王方等人也都封為校尉。眾人這才齊聲謝恩，領兵出城。四人又下令追尋董卓屍首，只找到些零碎皮骨，便用香木雕成形體，大設祭祀，用王者的標準葬在塢。

李傕、郭汜掌握朝廷大權後，橫行無忌，殘虐百姓，比董卓還有過之無不及。還在獻帝身邊安插了許多親信，監視他的一舉一動。這一天，人報西涼太守馬騰、并州刺史韓遂引軍十餘萬殺奔長安，聲言討賊。李傕、郭汜派李蒙、王方帶領一萬五千人馬出戰。不想馬騰的兒子馬超異常英勇，剛一交手，二將就被馬超斬於馬下。馬騰、韓遂乘勢追殺，大獲勝捷。李傕、郭汜只得聽從賈詡的建議，緊守關防，任憑西涼兵叫罵挑戰，只不出迎。不到兩月時間，西涼軍糧草眼看用盡，只得商議撤軍。恰好約定在長安城中為其內應的幾位大臣也被李傕、郭汜察覺，全家老小都被殺掉，將首級掛在城門示眾。馬騰、韓遂內外交困，只得拔寨退軍。李傕、郭汜命令張濟引軍追趕馬騰，樊稠追趕韓遂，西涼軍大敗。馬超在後死戰，殺退張濟。樊稠在將近陳倉的地方追上韓遂，韓遂勒馬對樊稠說：「你我同鄉，何必苦苦相逼？」樊稠便撥轉馬頭收兵，放走了韓遂。

不想李傕的姪子李別也在樊稠軍中，立刻回來報告他的叔叔。李傕設宴為張濟、樊稠慶功，在席間突然下令抓住樊稠，就地斬首。又好言撫慰張濟，把樊稠的部下撥給他管領，讓他仍舊回弘農駐防。

李傕、郭汜打敗了西涼兵，更加飛揚跋扈，把天下的諸侯都不放在眼裡。多虧賈詡常常勸諫，叫他們撫安百姓，結納賢豪，二人才多少有些收斂，朝廷上下也逐漸恢復了一些生機。不想山東青州又爆發了黃巾起義，聚眾數十萬，李傕、郭汜深感不安。太僕朱雋對他們說：「要破山東黃巾，非曹孟德不可。」李問曹操現在何處，朱雋說：「現為東郡太守，廣有軍兵。若命此人攻打黃巾，一定馬到成功。」李傕大喜，立刻起草詔命，派人送往東郡，命曹操去攻打黃巾。

曹操領了聖旨，立刻出兵，採取剿撫並用的策略，很快就平定了黃巾，光招安到的降兵就有三十多萬。曹操挑選其中的精銳，組成一支「青州兵」，其餘的都令回鄉務農。捷報傳到長安，朝廷加封曹操為鎮東將軍。曹操又以兗州為根基，招賢納士。文有荀彧、荀攸、程昱、郭嘉、劉曄、滿寵等人，武有于禁、典韋、呂虔、毛玠前來投效，一時人才濟濟，勢力迅速壯大起來。

曹操在山東站穩了腳跟，便派泰山太守應劭到瑯琊郡去迎接他的父親曹嵩。應劭見到曹嵩，遞上曹操的親筆書信，曹嵩便和弟弟曹德及一家老小四十餘人，帶著一百多名僕從，一百多輛大車，逕奔兗州而來。

路上經過徐州，徐州太守陶謙，字恭祖，為人溫厚至誠，早想結好曹操，只是一直沒有得到機會；這次得知曹操的父親路過徐州，親自到州界上迎接，把一行人請進城去，大擺宴宴，款待了兩天。曹嵩告辭的那天，陶謙又親自送到城外，還特意派都尉張闓，帶領五百名兵士護送。不料張闓見曹嵩帶了許多車輛輜重，起了歹心，在一個風雨交加的黑夜，夥同手下將曹嵩一家大小盡數殺死，搶了財物，逃往淮南去了。應劭僥倖逃脫性命，不敢去見曹操，也投奔袁紹去了。

應劭部下有逃脫性命的軍士，回來報告曹操。曹操一聽，當即哭倒在地，把陶謙認作罪魁禍首，咬牙切齒地發誓，要血洗徐州，為父報仇。當即盡起大軍，以夏侯惇、于禁、典韋為先鋒，殺氣騰騰地奔徐州而來。曹操下令：一路上只要攻下城池，城中百姓一個不留，要全部殺光。此時陳宮在東郡做官，和陶謙交情很深，聽說曹操起兵報仇，要殺盡百姓，連夜趕來勸阻曹操。曹操知道他是來為陶謙做說客的，有心不見，又礙不過舊日的情面，只得請他到帳中相見。陳宮一見曹操，就說：「陶謙是個仁人君子，絕非好利忘義之輩；令尊遇害，是張闓幹的，不是陶謙的罪過。再說，沿途州縣的百姓和你有什麼冤仇，一定要將他們殺光呢？」曹操怒氣沖沖地說：「你當年棄我而去，如今又有何臉面復來相見？陶謙殺了我全家，我發誓要將他摘膽剜心，洗雪我的仇恨！你為陶謙說情，我是不會聽的！」陳宮失望地辭了出來，仰天長嘆道：「現在我也沒臉面去見陶謙了！」便騎馬投奔陳留太守張邈去了。

陳宮到陳留見到張邈，恰好呂布也在那裡。原來呂布自從逃出長安，袁術、袁紹都不肯收留他，只好去投奔上黨太守張楊，他的家眷也從長安趕去與他會合，卻被李傕得知消息，寫信要張楊殺掉他，只得又帶著家眷來投張邈。陳宮認為呂布是當世的勇士，就勸說張邈，乘曹操討伐徐州，後方空虛，叫呂布去襲取兗州，擴張勢力。張邈覺得這個主意很好，立刻點了人馬，叫呂布、陳宮率領出發。

且說徐州太守陶謙，得知曹操興兵報仇，沿途殺戮百姓，不禁仰天慟哭道：「都是我不好，連累徐州的百姓遭難！」大將曹豹說：「敵兵既然已經來了，我們也不能束手等死！我願意幫助您打敗他們。」陶謙只得引兵出城迎戰。

遠遠望去，曹操的人馬全身縞素，像是在大地上鋪上一層白雪一樣。中軍豎起兩面白旗，上書「報仇雪恨」四字。雙方擺開陣勢，曹操縱馬出陣，身穿白孝，揚鞭大罵。陶謙也走到陣前，欠身賠禮說：「我本來是想結好明公，所以特意派張闓護送，誰知那小子見財起意，搞成這樣的結果。這事確實和我不相干，請明公明察。」曹操哪裡肯聽陶謙的辯解，破口大罵道：「老匹夫殺了我的父親，還敢狡辯！」把手一揮，夏侯惇飛馬出陣，與曹豹戰成一團。此時忽然狂風大作，飛沙走石，兩軍只好各自收兵。

陶謙回到城中，與手下商議說：「曹兵勢力強大，我們很難抵擋，不如我自縛手腳到曹營去，聽憑他們宰割，也好拯救徐州一郡百姓的性命。」別駕從事糜竺建議派人去向北海太守孔融、青州太守田楷求援，他說：「府君在徐州多年，深受百姓愛戴。曹兵雖多，一時半刻也攻不破城。只要堅守城池，等兩路救兵來到，曹操一定會退兵的。」陶謙依從了糜竺的主張，就寫了兩封信，派廣陵人陳登往青州，糜竺赴北海求救，自己則率領軍民守城。

單說糜竺到了北海，把陶謙的信交給太守孔融，請他從速發兵相救。孔融字文舉，魯國曲阜人，是孔子二十世孫，自小就以神童著稱。平生最愛結交朋友，天下知名。當時孔融看了書信，卻有些為難。因為他素知曹操兵精將廣，自己的力量恐怕難以對抗。沉吟之間，忽然想到劉備是當世的英雄，如果請他同去，定可解徐州之圍。於是孔融又寫了一封信，派人送往平原縣去請劉備。

使者趕到平原見了劉備，呈上孔融的書信，說：「孔府君聽說您最重仁義，能救人危急，特地請您一起去救陶謙。」劉備看了書信，不由感嘆道：「陶恭祖仁厚君子，想不到會受此無辜之冤。」當即慨然答應出兵。

不過他也感到兵力單薄，就對使者說道：「你先回去告訴孔府君，請他先行一步，容我到公孫瓚那裡借幾千人馬，隨後就到。」使者自回北海報信。劉備同關、張二人點起三千人馬，先到北平向公孫瓚借兵。公孫瓚答應借給劉備二千人馬，又答應借小將趙雲與他們同去。這趙雲字子龍，常山真定人，有萬夫不當之勇，一向與劉備兄弟交好。當下劉備得與趙雲同行，不禁大喜，便與關、張率領本部三千人馬為前部，趙雲帶二千人隨後，直奔徐州而來。

第六回　陶恭祖三讓徐州　呂溫侯大戰濮陽

卻說麋竺回報陶謙，說孔融又請得劉玄德來助；陳登也回報青州田楷欣然領兵來救，陶謙這才心安。可是孔融、田楷兩路軍馬到了徐州，懼怕曹兵勢猛，只遠遠依山紮寨，不敢冒進。曹操見來了兩路援兵，也分兵防禦，不敢向前攻城。

這一天，劉備率軍趕到，見孔融按兵不動，便道：「恐怕城中無糧，難以長久堅持。不如讓關羽、趙雲帶領四千人馬留在你部下相助，我和張飛殺奔曹營，一路衝進徐州城，去和陶使君會合，商議下一步對策。」孔融覺得這辦法很好，就會合田楷，形成聯防之勢，關羽、趙雲領兵兩邊接應。劉備和張飛則帶領一千人馬殺奔曹兵營寨。曹營大將于禁出寨阻擋，張飛二話不說，接住廝殺。戰了幾個回合，劉備亮出雙股劍，指揮手下兵卒掩殺過去，于禁抵擋不住，掉頭敗走。張飛緊緊追趕，一直殺到徐州城下。陶謙在城上，望見紅旗上繡著「平原劉玄德」幾個大大的白字，急忙命令開門，放劉備進城。

陶謙親自把劉備迎到府衙，設宴款待。陶謙見劉備儀表軒昂，語言豁達，心中十分高興，就命麋竺取來徐州太守的令牌印信，雙手遞給劉備。劉備大吃一驚，忙問：「使君這是何意？」陶謙說：「當今天下動亂，朝綱不振，你是漢室宗親，正應該為國出力，扶持社稷。老夫年邁無能，情願將徐州相讓，請你不要推辭。我這就寫表文奏請朝廷批准。」劉備離席再拜道：「我雖然是漢室後裔，但功微德薄，做平原相還怕不稱職。這次出兵相助，完全是出自公義。您這樣做，莫非懷疑劉備有呑併徐州之心嗎？我可以對天發誓，絕沒有這個念頭！」陶謙再三相讓，劉備就是不肯接受。最後，還是糜竺在一旁勸解道：「如今兵臨城下，還是商議退敵之策要緊。等局勢平定以後，再讓不遲。」陶謙這才暫且作罷。

劉備對陶謙說：「我打算先寫封信給曹操，勸他和解，曹操如果不答應，再和他動手廝殺。」於是寫了一封書信，派人送給曹操。

曹操正在軍中和眾將議事，忽報徐州有人來下戰書。拆開一看，原來是劉備的勸和信，勸曹操放棄私仇，以國家興亡為重。曹操看罷，拍案大罵：「劉備是什麼東西，也敢寫信來勸我！而且字裡行間還有譏諷我的意思！」喝令把送信的使者推出去斬了，同時督促手下加緊攻城。謀士郭嘉在一旁勸阻道：「劉備遠來救援，先禮後兵，主公應該用好言回覆，讓他放鬆戒備，然後進兵攻城，可以一舉成功。」曹操覺得有理，就吩咐款待來使，讓他等候回信。

正在此時，忽然流星馬飛報：呂布突然出兵占領了兗州，進據濮陽，留守的大將曹仁抵擋不住，特來告急。曹操聞報，大驚失色，道：「兗州一丟，我們就無家可歸了，必須馬上想辦法補救。」郭嘉說：「主公正好賣個人情給劉備，退軍去收復兗州。」曹操就給劉備寫了一封回信，交給來使帶回，隨即拔寨退兵。

陶謙見曹操大軍退走，不由得喜出望外，連忙請孔融、田楷、關羽、趙雲等人進城相會。酒席宴罷，陶謙將劉備請到上座，拱手對眾人說：「老夫年歲已高，兩個兒子都不成器，難以承負國家的重任。劉公是皇室宗親，德廣才高，老夫情願把徐州託付給他，從此休閒養病。」劉備連忙推辭說：「我完全是出於道義上的責任，才答應孔文舉的邀請來救徐州。現在無端將它據為己有，天下人會認為我劉備是個見利忘義的小人了。」陶謙流著眼淚再三相讓，糜竺、陳登、孔融等人也在一旁相勸，都說徐州物產豐富，人口眾多，正可以憑藉此地為根基，建立一番大事業，劉備只是堅決不肯答應。陶謙沒有辦法，只得改請劉備在離徐州不遠的小沛暫時駐紮一段時間，幫助保衛徐州，劉備這才勉強答應。勞軍已畢，各路援軍紛紛告辭，劉備也揮淚送別趙雲，和關羽、張飛帶領本部人馬到小沛駐防去了。

再說呂布得知曹操回軍，便命副將薛蘭、李封領軍一萬，堅守兗州，自己親自率主力屯守濮陽，欲與曹軍決戰。陳宮獻計道：「曹兵遠道而來，人馬疲乏，應該抓住時機速戰速決。如果讓他們緩過氣力，就不容易對付了。」呂布自負地說：「我單槍匹馬縱橫天下，何愁曹操！且讓他紮好營寨，看我怎樣擒他。」

曹操的大軍來到濮陽城外，安營休息了一夜。第二天，曹操率領眾將出營，在曠野上擺好陣勢。曹操騎馬站在門旗下面，遠遠看見呂布帶領五萬人馬從城中殺出。兩陣對圓，鼓聲大震，只見呂布一馬當先，兩邊排開八員健將：第一個雁門馬邑人，姓張，名遼，字文遠；第二個泰山華陰人，姓臧，名霸，字宣高。兩將又各引三員健將：郝萌、曹性、成廉；魏續、宋憲、侯成。曹操指著呂布責問道：「我和你一向無冤無仇，為什麼奪我州郡？」呂布高聲回答：「漢家的城池人人有分，難道只許你一個人偏占嗎？」說完，便叫臧霸出馬挑戰。曹軍內樂進出迎。兩馬相交，雙槍齊舉，戰到三十餘合，勝負不分。夏侯惇拍馬出來助戰，呂布陣上張遼截住廝殺。惱得呂布性起，挺戟縱馬衝出陣來，夏侯惇、樂進連忙掉頭逃走，呂布揮軍隨後掩殺，曹軍大敗，足足退了三、四十里。

呂布得勝回營，擺酒慰勞將士。陳宮提醒說：「西寨是個要緊去處，要防備曹操偷襲。」呂布道：「他今天輸了一陣，哪裡敢再來！」陳宮道：「曹操是極會用兵的人，須防他攻我不備。」呂布於是派高順、魏續、侯成三將領兵去西寨協助防守。

曹操果然聽從于禁的計策，親自帶領兩萬人馬連夜來奪西寨。曹軍衝進西寨，正好遇上高順的援軍，雙方一場混戰，從四更殺到天明。忽然正西方向鼓聲大震，人報呂布自引救軍趕來，曹操急忙棄寨退兵。背後高順、魏續、侯成緊緊追趕，當頭呂布親自引軍阻截。于禁、樂進雙戰呂布，還是抵擋不住。曹操只好向北面撤退，轉過一座小山，忽然殺出一彪軍馬，左有張遼，右有臧霸，曹操命令呂虔、曹洪迎戰，不能取勝。曹操改向西面逃跑，卻又被呂布手下郝萌、曹性、成廉、宋憲四將攔住去路。曹營眾將拚死敵住四將，曹操一馬當先，率先衝陣突圍，只聽見一聲梆子響，箭像驟雨一般向他射來。曹操既不能前進，也無法脫身，急得大叫：「誰來救我！」只見從馬軍隊裡躍出猛將典韋，手挺一雙鐵戟，大叫：「主公不要驚慌！」飛馬趕到曹操身邊。

典韋跳下戰馬，把雙戟插在地上，又取出十幾枝短戟，挾在手中，回頭對隨從的士卒說：「敵人來到十步之內呼我！」說完就放開腳步，冒著箭雨前行。呂布軍中幾十名騎兵追趕過來。隨從大叫道：「十步了！」典韋說：「五步再呼我！」隨從又喊：「五步了！」典韋便揮手擲出短戟，一戟刺落一人，戟不虛發，轉眼間刺殺了十多個敵兵，餘下的紛紛後退逃避。典韋再次飛身上馬，揮舞一雙大鐵戟，衝殺過去。郝、曹、成、宋四將不能抵擋，各自逃去。

典韋殺散敵軍，救出曹操。眾將隨後也陸續趕到。看看天色將晚，正要尋路歸寨，忽然背後喊聲大起，呂布驟馬提戟趕來，大叫：「操賊休走！」此時人困馬乏，大家面面相覷，各欲逃生，曹操也驚慌失措。正在危急關頭，多虧夏侯惇帶領一隊援軍趕到，截住呂布大戰。鬥到黃昏時分，忽然下起傾盆大雨，雙方各自收兵。曹操回到營寨，重賞典韋，加封他為領軍都尉。

卻說呂布回營，與陳宮商議。陳宮獻上一計，叫他指使濮陽城中富戶田氏，假意去向曹操投降，謊稱呂布已經移兵黎陽，城中只留高順把守；因為呂布殘暴不仁，百姓怨恨，田氏願意做為內應，幫助曹軍進城。等把曹操騙進城來，四門放火，伏兵盡出，可一舉活捉曹操。呂布覺得這個計策很好，便祕密找來田氏，讓他派人到曹營送信。

曹操剛剛吃了敗仗，正在躊躇無計，忽報田氏派人送來密信，打開一看，不由得大喜過望。當即重賞來使，一面命令手下將士準備起兵。謀士劉曄說：「呂布雖然有勇無謀，可是陳宮詭計多端，只怕其中有詐，不可不防。此次行動，最好把全軍分為三隊：兩隊埋伏在城外接應，一隊入城。」曹操採納了他的建議。

大軍來到濮陽城下，城門開處，果然不見呂布，只有侯成、高順兩將引軍出戰。曹操命令典韋出馬，直取侯成。侯成抵敵不過，回馬望城中敗走。典韋趕到吊橋邊，高順也攔擋不住，都退入城中去了。其中有幾名士兵乘勢混入曹軍隊伍，來見曹操，說是田氏派來送信的。信中約定當夜初更時分，見城上鳴鑼為號，便可進兵，田氏將獻門投降。曹操當即指派夏侯惇領兵為左翼，曹洪為右翼，留在城外接應，自己親領夏侯淵、李典、樂進、典韋四將，率兵入城。李典勸阻道：「主公還是留在城外，讓我們先入城去。」曹操喝道：「我自己不去，誰還肯努力向前！」別人就不敢多勸了。

當晚初更時分，月亮還沒有出來，就聽見西門上吹起號角聲。忽然一陣鑼響，城頭火把燎亂，城門大開，吊橋放落。曹操一拍坐騎，第一個衝進城去。一直來到州衙門前，路上居然沒有見到一個人影。曹操知道中計，連忙撥轉馬頭，大叫退兵。忽然州衙中一聲炮響，四門烈火沖天而起，金鼓齊鳴，喊殺聲如江翻海沸一般。東巷內轉出張遼，西巷內轉出臧霸，夾攻掩殺。曹操急忙奔北門逃跑，道旁轉出郝萌、曹性，劫殺一陣。曹操只好折向南門，又被高順、侯成攔住。典韋怒目咬牙，衝殺出去。高順、侯成且戰且退。典韋殺到吊橋，回頭不見了曹操，翻身又殺入城來，在城門口遇到李典。典韋問：「主公在哪裡？」李典說：「我也沒有找到。」典韋讓李典出城去催救兵，自己又冒煙突火，殺入城中尋找曹操。

卻說曹操見典韋殺出去了，自己卻被呂布的兵馬隔斷，衝不到南門，只得又奔北門逃竄；火光裡正撞見呂布挺戟躍馬而來。曹操連忙用手遮住臉面，加鞭縱馬從呂布身邊竄過。不料呂布竟從後面追了上來，將手中畫戟在曹操的頭盔上敲了一下，問道：「曹操在什麼地方？」曹操反手一指，說：「那邊那個騎黃馬的就是。」呂布一聽，丟下曹操，縱馬向前追趕。曹操急忙撥轉馬頭，望東門逃去，正好遇上典韋。典韋保護著曹操，殺開一條血路，來到城門邊，火焰甚盛，城上推下柴草，遍地都是火，典韋用戟撥開火堆，縱馬先行，曹操緊隨在後。剛到城門洞口，城門上突然崩下一條冒火的梁木，正打在曹操戰馬的後胯上，那馬撲地倒了。曹操用手托舉梁木，把它推放到地上，手臂鬚髮都被大火燒傷。典韋急忙回馬來救，恰好夏侯淵也趕到了，兩個人一同救起曹操，冒火衝出城外，等回到曹軍大營，天已經大亮了。

眾將都來拜見問安。曹操仰面大笑道：「誤中匹夫奸計，我一定要報復回來！」於是將計就計，傳令軍中掛孝發喪，詐稱曹操因被大火燒傷肢體，回到營寨就傷重而死。他自己卻帶領大隊人馬，悄悄往馬陵山中埋伏。呂布得知曹操已死，果然點起軍馬，殺奔馬陵山來。剛到曹營外面，只聽得一聲鼓響，伏兵四起。呂布拚命死戰，方才殺出重圍，可是手下兵士已經死傷大半；呂布就此敗回濮陽，堅守不出。

這一年忽然鬧起了蝗災，莊稼被蝗蟲吃得一乾二淨。關東一帶穀價暴漲，甚至發生了人吃人的慘劇。曹操的軍糧吃光了，只好帶人馬撤回鄄城。呂布也移師山陽補給整頓。雙方因此暫時休戰。

卻說徐州太守陶謙，這一年已經六十三歲，忽然染上重病，眼看自己不行了，便召來糜竺、陳登商議後事。糜竺說：「曹操上次退兵，完全是因為呂布偷襲兗州的緣故。今年由於鬧饑荒，曹操沒有來犯，明年春天一定會捲土重來。府君如今重病在身，不如乘此時機把徐州讓給劉備，他一定不會再推辭了。」陶謙覺得他說得有理，便派人到小沛去請劉備。

劉備帶著關羽、張飛來到徐州，先去向陶謙探病問安。陶謙將劉備請到病榻前，叫人捧出徐州牌印，對劉備說：「我的病情沉重，隨時可能死去，希望明公能以國家的城池為重，接受徐州的牌印，老夫就死也瞑目了。」劉備連忙推辭說：「我一人怎能承擔得了這麼重的責任？」陶謙就推薦北海人孫乾，可協助料理州中事務。又對糜竺說：「劉公是一代人傑，你要好好服侍他。」劉備還要推托，陶謙用手指指心口，就嚥了氣。

眾人為陶謙辦完喪事，就把徐州的牌印交給劉備。劉備推辭不掉，只得答應暫且代理徐州政事，委任孫乾、糜竺為從事，陳登為幕官，輔佐他治理徐州。把手下軍馬從小沛移到徐州駐紮，一面出榜安民，一面將陶謙的遺表，申奏朝廷。

曹操在鄄城，聞知陶謙已死，徐州歸了劉備，不禁大怒，馬上傳令起兵去打徐州。謀士荀彧勸諫道：「兗州是明公您起事的地方，也是您成就大業的根據。現在出兵去攻徐州，留守的人馬多了，前敵不夠用；留少了，呂布又會乘虛來犯。萬一徐州沒得到手，兗州又被呂布占去，您將到哪裡安身呢？再說劉備深得民心，徐州的百姓都很擁護他，一定會幫他拚死抵抗，現在去打徐州，無異於棄大就小，捨本求末，風險很大，您要考慮周全啊！」曹操冷靜下來，長嘆一聲，說道：「我何嘗不明白這個道理！只是連年災荒，軍糧不足，幾十萬大軍守在這裡坐吃山空，終究不是辦法。」荀彧便勸他不如移兵汝南、潁川，討平盤踞在那裡的黃巾軍殘餘勢力，既可以補充糧草，也可乘機擴大地盤，壯大實力。曹操聽從了荀彧的建議，親自領兵出征，很快就將汝南、潁川一帶收歸自己所有，還收服了一員猛將許褚。

曹操得勝班師，留守的曹仁、夏侯惇向他報告說，近來兗州薛蘭、李封的兵士都爭相出城搶掠糧食，城防空虛，可以趁此機會，一舉收復兗州。曹操於是領兵直奔兗州。薛蘭、李封猝不及防，倉促迎戰，李封被許褚一刀斬了，薛蘭被呂虔射死，曹操不費吹灰之力就收復了兗州。曹操又一鼓作氣，率領大軍繼續殺向濮陽。

此時高順、張遼等將都在外催糧未歸，呂布不聽陳宮勸阻，親自領兵出城迎戰。兩軍擺開陣勢，呂布躍馬出陣，手執畫戟，大罵曹操。惹惱了曹營新收的虎將許褚，縱馬衝出，兩人大戰二十多回合，不分勝負。曹操一聲令下，典韋、夏侯惇、夏侯淵、李典、樂進齊出，六員大將圍攻呂布。呂布以一敵六，終於招架不住，撥馬回城。不料濮陽城中的富戶田氏，見呂布戰敗逃回，立刻令人拽起吊橋，不放呂布進城。呂布無奈，只好領兵逃往定陶。城中的陳宮見濮陽難保，也急忙保護呂布老小溜出城門，趕去和呂布會合。

曹操得了濮陽，赦免了田氏上次幫助呂布誘騙自己的罪過，留下謀士劉曄駐守濮陽，自己領兵直撲定陶，在距城四十里的地方安下營寨。這時正趕上麥子成熟，曹操下令兵士就地收割小麥，充作軍糧。呂布得知，立刻帶領人馬趕來襲擊。將近曹操營寨，望見左邊有一片茂密的樹林，恐怕裡面有伏兵，就退了回去。曹操將計就計，索性派人在樹林裡插了不少軍旗，引誘呂布來放火燒林，他卻把大隊精兵埋伏在寨西的長堤後面，斷絕呂布的後路。

卻說呂布回去與陳宮商議，果然打算放火燒死林中的伏兵。陳宮道：「曹操詭計多端，不可輕敵。」呂布不聽。第二天，呂布留陳宮、高順守城，親自率領大軍前來，遠遠看見林中插有軍旗，立刻下令四面放火，隨後揮軍殺入樹林，不料一個人影也沒見到。呂布正要攻向曹軍大營，忽然聽見鼓聲大震，一彪軍馬從寨後殺出。呂布縱馬趕上前去，只聽得一聲號炮，堤後伏兵一齊殺出：夏侯惇、夏侯淵、許褚、典韋、李典、樂進六員大將縱馬殺來。呂布知道抵敵不過，落荒而逃。部將成廉，被樂進一箭射死，人馬損折大半。敗兵回報陳宮，陳宮便和高順保著呂布老小，棄城逃走。曹操率領大軍乘勝前進，勢如破竹，一舉殺入定陶城中，張邈投奔袁術去了。從此山東全境，盡被曹操所得。

第七回　張翼德酒醉笞曹豹　呂奉先月夜襲徐州

卻說呂布被曹操擊敗，一直逃到海邊才穩住陣腳，重新收集敗殘軍馬，眾將也紛紛趕來會集。呂布還想收拾殘部，再與曹操決戰，被陳宮竭力攔住，勸他先找個安身之地，將來再作打算。呂布本想再去投奔袁紹，不料得到消息，袁紹派大將顏良領兵五萬，來助曹操。呂布走投無路，只得聽從陳宮的建議，到徐州投奔劉備。

早有探馬報知劉備。劉備召集部屬，商議迎接呂布。糜竺道：「呂布如狼似虎，收留他後患無窮，早晚會掉轉頭傷人的。」劉備卻說：「上次要不是呂布偷襲兗州，曹操也不會退兵。如今他窮途末路來投奔我，怎麼會有其他企圖呢！」張飛也滿心不樂意，說：「哥哥心腸太好了。」

於是劉備率領眾人，出城三十里迎接呂布，兩人攜手並馬入城。來到州衙大廳上坐定，呂布把自己的遭遇大致講了一遍，說道：「我為解除徐州之圍，出兵襲擊兗州，不料反而中了曹操的奸計，損兵折將。如今來投奔使君，想合力幹一番大事業，不知尊意如何？」劉備說：「陶使君去世不久，無人管領徐州，我只好暫時代理一下州中事務。現在幸虧將軍來了，理應把太守的位置讓給將軍。」說罷，就叫人捧出牌印，遞給呂布。呂布剛要伸手去接，忽然看到劉備背後關羽、張飛二人滿面怒容，便裝出一副笑臉推辭說：「我呂布不過是一介武夫，哪裡能做一州之主呢？」劉備一再相讓，最後還是陳宮在一旁勸阻道：「強賓不壓主，請使君不要多心。」劉備這才作罷。當下劉備設宴招待呂布一行，又收拾宅院安置眾人住下。

次日，呂布設酒宴回請劉備，劉備就帶著關羽、張飛一同前往。酒喝到一半，呂布把劉備請入後堂，關、張二人也跟了進去。呂布叫妻子、女兒都出來拜見劉備，劉備再三謙讓。呂布道：「賢弟不必推讓了。」張飛聽了，不禁瞪起兩隻圓眼，大聲叱道：「我哥哥是皇室宗親，金枝玉葉，你是什麼東西，敢稱我哥哥為賢弟！你來！我和你鬥三百合！」劉備連忙喝住，關羽把張飛勸了出去。劉備向呂布賠罪道：「劣弟酒後狂言，兄長不要見怪。」呂布默然不語。不一會兒散了酒席，呂布送劉備出門，又見張飛躍馬橫槍跑來，大叫：「呂布！我和你拚上三百合！」劉備急忙讓關羽把張飛勸住。

過了一天，呂布來向劉備辭行，說要改投別處。劉備竭力勸阻，說：「將軍如果就這樣離去，我的罪過就大了。離徐州城不遠有處城邑叫小沛，是我當年屯紮兵馬的地方。將軍如不嫌狹小，就暫且駐到那裡，糧食軍需，我按時供給，你看怎樣？」呂布謝過劉備，就帶領部下去小沛駐紮。

漢獻帝興平二年（西元一九五年），盤踞長安把持朝政的李傕、郭汜二人反目為仇，雙方各自糾集數萬人馬，在長安城外混戰，乘機擄掠百姓。李傕將獻帝和皇后劫到軍中做人質，郭汜則扣留了六十多名朝廷大臣，還一把大火將皇宮焚為一片廢墟。一連廝殺了五十多天，死者不計其數。後來鎮守陝西的張濟帶領大軍趕來，以武力脅迫兩人講和，獻帝君臣才恢復自由，由將軍楊奉、國舅董承等人護衛著，狼狽逃往東都洛陽。

獻帝來到洛陽，只見宮室燒盡，街市荒蕪，滿目皆是蒿草，宮院中只有頹牆壞壁，只好命令楊奉，臨時搭一座小宮居住。詔令改年號興平為建安元年，文武百官就在荊棘叢生的野地上朝賀獻帝。這一年又是一個大荒年，城裡沒有糧食，尚書郎以下的官員，都跟著百姓到城外剝樹皮、掘草根吃，不少人就倒在路邊牆角死了。漢朝幾百年的氣運，到此算是衰落到了極點。太尉楊彪見洛陽實在無法居住，李傕、郭汜又隨時可能帶兵殺來，就建議獻帝，派人到山東召曹操入朝保駕。

此時曹操在山東，得知獻帝已經回到洛陽，也召集謀士商議。荀彧勸他趁此機會起兵勤王，平定朝政，進而借天子的名義號令天下，收攬人心。曹操大喜。正要收拾起兵，恰好獻帝的使臣也到了。曹操接過詔書，立即傳令出兵，以夏侯惇為先鋒，自己親率上將十員，精兵五萬，即日趕往洛陽。

曹操領大軍來到洛陽城外，擊潰李傕、郭汜的追兵，入城拜見獻帝。獻帝封曹操為司隸校尉，錄尚書事，主持朝政。曹操採納議郎董昭的建議，以洛陽城破糧少為由，奏請獻帝遷往許都，將朝廷納入山東的勢力範圍。到了許都，曹操一面下令蓋造宮室殿宇，繕修城郭府庫，一面大封官爵，自封為大將軍武平侯，以荀彧為侍中尚書令，荀攸為軍師，郭嘉為司馬祭酒，其餘文臣武將各有官職。不久，逃亡的李傕、郭汜被部將刺殺，將人頭獻到許都。曹操從此把持了朝廷大權，朝廷任何重大事務，都要先稟告曹操，然後才能奏報皇帝。

建安元年（西元一九六年），曹操大權在握，開始考慮消滅各地割據的諸侯勢力。近在徐州的劉備、呂布，成為對許都威脅最大的心腹之患。一日，曹操在後堂設宴，招聚手下文武商議討伐徐州。許褚自告奮勇，聲言願率五萬精兵，去斬了劉備、呂布，回來獻功。荀彧卻道：「將軍勇氣可嘉，可惜不懂計謀。如今劉備雖然占有徐州，可是並沒得到朝廷的任命。丞相不如奏請皇帝，正式任命劉備為徐州牧，再另外給他一封密信，叫他殺掉呂布。事情成功，劉備就失去一個有力的幫手；萬一不成，呂布也一定會殺掉劉備。這就叫作二虎競食之計。」曹操聽從了荀彧的建議，當即請下詔命，封劉備為征東將軍宜城亭侯領徐州牧；並附密書一封，派使者送往徐州。

劉備接到詔書，又看了曹操的密信，將使者款待到賓館安歇，便連夜找來大家商議。張飛道：「呂布一向不講信義，殺了倒也乾脆！」劉備卻有些猶豫，說：「他在窮途末路時來投奔我，我卻把他殺了，這是不仗義的行為。」張飛不滿地說：「好人難做，哥哥不要後悔！」

劉備終於決定不殺呂布。次日，呂布得知消息，趕來向劉備道賀，劉備很客氣地將他迎入大廳。兩人正在談話，張飛突然手握寶劍衝上大廳，口中叫著：「曹操說你是無義之人，叫我哥哥殺你！」直奔呂布殺來。劉備連忙喝止張飛不得魯莽，然後把呂布請入後堂，把前因後果如實告訴呂布，又把曹操的來信拿出來給他看。呂布看完密信，流著眼淚對劉備說：「這是曹操的奸計，想挑撥我們兩人不和！」劉備勸慰道：「兄長不必擔心，我劉備絕不會做出這種不義的事。」呂布再三拜謝。劉備留呂布飲酒散心，直到很晚才送他返回小沛。

呂布走後，關、張二人都不解地問劉備：「兄長為什麼不殺呂布？」劉備說：「這是曹操怕我和呂布聯合起來討伐他，故用此計離間我們，讓我們兩人自相吞併，他卻從中取利。

我們不要上了他的當！」關羽聽了連連點頭，張飛仍然不服氣，還在嚷嚷道：「不管怎樣，我早晚會殺了呂布，免除後患！」

次日，劉備送使臣回京，上表謝恩，又寫了一封回信給曹操，推說此事還要從長計議。曹操見劉備不肯殺呂布，只好又找來荀彧問計。荀彧說：「丞相不用著急，我還有一個驅虎吞狼之計。」曹操連忙請他說明。荀彧道：「可暗中派人到袁術那裡，就說劉備祕密上書朝廷，要求討伐南郡。袁術得知，一怒之下必定會先發兵攻打劉備；丞相再公開發布詔命，命劉備征討袁術。雙方一打起來，呂布也一定會產生異心。這就叫作驅虎吞狼之計。」曹操聽了十分高興，立即依計而行。

劉備接到詔書，又與眾人商議。糜竺道：「這又是曹操的奸計。」劉備說：「雖然明知是計，可是假借皇上的詔命，不好違抗。」於是清點軍馬，定期出征。孫乾建議先確定留守徐州的人選，劉備便問大家：「哪一個可以守城？」關羽挺身而出，願意留守，劉備卻說：「我早晚還得和你商議軍務，怎麼能分開？」張飛道：「小弟願意守城。」劉備更是連連搖頭，說：「你守不得此城：一來你吃醉酒好打人，二來你做事輕率，不聽人勸，我不太放心。」張飛說：「小弟自今以後，不飲酒，不打軍士，凡事聽人勸諫，不就行了？」糜竺在一旁插嘴道：「只恐三將軍口不應心。」張飛惱羞成怒，質問糜竺：「我跟隨哥哥多年，從未失信，你憑什麼小看我！」劉備道：「賢弟既然這麼說，就留你鎮守徐州，只是我終究有些不放心。就請陳登協助你吧。」又回頭叮囑陳登：「你早晚叫他少飲酒，不要誤事。」陳登連聲應諾。劉備安排妥當，便率領三萬兵馬離開徐州，向南陽進發。

卻說袁術，聽說劉備上表想吞併他的地盤，氣憤得破口大罵：「劉備不過是一個織竹席、編草鞋的下等人，如今竟然占據大郡，與諸侯平起平坐，我正要去討伐他，他卻先來打我的主意！」當即派大將紀靈領兵十萬，殺奔徐州。兩軍在盱眙地方遭遇。那紀靈是山東人，使一口三尖刀，重五十斤。當日兩軍排開陣勢，紀靈拍馬舞刀，直取劉備，被關羽迎頭攔住。兩人大戰三十回合，不分勝負。關羽越戰越勇，紀靈忽然大叫：「歇息一會兒再打。」關羽便撥馬回陣，立在門旗前等候。不料紀靈卻改派副將荀正出馬。關羽大怒，抖擻精神，只一回合，就將荀正斬於馬下。劉備揮軍掩殺過去，紀靈大敗，退守淮陰河口，不敢再正面交戰，只不時派出小股士卒偷營騷擾，都被徐州兵殺敗。雙方一時僵持不下。

卻說張飛自從劉備走後，把一應雜事都交付陳登管理，自己只管軍務。一天，張飛設宴，請大小官員吃酒。眾人坐定後，張飛站起身說道：「我兄長臨走時，吩咐我少飲酒，怕我誤事。大家今天喝個痛快，明日都要戒酒，幫我守城。」說完，親自為眾官一一斟酒。斟到曹豹面前，曹豹推辭道：「我從來不飲酒。」張飛說：「在戰場上廝殺的漢子哪有不喝酒的？我一定要你喝一杯。」曹豹懼怕張飛，只得勉強飲了一杯。

張飛給大家都斟過酒，就叫人拿來大杯，自斟自飲，一連喝了幾十杯，不知不覺，已經大醉。他又站起來給大家斟酒。輪到曹豹，曹豹拒絕道：「我實在不能喝了。」張飛說：「你剛才還喝過，現在為什麼不喝？」再三推勸，曹豹說什麼也不肯再喝。這下激惱了張飛，借著酒勁發怒道：「你違抗將令，該打一百軍棍！」喝令軍士將曹豹拿下。陳登在一旁提醒說：「主公臨走的時候，囑咐你什麼來著？」張飛說：「你是文官，只管文官的事，不要來管我！」曹豹沒有辦法，只得求饒道：「翼德將軍，看在我女婿的情面上，放過我這一回吧。」張飛問：「你女婿是誰？」曹豹說：「就是呂布。」張飛一聽，如同火上澆油，勃然大怒道：「我本來不想打你；你抬出呂布來嚇唬我，我偏要打你！我打你，便是打呂布！」眾人勸阻不住，最終還是打了曹豹五十鞭子，才算罷手。

酒席散後，曹豹回去，心裡恨透了張飛，便寫了一封書信，派人連夜到小沛送交呂布，訴說張飛折辱他的經過，還透露說：劉備已經遠征淮南，今夜可乘張飛酒醉，襲取徐州。呂布看完信，便請陳宮來商議。陳宮說：「小沛原非久居之地。現在徐州既然有可乘之隙，應該抓住機會。」呂布聽了，立刻披掛上馬，帶領五百騎兵先行，命陳宮、高順率領大軍隨後跟進，殺奔徐州。

小沛離徐州只有四、五十里，轉眼便到。呂布到了徐州城下，剛打四更，月色澄清，四野一片寂靜。曹豹早已派心腹在城頭接應，見呂布大軍一到，立刻打開城門，呂布一聲暗號，眾軍齊入，喊聲大舉。張飛正在府中酣睡，被手下匆忙搖醒，告知：「呂布賺開城門，已經殺進來了！」張飛大怒，慌忙披上鎧甲，抄起丈八蛇矛，衝出府門。剛剛跨上戰馬，呂布軍馬已經殺到面前，兩人打了個照面。張飛此時酒還沒醒，不能硬拚，呂布素知張飛勇猛，也不敢逼迫太緊。張飛在隨身的十八騎軍將保護下且戰且退，從東門殺出，連留在府中的劉備家眷，都來不及顧了。

曹豹見張飛只帶了十幾名隨從，又欺他喝醉了酒，就帶領一百多人隨後追來。張飛見是曹豹，不由得勃然大怒，拍馬迎敵。只戰了三個回合，曹豹敗走，張飛趕到河邊，一槍正刺中曹豹後心，連人帶馬，死在河中。張飛在城外召集殘部，直奔淮南去尋劉備。呂布入城安撫居民，派軍士把守劉備家宅，不許閒人擅入。

張飛帶著幾十名手下趕到盱眙來見劉備，訴說曹豹與呂布裡應外合，乘夜襲取了徐州，眾人無不大驚失色。關羽急忙追問劉備家眷的下落，張飛說：「都失陷在城中了。」劉備默然無語。關羽急得連連跺腳，埋怨張飛道：「你當初要守城時是怎麼說的？兄長又是怎麼吩咐你的？如今城池也丟了，嫂嫂也陷在城裡，這該如何是好！」張飛聽了，慚愧得無地自容，掣出寶劍就要自刎。劉備連忙向前抱住張飛，奪過寶劍擲到地上，說：「我三人桃園結義，不求同生，但願同死。今天雖然失了城池家小，也算不了什麼，兄弟何苦自尋短見？何況徐州本來就不是我們的；家眷雖然失陷，料想呂布也不至於加害她們，慢慢想辦法救出來就是了。賢弟一時失誤，哪至於就不活了呢！」說完，兄弟三人抱頭大哭。

再說袁術得知呂布襲占了徐州，連夜派人來見呂布，許諾給他五萬斛糧食、五百匹軍馬、一萬兩金銀、一千匹綵緞，叫他夾擊劉備。呂布高興地答應了，命令高順領兵五萬從背後襲擊劉備。劉備得知消息，忙乘陰雨天撤兵，放棄盱眙，想要向東去攻取廣陵。等到高順的人馬來到，劉備已經退走了。高順便去和紀靈相見，索取袁術允諾的財物。紀靈推托說：「請你先帶兵回去，容我見到主公，商量一下再說。」

呂布聽了高順的回報，正在猶疑，忽然接到袁術的一封書信，大意說：「高順雖然領兵前來，但劉備並未除掉；且待捉住了劉備，再把許諾你的財物相送。」呂布大怒，痛罵袁術不守信用，當時就要起兵攻打他。陳宮勸阻道：「袁術盤踞壽春，兵多糧廣，不可輕敵。不如把劉備請回來，讓他屯駐在小沛，和我們互為羽翼。日後用劉備為先鋒，先取袁術，後取袁紹，自可縱橫天下。」呂布覺得有理，就派人帶著他的書信，去迎請劉備回來。

此時劉備領兵東取廣陵，被袁術偷營劫寨，人馬損折了一大半。正在進退兩難，接到呂布的來信，不由得喜出望外。關羽、張飛卻說：「呂布一向不講信義，他的話靠不住。」劉備說：「他既然以好意待我，為什麼要懷疑呢？」於是帶領部下回到徐州。呂布先派人送還劉備的家眷，兩人見面，盡釋前嫌，劉備就帶領關、張二人到小沛駐紮。呂布派人按時送去糧米緞疋，兩家從此又和好如初。

第八回　小霸王獨占江東　呂溫侯射戟轅門

卻說袁術打退了劉備，正在壽春大宴將士慶祝勝利，忽然有人來報，孫策征討廬江太守陸康，得勝歸來。袁術把孫策招入大堂，好言撫慰一番，讓他入席飲酒。

這孫策字伯符，是已故江東名將孫堅的長子。孫堅死後，孫策帶領餘部退回江南，禮賢下士。後來又把母親和家屬送到曲阿，托付給舅父吳，自己帶著舊部來投靠袁術。袁術十分愛惜他的勇猛，常嘆息道：「我袁術要有像孫郎這樣的兒子，死後也沒什麼可遺憾的了！」任命孫策為懷義校尉，時常派他出征鄰近州縣，無往不勝。

當天酒席散後，孫策回到營寨，想起剛才酒席之上袁術趾高氣揚的樣子，心中鬱悶，就走出營房，在月光下散步。想起父親孫堅英雄蓋世，自己卻淪落到今天這個地步，不覺放聲大哭。忽然身後有人呵呵大笑，孫策回頭看去，原來是父親過去的部下朱治，現在也在袁術的手下做事。

孫策把朱治請入營帳，告知自己的心事。朱治勸他向袁術借些人馬，返回江南，開闢自己的一番事業。兩人正在商議，又有一人闖進營帳，對孫策說：「你們的打算我都聽到了。我手下有一百名精兵，願意借給你助一馬之力。」孫策一看，原來是袁術的謀士，汝南細陽人呂範。孫策連忙請他坐下，共同商議。呂範擔心袁術不肯借兵。孫策道：「我有先父留下的傳國玉璽，可以交給袁術做抵押。」三人計議已定。

第二天，孫策入見袁術，訴說揚州刺史劉繇占據曲阿，自己老母家小身處危難，想跟袁術商借幾千精兵，渡江救難。說完，取出傳國玉璽，願做抵押。袁術接過玉璽，滿心歡喜，口稱：「我不是要你玉璽，暫時放在這裡，我替你保管！」當下借給他三千兵士、五百匹戰馬。孫策謝過袁術，就集合人馬，帶領朱治、呂範和孫堅舊將程普、黃蓋、韓當等人，起兵向曲阿進發。

這一天經過歷陽，忽然見到一隊人馬迎面走來，當先一人，姿質風流，儀容秀麗，看見孫策，急忙跳下馬來行禮。孫策仔細一看，原來是自己少年時的好友周瑜。周瑜字公瑾，廬江舒城人。當年孫堅討伐董卓的時候，把家眷留在舒城，兩人因此相識，結拜為異姓兄弟。周瑜的叔父周尚現任丹陽太守，周瑜正要去探望他，不想在半路上遇到孫策。孫策見到周瑜非常高興，把自己的計畫講給他聽，周瑜答應幫助孫策，共圖大事。當下向孫策推薦了兩位賢士，一個叫張昭，字子布；一個叫張紘，字子綱。二人皆有經天緯地之才，號稱「江東二張」，因躲避戰亂，就在附近隱居。孫策立刻親自到他們家中拜訪，盛情聘請二人出山，拜張昭為長史，張紘為參謀，商議攻擊劉繇。

此時劉繇已經得到消息，聚集手下商議對策。部將張英提出，由他帶領一隊人馬駐守牛渚，截住險要，阻擋孫策前進。話音未落，帳下有一人高聲叫道：「我願為前部先鋒！」眾人望去，原來是小將太史慈。劉繇笑道：「你年紀還輕，不可以當大將，還是留在我身邊待命吧。」太史慈不高興地退了下去。

張英領兵來到牛渚，把大量糧草囤積在邸閣。不久孫策兵到，張英出迎，兩軍就在牛渚灘上列開陣勢。孫策軍中黃蓋出馬，與張英交戰，剛打了幾個回合，忽然張英軍中大亂，報說寨中有人放火。張英急忙收兵，孫策乘勢掩殺。張英只得棄了牛渚，逃進深山。原來那寨後放火的是兩位壯士，一名蔣欽，一名周泰。二人原在揚子江中聚眾劫掠為生，聽說孫策正在招納豪傑，特地帶領手下三百多人，前來投效。孫策十分高興，任命二人為軍前校尉。當下孫策收拾牛渚邸閣的糧食、軍器，以及投降的士卒四千多人，乘勝進兵神亭。此時劉繇親自領兵在神亭嶺南紮營，孫策的軍隊就在嶺北安下營寨。

孫策想到嶺上探看敵軍虛實，就帶著程普、黃蓋、韓當、蔣欽、周泰等十二名隨從，出寨上嶺，翻過山頭，到南側探望劉繇營寨。早有伏路小軍飛報劉繇，劉繇料定這是孫策的誘敵之計，不肯出擊。太史慈按捺不住，跳出來說：「此時不捉孫策，更待何時！」說完，不等劉繇發令，獨自披掛上馬，提槍出營，大叫道：「有膽氣的，都跟我來！」眾將都不肯動，只有一名少年小將，佩服他的勇敢，拍馬與他同行。

卻說孫策探看了半天，方才回馬。正翻過嶺頭往山下走，忽然聽到嶺上有人大喊：「孫策休走！」孫策回頭望去，見兩匹馬飛也似地衝下嶺來。孫策命眾人將十三匹戰馬一字擺開，自己手提長槍，站在嶺下等待追兵。

太史慈趕到近前，高聲叫道：「哪個是孫策？」孫策問：「你是什麼人？」太史慈答道：「我是東萊人太史慈，特來捉拿孫策！」孫策笑道：「我便是孫策。你兩個一齊來戰我一個，我也不怕！」太史慈喝道：「你們就是眾人齊上，我也不怕！」說著縱馬橫槍，直取孫策。孫策挺槍相迎，兩馬相交，戰了五十多個回合，不分勝負。程普等人在一邊觀戰，見太史慈武藝出眾，都不禁暗暗稱奇。

太史慈見孫策槍法沒有半點紕漏，心裡盤算：「他有十二名隨從，我只有一個，即使打敗了他，也會被眾人救走。不如把他引到僻靜無人的地方，再下手擒他。」於是佯輸詐敗，卻不由舊路上嶺，轉向山背後逃跑。孫策果然縱馬趕來。太史慈邊戰邊退，一直把孫策引到一塊平坦的地方，突然掉轉馬頭，又與孫策打了起來。轉眼又是五十個回合，孫策一槍刺去，太史慈側身閃過，一把挾住槍桿，就勢也一槍刺了回去，也被孫策閃過，挾住了槍桿。兩人用力一拖，都滾下馬來。馬不知跑到哪裡去了。兩個人索性扔了長槍，互相揪住廝打，把戰袍扯得粉碎。孫策手快，一把抽出太史慈背上的短戟，向太史慈刺去，太史慈則就勢扯下孫策頭盔遮擋。這時，忽然傳來一陣吶喊，原來是劉繇派來接應的軍馬到了，孫策正在慌急，程普等十二騎也趕到了。兩人這才放手，各自上馬。劉繇的一千餘名援軍，和程普等十二人混戰在一起，一直殺到神亭嶺下。此時周瑜率領大軍趕到，劉繇也親自率領主力殺下嶺來。眼看天色已晚，忽然來了一場暴風雨，雙方只好各自收兵。

次日，孫策引軍到劉繇營前挑戰，劉繇率軍出迎。孫策叫軍士挑著太史慈的短戟，在陣前大喊：「太史慈要不是跑得快，早就被刺死了！」太史慈也命軍士挑著孫策的頭盔，在陣前大叫：「孫策的頭就在這裡！」兩軍這邊誇勝，那邊道強，鬧成一片。太史慈出馬，要與孫策決一勝負，孫策剛要出戰，卻被大將程普攔住，道：「不須主公勞力，我來擒他。」程普出到陣前，挺槍直取太史慈。兩馬相交，戰到三十回合，劉繇忽然鳴金收軍。

太史慈回到陣中，不滿地問：「我正要捉拿敵將，為何突然收軍？」劉繇告訴他：「剛剛接到報告，周瑜暗中帶兵偷襲曲阿，被一個叫陳武的人接應入城。我們的大本營已經丟了，這裡不可久留。」當下傳令人馬退往秣陵。孫策聽從長史張昭的建議，分兵五路，隨後掩殺，劉繇軍兵大敗，人馬四分五落。太史慈獨力難當，帶著十幾名手下連夜投涇縣去了。

孫策與周瑜會合，便命陳武為先鋒，進攻曲阿。守將薛禮緊閉城門不敢出戰。孫策正在圍城猛攻，忽然得到消息，劉繇聽從謀士笮融的建議，又去奪取牛渚。孫策大怒，親自帶領大軍來救牛渚。兩軍對陣，孫策勸劉繇下馬投降，不料劉繇背後驍將于麋挺槍出馬，直取孫策。不到三個回合，被孫策生擒過去，挾在腋下，撥馬回陣。劉繇的部將樊能，見于麋被擒，挺槍來趕。那槍剛搠到孫策後心，孫策猛然回頭，大喝一聲，聲如巨雷。樊能被嚇了一跳，翻身撞下馬來，頭破身死。孫策回到門旗下，將于麋丟在地上，已被挾死。一霎時，孫策挾死一將，喝死一將，從此大家都稱他為「小霸王」。當日劉繇大敗，人馬大半投降了孫策，劉繇與笮融逃往豫章投奔劉表去了。

孫策回師來攻秣陵。孫策親自到城壕邊，勸薛禮投降。不料城上暗放一冷箭，正中孫策左腿，翻身落馬，眾將急忙救起，護送回營。孫策讓軍中詐稱主將中箭身死，拔寨退兵，引誘薛禮出擊。薛禮果然中計，出城追擊，被孫策的伏兵包圍，全軍覆滅。孫策得了秣陵，安撫好城中居民，便揮師涇縣，去捉太史慈。

孫策與周瑜商議，要活捉太史慈。周瑜命令部下從三個方向猛攻涇縣，卻故意留下東門放太史慈逃走，而在離城東五十里的地方埋下伏兵。太史慈逃到這裡，人困馬乏，忽然伏兵盡起，用絆馬索絆翻了太史慈的坐騎，生擒太史慈，押送到孫策的大營。孫策迎出帳外，喝散士卒，親自為太史慈鬆綁，又將自己的錦袍給他披上，請他入帳，還好言安慰他說：「我知道你是好樣的，都是劉繇蠢笨，不能重用你，才會吃了敗仗。」太史慈見孫策對待他這麼好，非常感激，主動請求投降。

孫策十分高興，設宴款待太史慈。太史慈請求讓他回去，招集劉繇的殘部來投降孫策，孫策慨然答應。兩人相約，次日正午之前，太史慈一定返回。太史慈走後，眾將都說他不會再回來了，只有孫策深信太史慈是講信義重然諾的大丈夫，一定不會失約。第二天，孫策叫兵士在營門外豎起一根竹竿，察看日影。恰到正午時分，太史慈帶著一千多人飛奔到寨。孫策非常開心，大家也都佩服孫策見識過人。

此時孫策的人馬已有數萬之眾，還有很多人源源不斷地前來投奔。孫策安民撫眾，深得人心，江東的百姓，都親切地稱他為「孫郎」。孫策借此聲勢，取吳郡，得會稽，相繼打敗了嚴白虎、王朗等地方割據勢力，稱霸江東。

孫策平定了江南全境後，上表申奏朝廷，結交曹操，同時派人送信給袁術，討還傳國玉璽。那袁術早有稱帝的野心，一面回信推托，一面急召屬下文武商議對策。長史楊大將說：「孫策以長江天險為屏障，兵精糧廣，很難對付，不如先伐劉備，以報上次無故相攻之恨。」隨後獻上一計，要袁術先想法和呂布和好，讓他按兵不動，然後出兵小沛攻擊劉備。「先擒劉備，後圖呂布，徐州唾手可得。」袁術覺得這條計策很好，就裝好二十萬斛糧食，派韓胤帶密信去見呂布。呂布得到許多糧食，果然十分歡喜，隆重招待韓胤，對袁術的要求滿口答應下來。

韓胤回來報告袁術，袁術立刻派遣紀靈為大將，雷薄、陳蘭為副將，統兵數萬，進攻小沛。劉備得知消息，忙和眾人商議。張飛主張出戰，孫乾卻建議向呂布求救。劉備考慮之後，決定寫信向呂布求援。呂布見信，與陳宮計議。陳宮道：「劉備駐兵小沛，對我們未必有什麼危害；而一旦袁術吞併了劉備，則一定會進而打徐州的主意。權衡得失，不如去救劉備。」呂布於是點齊人馬，起程前往小沛。

此時紀靈的大軍已在沛縣東南紮下營寨。劉備手下只有五千多人馬，也只得勉強出城，布陣安營。呂布則帶兵在縣城西南一里遠的地方紮營。紀靈得知呂布領兵來救劉備，急忙派人給呂布送去書信，責備他不守信用。呂布笑道：「我有一計，可以讓袁、劉兩家都不怨我。」便派人分別到紀靈和劉備的營寨中，請二人過來喝酒。

劉備接到邀請，便要動身，關羽、張飛擔心呂布別有用心，都勸劉備不要去。劉備說：「我待呂布不薄，他不會害我。」關、張還是不肯放心，就隨從劉備一同前往。呂布將劉備迎入寨中，笑著說：「我今天特意來解救你的危急，你將來得志的時候，可不要忘記我啊！」劉備滿口稱謝。呂布請劉備入座，關、張二人手按寶劍，立在劉備身後。剛剛坐定，有人來報紀靈到了，劉備大吃一驚，想要起身迴避，卻被呂布攔住。呂布道：「我特意安排你二人在這裡會面，不用懷疑。」劉備猜不透呂布打什麼主意，心裡惶惶不安。

紀靈走進帳中，看見劉備，也吃驚不小，轉身就往外跑，左右的人想拉都拉不住。呂布趕上前去，一把扯住，像提個小孩一樣，就把紀靈揪了回來。紀靈壯著膽子問：「將軍要殺紀靈嗎？」呂布說：「不是。」紀靈又問：「莫非要殺大耳兒劉備？」呂布說：「也不是。」紀靈更糊塗了。呂布這才對他說：「劉玄德和我是好兄弟，今天被將軍困住了，我是來為你們兩家調解的。」紀靈問：「怎麼個調解法？」呂布微微一笑：「我自有辦法。」便拉著紀靈入帳，與劉備相見。

呂布在當中坐下，讓紀靈和劉備分別坐在他的兩側，吩咐設宴行酒。紀靈和劉備各懷疑忌，心中惴惴不安。酒過數巡，呂布開口說道：「你們兩家看在我的面上，都該立即罷兵。」劉備沒有吭聲。紀靈卻說：「我奉主公之命，率領十萬大軍，專程來捉劉備，怎能說罷兵就罷兵呢？」張飛一聽就急了，拔劍在手，指著紀靈喝斥道：「我們雖然兵少，也沒有把你們這些鼠輩放在眼裡！看你敢傷我哥哥！」關羽急忙攔住張飛，說：「且看呂將軍主意怎樣，再各自回營廝殺不遲。」呂布道：「我既然來為你們兩家調解，就不會叫你們廝殺起來的！」

這邊紀靈忿忿不平，不肯罷兵，那邊張飛暴跳如雷，只要廝殺。終於惹惱了呂布，喝令左右：「快把我的畫戟拿來！」見呂布把畫戟拿在手裡，紀靈、劉備都嚇得變了臉色。呂布說：「我能不能勸你們兩家和解，全在這枝畫戟。」說完，叫人接過畫戟，拿到轅門外面，遠遠地插在地上。

呂布回過頭來，對紀靈、劉備說：「轅門離中軍有一百五十步，我如果一箭射中畫戟的小枝，你們兩家就此罷兵；如果沒有射中，你們各自回營，準備廝殺。誰不聽話，我就聯合另一方攻打他。」紀靈暗想：「這麼遠的距離，哪會恰好射中呢？姑且賣個人情答應下來，等他射不中時，再聽憑我廝殺。」便一口答應。劉備當然沒有異議。呂布請兩人坐下，又各吃了一杯酒，然後叫人取過弓箭。劉備心中暗暗祝告：「但願他一箭射中！」只見呂布挽起袍袖，搭上箭，扯滿弓，叫一聲：「著！」弓開如秋月行天，箭去似流星落地，一箭正中畫戟小枝。帳上帳下將校，齊聲喝采。

呂布哈哈大笑，把弓擲在地上，拉著紀靈和劉備的手說：「這是老天要讓你們兩家罷兵呀！」喝令軍士斟滿酒杯，三人各飲一大杯。劉備暗自歡喜。紀靈卻悶了半天，才對呂布說：「將軍的話，不敢不聽；可是紀靈回去，怎麼向主公交待呢？」呂布說：「我親自寫封信，告訴你主公就是了。」又喝了幾杯酒，紀靈討了呂布的書信，先告辭回去了。呂布對劉備說：「今天要沒有我，你的性命都危險了。」劉備連聲拜謝，也帶著關羽、張飛回城。第二天，三路軍馬都散去了。

第九回　戰宛城典韋死難　嚴軍紀曹操割髮

且說紀靈回淮南見到袁術，把呂布轅門射戟的經過說了一遍，又呈上呂布的書信。袁術氣得破口大罵：「呂布受了我許多糧食，反而用這種哄小孩子的把戲糊弄我！」當下就要親自出征。紀靈卻早有打算，勸住袁術，獻上一計說：「我聽說呂布有一女兒，年齡與您的公子相仿，何不派人去向呂布提親？呂布如果和我們結成親家，還怕他不殺劉備？這一招就叫作『疏不間親』。」袁術覺得有理，立即派韓胤帶了禮物，到徐州向呂布求親。

韓胤見到呂布，說明來意，呂布一時有些猶豫，就退回內室，與妻子嚴氏商量。原來呂布有二妻一妾，已經亡故的曹氏和貂蟬都沒有生育，只有嚴氏生了一個女兒，呂布十分鍾愛。嚴氏聽說袁術兵多糧廣，早晚要做皇帝，而且只有一個兒子，對這門親事非常滿意。呂布於是決定答應親事。韓胤回報袁術。袁術當即備下聘禮，仍令韓胤送至徐州。呂布收下聘禮，設席款待韓胤，留他在賓館安歇。

陳宮早已識破袁術的意圖，是想聯合呂布消滅劉備，所以不僅沒有阻止，反而催促呂布早日把女兒送到袁術那裡，以免夜長夢多。呂布覺得陳宮說得有理，就連夜置備妝奩，收拾寶馬香車，派宋憲、魏續隨同韓胤，把女兒送往淮南。

起程的那天，鼓樂喧天，非常熱鬧。此時陳登的父親陳珪正養老在家，聽到外面敲鑼打鼓，便向身邊的人詢問。等弄清事情原委，不由得驚呼：「劉備的處境危險了！」連忙抱病來見呂布。一見呂布，陳珪劈頭就道：「聽說將軍快要死了，特來弔喪。」呂布吃了一驚，忙問：「您為什麼這樣說？」陳珪就將袁術的用意細細分析給呂布聽，最後說：「有將軍的女兒在手裡做人質，袁術今後無論要求將軍做什麼，將軍您敢不答應嗎？」呂布如夢方醒，連聲斥罵陳宮誤事，急忙派張遼帶兵追趕上宋憲、魏續一行，不僅把女兒搶了回來，連韓胤也扣留在徐州，不放回去了。

一天，有人報告呂布，說劉備在小沛招軍買馬，用意不明。呂布認為這是帶兵為將者分內的事，不足為怪。不料說話間宋憲、魏續又進來報告，說二人奉命到山東買馬，回來路過沛縣邊界，被劉備的義弟張飛假扮強盜打劫，三百多匹好馬被搶去一半。呂布聽了大怒，立即點齊兵馬，來小沛找張飛算帳。劉備得知消息大吃一驚，慌忙領兵出迎。兩軍對陣，呂布用手指著劉備，大罵他忘恩負義，唆使張飛奪去馬匹。劉備不明內情，正在辯解，張飛卻從身後衝出，挺槍大叫：「是我奪了你好馬！你要待怎樣？」呂布罵道：「環眼賊！你屢次三番不把我放在眼裡，這次一定和你沒完！」張飛也喊道：「我奪了你的馬匹，你就惱怒成這副樣子，你奪我哥哥的徐州，該怎麼算？」兩人一邊對罵，一邊動起手來。打了一百多個回合，不分勝負。劉備唯恐張飛有什麼閃失，急忙鳴金收軍，退入城中。呂布分軍將小沛縣城團團圍住。

劉備喚來張飛，責備他說：「都是你奪了他的馬匹，惹出這場事端！」問清馬匹的下落，就派人出城到呂布營中賠罪，情願送還馬匹，兩下罷兵。呂布想要答應，陳宮卻說：「不趁此殺掉劉備，日後一定會成為禍害。」呂布一聽，就不同意講和，反而加緊攻城。劉備和糜竺、孫乾商議。孫乾主張棄城突圍，到許都投奔曹操，借些軍馬回來反擊呂布。張飛自告奮勇，願打頭陣。劉備便命張飛在前開路，關羽斷後，自己居中保護家小，就在當夜三更時分，乘著月色衝出北門突圍。呂布見劉備逃走，也不追趕，隨即入城安民，把小沛交給高順駐守，自己仍回徐州去了。

劉備一行來到許都城外，先派孫乾去見曹操，說明被呂布追逼，特來投奔。曹操說：「劉玄德和我是好兄弟。」就請入城相見。第二天，劉備將關羽、張飛留在城外，自己帶著孫乾、糜竺進城來見曹操。曹操待以上賓之禮。劉備把呂布相逼的事細說了一遍，曹操好言安慰，說：「呂布是個無義之人，我和賢弟齊心協力，把呂布剷除掉！」劉備連連稱謝。曹操設宴招待劉備，直到天黑才送他回去。

劉備走後，荀彧進來見曹操，說：「劉備是個雄心勃勃的人物，現在不早想辦法把他除掉，將來必有後患。」曹操聽了，沉吟不語。荀彧退出後，郭嘉走了進來。曹操就問：「荀彧勸我殺掉劉備，你有什麼意見？」郭嘉說：「不好。主公興兵為百姓除暴，正要靠信義招攬豪傑，劉備名氣很大，有困難來依附我們，殺了他，誰還敢再來投奔？主公又將靠誰來平定天下呢？」曹操聽了高興地說：「你的話正合我的心意。」次日，曹操就上表舉薦劉備為豫州牧，又送給他人馬糧食，讓他先去豫州就任，招兵買馬，等待時機。

曹操正要起兵討伐呂布，忽然流星馬來報，說盤踞關中的張濟已死，他的姪子張繡統領了他的部下，用賈詡為謀士，聯合劉表，屯兵宛城，打算進犯許都。曹操大怒，立即就要出兵攻打張繡，可又擔心呂布趁機偷襲後方，就採納荀彧的建議，派人到徐州為呂布封官賜賞，讓他與劉備和解。解除了後顧之憂，曹操就點齊十五萬大軍，分兵三路，以夏侯惇為先鋒，親自來征討張繡。

軍馬來到水邊，剛剛紮下營寨。張繡便聽從賈詡的勸告，前來投降。曹操好言撫慰一番，就帶領一部分人馬進入宛城，其餘軍隊都在城外駐紮，營寨綿延十多里。曹操在城中住了好幾天，張繡每天都大設酒宴，盛情款待。

不想曹操有一天喝醉了酒，偶然見到張濟的遺孀鄒氏，貪圖她的美貌，竟派他的姪子曹安民帶領五十名兵士，把鄒氏搶到軍中。後來為避免張繡疑心，索性和鄒氏遷到城外，讓典韋日夜守衛在中軍帳外，任何人不經召喚不得入內。曹操每天和鄒氏飲酒作樂，連許都都不想回了。

這件事終於被張繡知道了。張繡大怒，道：「曹操老賊，辱我太甚！」便請來賈詡商議。賈詡獻計，要他藉口士兵逃亡過多，把自己的軍馬也遷出城外，駐紮在曹操大營周圍，伺機發動叛亂。張繡又顧忌典韋勇猛，就找來偏將胡車兒，讓他假意請典韋喝酒，把他灌醉，找機會盜走典韋的雙戟。一切準備妥當，就在一天夜裡，趁曹操和鄒氏還在帳中飲酒的時候，四下放起火來。曹操慌忙呼喚典韋保護。典韋已被胡車兒灌得大醉，躺在床上休息，迷糊中聽得金鼓喊殺之聲，跳起身來，卻找不到雙戟。此時張繡的人馬已經衝到了轅門口，典韋急忙胡亂抄起一把腰刀，奮力衝出營寨，砍死二十多人。無奈張繡的人馬源源不絕地殺來，長槍像蘆葦一樣密密麻麻地刺殺過來，典韋身上沒有鎧甲遮蔽，渾身上下中了好幾十槍，仍然拚死抵抗。刀刃砍缺了，典韋就索性抓起兩名敵兵當作武器，又打死了十來個敵人。叛軍不敢近前，只遠遠地用箭射他，典韋冒著雨點一樣的箭矢，依然死守在寨門口。不料敵人從寨後殺了進來，典韋背上又中了一槍，大叫數聲，血流滿地而死。死了半晌，還沒有一人敢從前門入寨。

再說曹操趁典韋擋住寨門，從寨後上馬逃奔，只有曹安民步行跟隨。曹操右臂中了一箭，馬也中了三箭。多虧那馬是大宛良種，熬得痛，跑得快。剛剛逃到清水河邊，張繡的叛軍已經追上，曹安民抵擋不過，被亂刀砍為肉泥。曹操急忙縱馬衝過河，才上得岸，敵兵一箭射來，正中馬眼，那馬撲地倒了。曹操的長子曹昂連忙把自己騎的馬讓給曹操，曹操才僥倖逃脫，曹昂卻被亂箭射死。曹操逃得性命，會合夏侯惇、于禁等將，翻身殺了回來，把張繡的人馬殺得大敗。張繡勢窮力孤，帶領殘兵投奔劉表去了。

曹操收軍點將，設祭祭奠典韋。曹操親自哭著為典韋上香，回頭對眾將說：「我失去了長子、愛姪，都不如失去典韋這樣痛心啊！」眾人都深受感動。次日，曹操便下令班師，回許都去了。

再說曹操的使者來到徐州，宣讀詔書，封呂布為平東將軍，呂布非常開心。恰巧此時袁術也派來使者，通知說袁術很快就要登基稱帝，要呂布趕快把女兒送往壽春。呂布聽了勃然大怒，大罵袁術要造反，當即把袁術的使者殺了，又將韓胤用枷釘了，派陳登押送到許都，在上表謝恩的同時，還給曹操寫了封信，要求被正式任命為徐州牧。曹操得知呂布與袁術斷絕了婚約，非常高興。陳登卻私下提醒曹操說：「呂布像豺狼一樣，有勇無謀，見利忘義，應該盡早把他除掉。」並稱他和父親陳珪願做內應。曹操大喜，上表為陳珪請求贈祿，又保舉陳登為廣陵太守。陳登辭行的時候，曹操拉著他的手說：「東面的事，就全託付給你了。」陳登點頭答應。

陳登返回徐州見到呂布，呂布聽說陳登父子都得到了封賞，自己卻一無所獲，非常生氣，當場就要殺了陳登。陳登卻放聲大笑，說呂布太糊塗。呂布追問緣故，陳登道：「我見到曹丞相的時候，對他說養將軍就像養虎，如果不用肉把牠餵飽，就會掉過頭來吃人。曹丞相卻笑著說：『你說的不對。我對待呂布，就像養鷹一樣，狐狸、兔子沒有消滅乾淨，不敢讓牠吃飽，只有餓著肚子才肯為我所用，一旦吃飽，就會高高飛走了。』我問他誰是狐狸、兔子，他說了淮南袁術、江東孫策、冀州袁紹、荊襄劉表、益州劉璋、漢中張魯這些人的名字。」呂布聽了丟開寶劍，呵呵大笑，連稱：「還是曹公了解我！」二人正說話間，忽然有人報告，袁術已親率大軍來打徐州了。

原來袁術自從得到孫策典押在他那裡的傳國玉璽，就一心想做皇帝，此時終於不顧手下勸阻，自立為帝。剛剛即位，就得知呂布已將韓胤解送許都，被曹操殺了，不由大怒，立刻帶領二十多萬大軍，分為七路，浩浩蕩蕩地殺奔徐州，來為韓胤報仇。不料呂布倚仗陳登父子的出謀畫策，一連打了幾個勝仗，袁術損兵折將，灰溜溜地退回壽春去了。

建安二年（西元一九七年），曹操得知袁術糧草緊缺，四出劫掠，就乘機起兵，率領馬步兵十七萬人，糧食輜重千餘車，討伐袁術。呂布、劉備、孫策等人也紛紛出兵響應。袁術作戰不利，就命令手下眾將死守壽春，閉城不出，想趁著災年耗光曹操的軍糧，使其不戰而退，自己卻帶著搜刮來的金銀財寶，躲往淮南。

曹操十七萬大軍圍攻壽春，每天耗費大量的糧食，不到一個多月的時間，帶來的糧食已經所剩無幾，雖然又問孫策借了十萬斛糧米，仍然不敷支用。一天，掌管糧草的倉官王垕進來稟告曹操，說糧食快吃完了，曹操吩咐他改用小斛發放軍糧，暫救一時之急。王垕擔心兵士們會抱怨，曹操卻說：「我自有辦法。」

王垕於是遵照曹操的指示，用小斛分發軍糧。曹操暗中派人到各寨探聽，軍士們沒有不抱怨的，都說丞相糊弄士兵。曹操於是派人悄悄把王垕找來，對他說：「我想問你借一樣東西，安撫軍心，你千萬不要吝惜。」王垕問：「丞相要借什麼？」曹操說：「我想借你的腦袋一用。」王垕大驚，忙說：「我實在沒有什麼罪過啊！」曹操說：「我也知道你沒有罪。可是不殺你，軍隊一定會發生譁變。你死之後，我自會撫養你的妻子、兒女，你就放心好了。」王垕還想再說什麼，曹操早已命刀斧手把他推出門外，一刀斬了。曹操命人把王垕的腦袋挑在竹竿上示眾，又貼出告示曉諭全軍，稱王垕故意用小斛發放，盜竊軍糧，已經被按軍法處死。這樣一來，士兵們的怨氣都化解了。曹操又傳令各營將領，限三天內攻破壽春，否則格殺勿論。他自己也親自來到城下，督促士卒搬運土石，填塞城壕，並親手用劍斬殺了兩名臨陣畏避的偏將。於是大小將士無不奮勇向前，軍威大振，一舉攻克了壽春。曹軍把壽春城中的財物洗劫一空，又放了把大火，把袁術的偽皇宮燒了個乾乾淨淨。

曹操正要揮師渡過淮河追趕袁術，忽然接到鎮守南陽的曹洪急報，說張繡借助劉表的力量捲土重來，占領了南陽、江陵等地，曹洪抵敵不住，連輸數陣，特來告急。曹操只好班師回許都，準備討伐張繡。臨行前，曹操把從征袁術的劉備、呂布二人叫到一起，讓他們重歸於好，又命劉備還回小沛駐紮，與呂布相互支援。呂布走後，曹操卻悄悄留下劉備，囑咐道：「我讓你駐紮在小沛，使的是掘坑待虎之計。你凡事多和陳珪父子商議，等我騰出手來，就回來對付呂布。」

建安三年（西元一九八年）四月，曹操留荀彧鎮守許都，親率大軍再次出發去討伐張繡。行軍途中，曹操見沿路小麥已經成熟，可是百姓因為大軍過境，都逃避在外，沒人敢來割麥。曹操就派人到遠近村莊曉諭百姓及地方官吏，聲明自己是奉皇帝詔命出兵討伐叛逆，為民除害，請百姓不要驚懼逃避。同時號令全軍不得騷擾地方：「凡有踐踏麥田的，不論官職大小，一律斬首。」百姓聞知，無不歡喜稱頌，夾道迎送官軍。

曹操正騎馬在田壟上走過，忽然麥田中驚起一隻斑鳩。曹操的坐騎受到驚嚇，一下子躥到麥田裡，踏壞了一大片麥子。曹操馬上找來行軍主簿，讓他擬定自己的罪責。主簿說：「哪有給丞相定罪的道理？」曹操說：「我自己定下的軍法，要是我帶頭違犯，怎麼能約束眾人？」說著抽出寶劍就要自刎。眾人急忙攔住。郭嘉說：「古時的《春秋》上說：刑罰不能用在尊貴者的身上。丞相是全軍的統帥，怎麼能輕易傷害自己呢？」曹操想了一會兒，說：「既然《春秋》上有這種說法，姑且免我一死，」說著揮劍割下自己的頭髮，扔在地上，說：「就用割髮代替斬首吧。」隨即命人將此事傳告全軍。將士們得知丞相帶頭接受處分，無不悚然自律，遵守軍令。

曹操大軍來到南陽城下，張繡出城打了一仗，不能取勝，就躲在城中，堅守不出。曹操用了許多計策想攻下南陽，都被張繡的軍師賈詡識破，雙方互有勝負。荊州劉表也和張繡結成聯盟，共同對付曹軍，戰局一時相持不下。恰好此時荀彧派人送來急報，說冀州的袁紹突然整頓軍馬，似乎有進犯許都的動向。曹操擔心大本營被人乘虛而入，急忙下令撤兵返回許都。

第十回　徐州城陳登用智　白門樓呂布喪生

曹操率大軍回到許都，留守的荀彧、郭嘉等人前來迎接。相互道過辛苦，郭嘉就從身邊掏出一封書信，遞給曹操，說：「袁紹派人送信給丞相，稱他即將出兵攻打公孫瓚，特地來向丞相借糧借兵。」曹操呵呵冷笑道：「袁紹本想偷襲許都，不料我突然回師，只好另作打算了。」說完打開信細看，見信中袁紹的口氣十分驕橫傲慢，很是生氣，就問郭嘉：「袁紹很是無禮，我真想出兵討伐他，可是實力又沒有他強大，你說怎麼辦呢？」郭嘉便為曹操仔細分析了雙方的優劣，認為袁紹在十大方面都比不上曹操，雖然目前一時強盛，卻不難對付；倒是盤據徐州的呂布是個心腹大患，不如趁袁紹遠征公孫瓚的時機，先消滅呂布，除去後顧之憂。荀彧也同意郭嘉的意見，並建議曹操，先派人到小沛與劉備取得聯絡，相約同時起兵。曹操聽了很是滿意，一面厚賞袁紹的使者，回信答應出兵幫助袁紹攻打公孫瓚；一面派人帶著密信，連夜去見劉備。

再說呂布在徐州，每當賓客宴會之際，陳珪、陳登父子總是吹捧他的功德，把他哄得十分得意。陳宮在一旁看不過去，就找機會提醒呂布說：「陳珪父子表面奉承將軍，心裡怎麼想的可誰也不清楚，這種人最要小心提防。」呂布一聽就火了，喝斥陳宮道：「你平白無故說人壞話，想陷害好人嗎？」陳宮討個沒趣，悻悻地退了出來，不由得仰天長嘆：「忠言逆耳，我等就要大難臨頭了！」有意離開呂布投奔別處，可既有些不忍心，又怕被人恥笑，所以整天悶悶不樂。

一天，陳宮帶著幾名隨從，騎著馬到小沛地面打獵解悶，忽然看見官道上有匹快馬飛奔而過，像是傳遞書信的驛使。陳宮心中起疑，就帶著隨從抄小路追趕上去，攔住驛使盤問。那使者見他們是呂布部下，慌張著答不上話來。陳宮下令手下搜查他身上，果然搜出一封劉備寫給曹操的密信。陳宮當即連人帶信押回來交給呂布。呂布拆開信細看，原來是劉備的一封回信，大意是說：「接到進攻呂布的命令，正日夜加緊準備。只是自己兵微將少，不敢輕舉妄動，希望丞相早日率大軍前來。」呂布看了信，又驚又怒，立刻下令將那個使者殺了。隨後派陳宮、臧霸聯合泰山土匪，向東攻打山東兗州，令高順、張遼去攻打沛城的劉備，宋憲、魏續向西襲取汝、潁各州，呂布自己做為中軍，策應三路人馬。

劉備得到消息，一面派幕僚簡雍連夜赴許都，向曹操求援；一面整頓守城器具，準備抵抗。劉備親自鎮守南門，命孫乾守北門，關羽守西門，張飛守東門，糜竺和他的兄弟糜芳守護中軍。此時劉備已娶了糜竺的妹妹為側室，所以叫糜氏兄弟守中軍保護妻小。高順的軍馬來到小沛城外挑戰，劉備閉城不出。

第二天，張遼引兵攻打西門。關羽在城上對張遼說：「看你相貌堂堂一表人才，為什麼失身做賊呢？」張遼聽了有些慚愧，低下頭不答話。關羽知道此人是個有良心的漢子，就不再惡言辱罵，也不出戰。張遼帶兵退到東門，張飛立即出城迎戰，不料張遼很快就退走了。張飛正要追趕，關羽趕來攔住，說張遼被他言語感化，已有自悔之心，所以主動退去。張飛這才命令士卒堅守城門，不再出戰。

卻說簡雍趕到許都向曹操求救，曹操召集手下謀士商議，荀攸、郭嘉等都勸他抓住呂布羽翼未豐的時機，一舉消滅呂布。曹操便命夏侯惇與夏侯淵、呂虔、李典領兵五萬先行，自己親率大軍隨後趕往徐州。呂布得知消息，便命高順回師迎戰曹軍，又派侯成、郝萌、曹性等將趕去助陣。

曹將夏侯惇引軍前進，正與高順的軍馬相遇，兩人便挺槍出馬，戰在一起。打了四、五十個回合，高順抵敵不住，敗下陣來。夏侯惇縱馬追趕，高順不敢回陣，繞陣而走，夏侯惇不肯放棄，也繞著敵軍的陣營追趕。高順陣上曹性看見，暗地拈弓搭箭，瞄準夏侯惇，一箭射去，正中左眼。夏侯惇大叫一聲，急忙用手拔箭，不想用力過猛，連眼珠一起拔了出來。夏侯惇掉轉箭頭，把自己的眼珠放進嘴裡，一口吞了，隨即挺槍縱馬，直取曹性。曹性來不及提防，早被一槍扎穿了面門，落馬而死。兩邊軍士見夏侯惇如此勇猛，無不駭然變色。夏侯惇殺死曹性，也覺得支撐不住，縱馬回陣。高順乘勢揮動軍馬從背後趕來，曹兵大敗。夏侯淵拚死救護著他的哥哥，帶兵退到濟北去了。

高順打退了曹軍，又掉頭回擊劉備。恰好呂布大軍也趕到了。此時劉備已和關羽、張飛出城紮寨，呂布便與張遼、高順分兵三路，來攻劉、關、張三人的營寨。關羽、張飛兩營人少，先潰敗下來，劉備獨木難支，只帶著幾十名隨從奔回沛城。呂布在後面緊追不捨。城上軍士見劉備逃回，急忙放下吊橋，不料呂布馬快，隨後也趕到了；城上想要放箭，又怕傷到劉備，被呂布乘勢殺入城門，守門將士抵敵不住，都四散奔避。劉備見形勢急迫，顧不上回家，只得棄了妻小，穿城直出西門，一個人騎馬逃走了。

呂布趕到劉備家中，糜竺出來迎接，對呂布說：「劉玄德經常感念將軍轅門射戟之恩，絕不敢背叛將軍。如今不得已投靠曹操，還望將軍可憐他的妻小。」呂布安慰他說：「我和玄德是多年的交情，怎會忍心傷害他的家人呢？」就讓糜竺帶著劉備的妻小，到徐州居住。呂布留下高順、張遼鎮守小沛，自己帶領大軍到山東攻打兗州去了。

再說劉備獨自逃跑，半路上遇到孫乾，兩人合計了一下，就抄小路奔往許都投奔曹操。在梁城遇到曹操大軍，劉備把失去沛城、兄弟失散、妻小陷落的經過告訴曹操，曹操安慰了一番，就把劉備留在軍中，一同去攻呂布。曹操命曹仁帶三千人馬去打小沛，自己親率大軍去兗州迎戰呂布。大軍進入山東，擊潰了泰山群寇孫觀等人的阻攔，很快就殺到蕭關城下，不料關中只有陳宮把守，呂布的主力已經回徐州去了。

此時呂布回到徐州，打算帶著陳登去救小沛，令陳留守徐州。臨行前，陳珪提醒陳登說：「曹丞相曾把徐州的事託付給你，如今呂布眼看就不行了，你要找機會早作打算。」陳登說：「外面的事兒子自會處理。倘若呂布戰敗逃回，請父親與糜竺一起守住徐州，不要放呂布入城。」陳珪有些顧慮，說：「呂布的妻小在這裡，到處都是他的心腹，不太好辦。」陳登說：「兒子已經想好辦法了。」便去見呂布。陳登故意不提呂布的家小，只說：「徐州四面受敵，曹操一定會全力攻擊，我們應該想好退路。不如先把錢財糧食轉移到下邳，以防萬一。」呂布果然想到自己的妻小，就令宋憲、魏續保護著，將妻小與錢糧一起移往下邳；自己親率大軍，與陳登去救小沛。

走到半路，忽然接到報告，曹軍主力已到蕭關，呂布便令軍馬調頭趕往蕭關。陳登提出自己先行一步，到關上探探曹兵的虛實，呂布答應了。陳登來到蕭關，見到陳宮，卻謊稱：「溫侯責怪你們不肯出戰，要來責罰。」陳宮連忙解釋，說曹兵勢大，不可輕敵。還請陳登轉告呂布，守住沛城，與徐州相互呼應，才是上策。陳登連聲答應。到了晚上，陳登悄悄溜上關頭，將事先準備好的三封書信繫在箭上，射進關下曹營。第二天，陳登辭別陳宮，飛馬來見呂布，道：「關上孫觀等人都想獻關投降曹操，陳宮獨力難支，請將軍快去救應。」呂布忙叫陳登再上關去，約陳宮舉火為號，今夜夾攻曹兵。陳登見到陳宮，卻說：「曹兵已經抄小路繞到關內，徐州恐怕會有閃失，請趕快回兵增援徐州。」陳宮便帶領眾將棄了蕭關，退兵回徐州。陳登乘機在關上放起火來。呂布見關上火起，帶兵趕來，恰好與陳宮軍相遇，在黑暗裡自相掩殺。曹兵望見號火，一齊殺到，乘勢攻擊。孫觀等人都各自四散逃命去了。

呂布一直殺到天亮，方知中計，急忙和陳宮合兵一處，逃回徐州。來到徐州城下，正要叫開城門，忽然城上亂箭射下。只見糜竺在敵樓上大聲喝道：「你奪了我主公的城池，現在應當還給我們了！」呂布大怒，回頭尋找陳登，早已不見蹤影。陳宮勸呂布趕快去守小沛，不想走到半路，迎面見鎮守小沛的高順、張遼帶領一隊人馬趕來，一問才知道，陳登已經先到小沛，告訴二人呂布被圍，讓他們急來解救。呂布恨得咬牙切齒，急忙趕到小沛，只見城頭插滿了曹兵旗號，原來曹操已令曹仁襲了城池。呂布在城下大罵陳登，陳登也在城上指著呂布回罵。

呂布氣急敗壞，正要攻城，忽然聽到背後喊聲大起，一隊人馬來到，當先一員猛將，正是張飛。高順出馬迎敵，不能取勝。呂布親自接戰。正戰鬥間，陣外喊聲又起，曹操親領大軍殺來。呂布料難抵敵，便帶領人馬向東退走，曹兵隨後追趕。呂布正累得人困馬乏，忽然又被一隊軍馬攔住去路，為首一將，立馬橫刀，大喝：「呂布休走！關雲長在此！」此時張飛也從背後殺來。呂布無心戀戰，與陳宮等殺開一條生路，逕直逃奔下邳去了。

原來關羽、張飛自從被呂布殺散，分別帶殘部逃進山中，如今聽說曹操出兵征討呂布，都趕來尋找兄長劉備。當下兩人一齊領兵來見劉備，兄弟三人抱頭痛哭。劉備隨曹操大軍進入徐州，糜竺趕來迎接，告訴他家屬都平安無事，劉備又是一喜。曹操設宴犒勞眾將，特別表彰陳珪父子的功勞，加封陳珪俸祿，任命陳登為伏波將軍。

曹操又與眾人商議起兵攻下邳。程昱道：「呂布現在只剩下下邳一座孤城，如果逼得太緊，他一定會拚死突圍，去投奔袁術。他們一旦聯合在一起，就不好對付了。如今應該派一個得力的人，帶兵守住通往淮南的要道，內防呂布，外擋袁術。另外，山東一帶還有臧霸、孫觀等呂布餘黨沒有歸順，也不可忽視防衛。」曹操便對劉備說：「山東各路由我來負責，淮南要道，就請玄德承擔大任了。」劉備一口答應。第二天，劉備留糜竺、簡雍駐守徐州，自己帶著孫乾、關羽、張飛去把守淮南要道，曹操則親領大軍殺向下邳。

再說呂布逃到下邳，陳宮向他建議，趁曹軍剛到，立足未穩，應該立刻出擊，以逸擊勞，可一舉獲勝。呂布卻自恃糧食充足，安心坐守，聽不進陳宮的意見。過了幾天，曹兵安好營寨，曹操親率眾將來到城下，大叫呂布答話。呂布來到城頭，曹操勸他投降，說他過去有誅滅董卓的功勞，如果投降，不失封侯之位。呂布聽了，不覺有些動心。陳宮在一旁見了，便指著曹操大罵奸賊，揮手一箭射去，正中曹操的麾蓋。曹操恨透了陳宮，發誓要殺了他，便催動手下加緊攻城。

陳宮勸呂布帶領主力移到城外，自己留守城中，形成掎角之勢，相互救應。用不了多久，曹操糧草用盡，自然退兵。呂布於是回府收拾戎裝。此時正值寒冬，呂布吩咐手下多帶棉衣，他的妻子嚴氏覺得奇怪，問他要去哪裡，呂布就把陳宮的主意告訴了妻子。嚴氏擔心地說：「將軍拋下妻子兒女孤軍遠出，萬一有什麼變故，誰來保護我們呢？」呂布聽了，拿不定主意，一連三天不出家門。陳宮趕來催促說：「曹操的軍馬已經將城池四周團團包圍，再不出城紮營，就被困在城裡出不去了。」呂布支吾著說：「我想來想去，還是堅守城池比較好。」陳宮又獻一計，說：「最近聽說曹軍缺糧，已經派人到許都去取，不久就會運到。將軍可帶一支精兵出城截斷他的糧道。這可是難得的好機會啊！」呂布覺得有理，又進入內室和妻妾商量。嚴氏一聽就落下淚來，對呂布說：「陳宮、高順這班人哪裡守得住城池？倘若有個閃失，後悔都來不及了！不過將軍前程要緊，也不必把我們放在心上！」說完放聲大哭。貂蟬也在一旁哭哭啼啼地說：「將軍要替妾身作主，千萬不要隨便出去。」呂布心亂如麻，便出來對陳宮說：「曹操詭計多端，說有軍糧運到，多半是在誘我出城，我們不能輕舉妄動。」陳宮只得退出，長嘆道：「我們都要死無葬身之地了！」

呂布從此索性終日不出，只同嚴氏、貂蟬飲酒解悶。這一天，謀士許汜、王楷入見呂布，獻計說：「將軍昔日曾與袁術有過兒女婚約，為什麼不去求他？如果袁術肯出兵，和我們內外夾攻，曹操就不難擊破了。」呂布便當即寫好書信，派二人前去淮南求救，又命張遼、郝萌二將領兵一千，把他們送出隘口。當夜二更，張遼在前，郝萌在後，保護著許汜、王楷殺出城去。過了隘口，郝萌帶五百人，跟許汜、王楷同去淮南，張遼帶著一半人馬回來。

許汜、王楷來到壽春，拜見袁術，呈上書信。袁術看過信，不滿地問：「你們主人上次賴了婚姻，還殺了我的使者，如今為什麼又來求我？」許汜說：「這都是被曹操的奸計所誤，請明公詳察。徐州、淮南脣齒相依，曹操攻破下邳，對明公也沒好處啊。」袁術冷笑一聲，說道：「呂布反覆無信，叫他先把女兒送來，我再發兵。」許汜、王楷只得拜辭，和郝萌回來。

這一天，他們回到劉備的營寨邊。等到晚上，許汜、王楷走在前面，偷偷地溜了過去。郝萌在後面掩護，卻被張飛攔住了去路。郝萌只得硬著頭皮上前廝殺，只一個回合，就被張飛生擒過去，五百人馬都被殺散了。張飛押著郝萌來見劉備，劉備又把他押送到曹操的大寨。郝萌把呂布向袁術許婚求救的事說了。曹操大怒，殺了郝萌，派人傳令各營，小心防守，如果再走漏呂布的人馬，依軍法處治。

再說許汜、王楷回城，見到呂布，說袁術要先得到呂布的女兒，才肯起兵救援。呂布聽了十分為難，不知怎樣才能把女兒送出城去。許汜說：「如今郝萌被擒，曹操一定知道了我們的內情，加緊防備。除非將軍親自護送，恐怕誰也衝不出重圍。」第二天夜間二更時分，呂布將女兒渾身纏上錦緞，外面又用重甲包裹，背在自己背上，提戟上馬，開門出城，張遼、高順帶著三千人馬跟在後面。眼看來到劉備寨前，一聲鼓響，關、張二人攔住去路，大叫：「休走！」呂布無心戀戰，只顧奪路而行。劉備又親自帶領一隊軍馬殺來，兩軍混戰在一起。呂布雖然勇猛，畢竟背上縛著一個人，又唯恐女兒受到傷害，不敢強行突圍。正在進退兩難，後面徐晃、許褚又殺了過來，都大叫著：「不要放走了呂布！」呂布見情況緊急，只得退回城去。劉備、徐晃等各自收兵歸寨，果然一個敵兵也沒有放過。呂布回到城中，無計可施，心中憂悶，只好整天飲酒銷愁。

曹操圍住下邳攻打了兩個多月，始終不能攻克，心裡也很煩惱，便想暫且休戰，撤兵回許都去。荀攸急忙勸阻說：「呂布連打了幾個敗仗，銳氣已挫，軍士也沒有了鬥志；陳宮雖然足智多謀，但遇事不夠果斷。如今趁著呂布元氣沒有恢復，陳宮也還沒想出好對策之前，加緊進攻，一定可以活捉呂布。」郭嘉獻上一條計策，建議決開沂河、泗河，水淹下邳。曹操便下令全軍把營寨遷到高地上，派人將沂河、泗河掘開了幾條豁口，眼看著滔滔河水淹向城中。下邳全城只剩得東門無水，其餘各門，都被水淹。

眾軍急忙飛報呂布。呂布卻不以為意，說：「我有赤兔馬，渡水如走平地，有什麼可害怕的？」仍然成天與妻妾一起痛飲美酒，終因酒色過度，面容一天天消瘦下去。一天，呂布偶然在鏡子中看到自己的模樣，不覺驚呼：「我被酒色害了！從今天開始，我一定戒除酒色。」於是下令城中禁止飲酒，違令者一律處斬。

恰好將軍侯成有十五匹好馬被人偷去，多虧他及時發覺，又把馬奪了回來，眾將都來為他道賀。侯成釀了五、六罈好酒，要和眾將會飲，又怕呂布怪罪，就先帶了幾瓶來到呂布府上，送給呂布。不料呂布翻臉大怒，喝道：「我剛下令禁酒，你卻釀酒會飲，難道要成心和我作對嗎？」喝令左右把侯成推出去斬首。宋憲、魏續等將都為侯成討饒求情，呂布說：

「看在眾將的情面上，饒你不死，改打一百軍棍！」眾將又苦苦哀求，打了侯成五十大棍，才放他回去。眾將無不垂頭喪氣。宋憲、魏續悄悄到侯成家來探視，侯成流著眼淚謝道：「如果不是你們求情，我就死定了！」宋憲恨恨地說：「呂布只知道貪戀妻子，把我們像草芥一樣對待。我們不如拋棄他，一走了之！」魏續卻說：「臨陣脫逃，非大丈夫所為。不如索性把他擒住，獻給曹操。」於是三人商議，決定由侯成去偷呂布的赤兔馬，出城獻給曹操，宋、魏二人在城中做內應，伺機擒獲呂布，開門獻城。

當天夜裡，侯成悄悄來到馬房，盜出那匹赤兔馬，飛奔東門。魏續早在城門邊守候，見侯成得手，就打開城門把他放了出去。侯成來到曹操大營，獻上馬匹，把宋憲、魏續以插白旗為信號，準備獻城的事告訴曹操。第二天天還沒亮，曹操就揮動大軍攻城，吶喊聲驚天動地。呂布急忙提戟上城，巡視各門，這才發現侯成偷走了自己的赤兔馬，氣得他大罵魏續失職，正要治罪，城下曹兵已經奮力攻上城來，呂布只得親自抵敵。從清晨一直打到正午，曹兵才稍稍退去。呂布筋疲力盡，坐在門樓上歇息，不知不覺就睡著了。宋憲趕退呂布的隨從，先把他的畫戟盜走，然後與魏續一齊動手，將呂布繩纏索綁，緊緊縛住。呂布從睡夢中驚醒，急喚左右，卻都被二人殺散，把白旗一招，曹兵齊至城下。魏續大叫：「呂布已經被我們活捉了！」宋憲就把呂布的畫戟扔下城去。二人打開城門，曹兵一擁而入。高順、張遼在西門把守，被大水圍住，逃不出去，也被曹兵捉住了。陳宮逃到南門，被徐晃擒獲。

曹操進入城中，立刻傳令堵住河堤，同時出榜安民。曹操自己和劉備一起坐在白門樓上，命令將擒獲的敵將一一押上前來。呂布雖然身材高大，卻被繩索捆作一團，大叫道：

「縛得太緊了，請鬆一鬆！」曹操笑道：「縛虎不得不緊啊！」呂布看見侯成、魏續、宋憲都站在曹操身旁，忍不住質問他們：「我待你們不薄，你們怎麼忍心背叛我？」宋憲說：「你只聽妻妾的話，聽不進將領的意見，怎麼算是不薄？」呂布啞口無言。不一會兒，眾人押上高順，曹操喝令斬了。徐晃又押送陳宮來到樓上。曹操叫著陳宮的表字說：「公臺別來無恙！」陳宮說：「當初我離開你，早就看出你心術不正！」曹操說：「你說我心術不正，為什麼又要為呂布這樣不講信義的人賣命？」陳宮說：「呂布雖然有勇無謀，卻不像你那樣詭詐奸險。」曹操有心戲弄他，便道：「你自詡足智多謀，結果又怎麼樣呢？」陳宮回頭瞪了呂布一眼，不服氣地說：「可恨此人不聽我的話！如果聽我勸告，現在也未必會被你抓住。」曹操問：「事已至此，你有什麼打算？」陳宮大聲答道：「今日唯有一死而已！」曹操還有幾分不忍心，陳宮卻頭也不回地走下樓去，左右拉都拉不住。曹操留著眼淚送到樓下，命令將陳宮的屍首送回許都厚葬。

曹操送陳宮下樓去的時候，呂布悄悄懇求劉備說：「如今你是座上客，我成階下囚，為什麼不幫我說句好話呢？」劉備點點頭，沒有吭聲。等到曹操回到樓上，呂布大叫願意投降，曹操回頭問劉備：「你看怎樣？」劉備說：「丁原、董卓的事情，丞相不記得了嗎？」曹操猛然省悟，命手下將呂布牽下樓去勒死。呂布掙扎著回過頭來，大罵劉備：「忘恩負義的大耳賊！轅門射戟的事，難道你就忘記了嗎？」忽然聽到有人大叫：「呂布匹夫！死就死，有什麼可怕的！」眾人一看，原來是刀斧手把張遼押了過來。呂布這才不再言語，被兵士牽著去了。

武士把張遼押到面前，曹操用手指著他說：「這人好面熟。」張遼說：「濮陽城中碰過面，你難道忘記了嗎？可惜那天火不大，沒有燒死你這國賊！」曹操大怒，拔出佩劍，就要親自來殺張遼。張遼毫無懼色，伸著脖子等死。劉備急忙伸手攀住曹操的臂膊，勸道：「這等赤膽忠心的人，正當留用。」關羽也過來跪在曹操面前，求情說：「他是個忠義之士，我願用性命為他擔保。」曹操哈哈一笑，扔掉寶劍，說：「我也知道他是一個忠義的人，故意和他開玩笑的。」說著親手解開張遼的綁繩，又脫下自己的長袍披在張遼身上，請他上座。張遼深受感動，就歸順了曹操，曹操封他為中郎將，賜爵關內侯。

曹操又派人招降了臧霸、孫觀等人，命車騎將軍車冑留守徐州，自己就和劉備帶領大軍，拔寨班師，回許都去了。

第十一回　董國舅衣帶傳密詔　曹丞相煮酒論英雄

漢獻帝建安三年（西元一九八年），曹操攻破徐州，殺了呂布，班師回到許都。曹操封賞了出征人員，又上表陳奏劉備軍功，帶劉備上朝陛見獻帝。獻帝問起劉備的家世，劉備奏稱是中山靖王的後裔。獻帝叫人取來宗族世譜查看，一代一代排列下來，劉備應是他的叔父。獻帝正苦於曹操弄權，國家大事都作不得主，便想重用劉備，做個幫手。於是就在朝堂上拜劉備為左將軍，封宜城亭侯。從此人稱劉備為劉皇叔。

曹操退朝回到相府，荀彧等一班謀士早已得到消息，都說：「皇帝認劉備為皇叔，恐怕對丞相不利。」曹操卻不以為然，說：「劉備做了皇叔，我用皇帝的詔命支使他，他更不敢不服了。」

一天，謀士程昱勸曹操說：「如今丞相的威名與日俱增，何不乘此時機成就王霸大業？」曹操道：「朝廷中還有很多忠於漢室的大臣，不可輕舉妄動。明天我請皇上出城打獵，看看動靜再說。」於是，曹操挑選好馬匹、鷹犬，備齊弓箭，先派兵士到城外準備好圍場，然後進宮請獻帝出城打獵。獻帝雖然不願意去，可不敢不從，只得騎上逍遙馬，排駕出城。劉備與關、張帶著幾十名親兵隨身扈從。

早有十萬大軍在許昌郊外排開圍場，曹操騎著爪黃飛電馬，與獻帝並馬而行，背後都是曹操的心腹將校，文武百官遠遠隨在後面。到了圍場，獻帝回頭對劉備說：「我要看皇叔射獵。」劉備領命上馬，恰巧前方草叢中驚起一隻白兔，劉備一箭射去，正中那兔。獻帝忍不住大聲喝采。

一行人轉過土坡，忽見荊棘中趕出一隻大鹿。獻帝連射三箭，都沒有射中，便回頭對曹操說：「丞相射一下看看。」曹操就從獻帝手中接過寶雕弓、金箭，拉滿弓弦，揚手射去，正中鹿背，那隻鹿應聲倒在草中。文武百官見到金箭，只當是獻帝射中的鹿，都高呼「萬歲」。曹操縱馬衝出，遮在獻帝前面，迎受歡呼。眾官見他如此僭越，都大驚失色。劉備背後的關羽見狀大怒，揚起臥蠶眉，睜開丹鳳眼，提刀拍馬，就要衝過去殺曹操。劉備慌忙向他搖手使眼色，關羽這才忍氣勒住了馬。劉備欠身向曹操稱賀道：「丞相神箭，天下少有！」曹操笑道：「這是仗著天子的洪福呢。」說著掉轉馬頭向獻帝稱賀，隨手把寶雕弓別在身上，不再還給獻帝。

圍獵結束，君臣回城，各自歸去歇息。關羽便問劉備：「曹操目無天子，我要殺他，為國除害，兄長為什麼阻止我？」劉備道：「曹操和皇上相隔只有一馬頭的距離，周圍又都是他的心腹，你一時氣憤動起手來，萬一傷了皇上，反而會把罪過加到我們自己頭上。」關羽憤憤地說：「今天不殺他，日後他一定會禍害國家。」劉備急忙告誡關羽：「這種話要放在心裡，千萬不要亂說。」

再說獻帝回到宮中，把今天圍獵時發生的事情講給伏皇后聽，想起曹操跋扈的情形，說著說著，不禁落下淚來。伏皇后道：「滿朝公卿，難道竟沒有一人能救我們？」話音未落，忽然從外面走進一個人，叫道：「皇上不必煩惱，我舉薦一人，可以為國除害。」獻帝抬頭一看，卻是伏皇后的父親伏完。獻帝擦乾眼淚，問他舉薦何人。伏完道：「車騎將軍國舅董承，是個可以託付的人。」獻帝就想把董承請進宮來商議。伏完卻擔心宮中曹操耳目眾多，容易洩露機密，勸獻帝預先寫好密詔，暗地賜給董承，讓他回家再看。

伏完走後，獻帝便咬破指尖，用鮮血寫成一道詔書。然後取來一條玉帶，讓伏皇后拆開線縫，把血詔放在錦襯內，再重新縫好，繫在腰間。然後派人宣董承入宮。董承來到宮裡，獻帝勉勵了幾句，就帶著董承來到太廟的功臣閣上。走到正中間的漢高祖畫像前，獻帝長嘆一聲，道：「祖宗如此英雄，子孫卻這樣懦弱！」又指著兩旁的畫像問：「這兩人就是張良、蕭何吧？」董承回答：「正是。高祖開基創業，二人出力最大。」獻帝回頭看看，隨從的人距離都比較遠，便低聲對董承說：「國舅將來，也該像他們一樣，立在我的身旁。」董承惶恐地說：「我沒有半點功勞，怎麼擔當得起呢？」獻帝脫下身上的錦袍、玉帶，遞給董承，道：「你穿上我的這身袍帶，就如同在我身邊了。」董承叩頭拜謝。獻帝特地用手指指玉帶，小聲說道：「你回去後仔細看看，不要辜負我一片心意。」董承心裡有幾分明白了，便穿上錦袍，繫上玉帶，拜辭獻帝走下閣來。

早有人報知曹操道：「皇帝召董承登功臣閣談話。」曹操便入宮來查探究竟。走到宮門口，正巧與董承打了個照面。董承來不及躲避，只得上前施禮問候。曹操問：「國舅從哪裡來？」董承如實稟告：「剛才皇上召我進宮，念我當年洛陽救駕之功，賜我一身袍帶。」曹操笑道：「好一條玉帶，解下來給我看看。」董承心知衣帶中必有密詔，怕被曹操看破，遲疑著不敢解下。曹操便向隨從的武士喝道：「還不快去幫國舅解帶！」武士解下玉帶，曹操拿在手裡看了半天，沒有發現什麼破綻，又道：「再脫下錦袍來借我一看。」董承心裡害怕，又不敢不從，只得脫下錦袍獻上。曹操親自用手提起錦袍，對著太陽細細查看。看完，自己穿在身上，繫了玉帶，回頭問隨從們：「長短合適嗎？」隨從們都說好極了。曹操便對董承說：「國舅把這身袍帶轉贈給我，怎麼樣？」董承說：「這是皇上所賜，不敢轉贈。」曹操笑道：「這裡面恐怕別有文章吧？」董承連忙回答：「我怎麼敢呢？丞相要是喜歡，就留下好了。」曹操哈哈一笑，說：「我是和你開玩笑的。這是皇上賜給你的，我怎好奪人之美？」便脫下錦袍玉帶，還給董承。

董承回到家中，到了夜間，獨自坐在書房中，拿出袍帶反覆查看，終於在玉帶的襯縫處看出一點異樣，用刀挑開，在襯裡中找到獻帝親手書寫的血詔。詔書上讓他設法聯絡忠於漢室的義士，除滅曹操一黨，安定天下。董承看罷，不禁淚流滿面。第二天，他就開始在群臣中留意忠於漢室的人物，很快聯合了侍郎王子服、校尉种輯、議郎吳碩、將軍吳子蘭和西涼太守馬騰等人。六人在獻帝的血詔前立下義狀，發誓齊心協力，為國除害。馬騰又向大家推薦劉備，說他既是皇叔，又重義氣，值得託付大事。董承道：「待我去探探他的口氣。」

次日夜裡，董承懷揣血詔，來見劉備。劉備把他請入小閣坐定，備酒相待。飲了幾杯，劉備問起董承來意，董承不答，卻反問劉備道：「前天在圍場上，雲長要殺曹操，將軍為什麼使眼色阻止他？」劉備大吃一驚，說：「國舅怎麼知道？」董承道：「別人都沒注意，只有我看在眼裡。」劉備不好再隱瞞，就說：「我二弟是見曹操僭越無禮，一時忍不住怒火。」董承嘆道：「朝廷大臣要都像雲長這樣有膽氣，還怕天下不太平嗎！」劉備怕他是曹操派來試探自己的，就假裝糊塗地問：「曹丞相治理國家，還有什麼不太平嗎？」董承立刻把臉色一變，起身說道：「看你是漢朝皇叔，我才以坦誠相見，你為何沒有一句實話？」劉備說：「因為擔心國舅有詐，所以不敢說實話。」董承便取出衣帶詔給劉備看，劉備讀罷，不勝悲憤，當即在義狀上簽下了自己的名字，表示要竭盡心力，剷平曹操。兩人一直商議到五更天，董承才告別離去。

劉備自從接受了衣帶詔，恐怕曹操疑心，就每天足不出戶，在住所後園闢了一塊空地種菜，親自澆灌。關羽、張飛都很不理解，問：「大哥為什麼不留心天下大事，反而學做這些瑣碎的小事？」劉備卻笑笑說：「我自有道理。」

一天，關、張有事出門，劉備正獨自一人在後園澆菜，突然許褚、張遼帶著幾十名兵卒闖進園中，口稱：「丞相有命，請使君馬上過去。」劉備暗暗吃驚，只得跟隨二人到相府去見曹操。曹操一見劉備，就笑著說：「你在家做得好大事！」一句話嚇得劉備面如土色，不知怎麼回答才好。曹操一把拉住劉備的手，一邊往後園走一邊說：「你菜種得不壞啊！」劉備這才放下心來，答道：「不過是無事消遣罷了。」曹操說：「剛才偶然看到枝頭青青的梅子，忽然想起去年討伐張繡時，路上缺水，將士們都口渴得不行；我心生一計，舉起馬鞭朝前虛指，說前面有座梅林。將士們聽了，口中發酸，生出許多唾液來，就止住了口渴。如今正是梅子初熟、燒酒新釀的好時節，所以特意邀請使君過來一聚，把酒聊天。」劉備聽了，方才恢復了鎮定。

曹操引領劉備來到一座小亭，裡面已經備好了食具菜肴，果然有一盤青梅，一樽美酒。

二人對面坐下，開懷暢飲。正喝得高興，忽然天空陰雲密布，眼看一場暴雨就要不期而至。曹操和劉備憑欄遠眺，半空翻捲的烏雲好似一條虬龍倒掛天際。曹操便借題發揮，從龍的變化談到當世的英雄，忽然問劉備道：「你到過許多地方，見識過很多人物，你認為當今世上，誰稱得上『英雄』二字？」劉備再三謙遜，說自己肉眼凡夫，不識什麼英雄。曹操道：「沒見過面，總有聞過名的。」劉備便試探著說：「淮南袁術，兵精糧足，可算英雄？」曹操笑道：「他好比墳墓裡的枯骨，我早晚要除掉他！」劉備又說：「河北袁紹，名門世家，門生故舊遍及天下，如今雄踞冀州，手下能人極多，可稱得上英雄？」曹操又笑了笑，說：「袁紹外強中乾，好謀無斷；幹大事而惜身，見小利而忘命，不能算英雄。」劉備說：「還有一人，名列當代『八俊』之一，威鎮九州——劉表劉景升，可算英雄？」曹操說：「劉表徒有虛名，沒什麼真本事，不算英雄。」劉備又道：「還有一人，血氣方剛，獨霸江東——孫策孫伯符，可算英雄？」曹操說：「孫策全靠他父親的聲望才取得成功，也不算英雄。」劉備說：「那益州劉璋劉季玉，可稱得上是英雄了？」曹操說：「劉璋雖然是皇室宗親，但目光短淺，不過是條看家狗罷了，哪裡配稱英雄！」劉備又舉出張繡、張魯、韓遂等人的名字，曹操不等他說完，就拍手大笑道：「這些碌碌無能之輩，更不值一提。」劉備只好搖搖頭，說：「除了這些人，我實在想不出來了。」曹操便道：「所謂英雄，必須胸懷大志，腹有良謀，對於天下大事，無所不知，無所不能。」劉備忙問：「這樣的英雄，誰能稱得？」曹操用手指指劉備，又指指自己，鄭重地說：「當今天下，能稱得上英雄的，只有你我二人。」

劉備聽曹操把自己稱作英雄，暗暗吃了一驚，手中的筷子不覺落在地上。恰在此時，天空響起一聲炸雷，緊跟著大雨瓢潑而下。劉備趁機從容地拾起筷子，說道：「這雷聲竟然如此厲害，把我的筷子都震掉了！」曹操笑著說：「堂堂大丈夫，也怕雷嗎？」劉備也笑道：「連孔聖人遇到迅雷暴風都嚇得變了臉色，我怎麼能不怕呢？」一句話，就把失落筷子的真實原因，輕輕遮掩過去了。曹操也由此打消了對劉備的疑忌。

夏天的雷雨來得快，去得也快，轉眼間雨過天晴。劉備正要起身告辭，忽然看見有兩個人手持寶劍，急匆匆闖進後園。曹操一看，原來是關羽、張飛。原來二人到城外射箭，回來聽說劉備被曹操請去，心中放心不下，便慌忙趕來。二人見劉備正與曹操對坐喝酒，便侍立在一旁等候，曹操叫人取酒給二人喝。不久散了酒席，劉備回到府中，把剛才受驚落筷的事情講給關、張二人，說：「我每天在家種菜，就是想要曹操認為我胸無大志，誰想他竟然說我是英雄。」二人這才明白劉備閉門種菜的用心。

第二天，曹操又把劉備請去喝酒。喝到一半，忽然得到探報，北平太守公孫瓚已經被袁紹攻破城池，全家走投無路，舉火自焚了。袁紹吞併了公孫瓚的勢力，聲勢更加強大，連袁術都打算放棄淮南，到河北去投奔他。劉備聽說公孫瓚已死，想起兩人以前的交情，暗自傷心，又掛念趙雲的下落，忽然想到：我何不乘此機會尋個脫身之計？便站起來對曹操說：「袁術要去投奔袁紹，一定會經過徐州。請丞相撥給我一支兵馬，在半路上截擊袁術，把他抓來獻功。」曹操覺得這個主意不錯，就答應了。

次日，曹操奏請獻帝同意，調了五萬人馬交給劉備指揮，又派朱靈、路昭二人為副將，協助劉備去截擊袁術。劉備辭別獻帝回到寓所，連夜收拾軍器鞍馬，掛了將軍印，立即點齊人馬起程。董承趕到郊外送行，悄悄囑咐劉備：「多加小心，不要辜負皇上的重託。」劉備道：「國舅放心，我此去定會有一番作為。」說完，便催促著士兵出發了。半路上，關、張二人不解地問：「兄長此次出征，為什麼要如此匆促慌張？」劉備道：「我好比是籠中的小鳥、網中的游魚，此番離開許都，就如同魚入大海、鳥上雲霄一樣，再也不受鳥籠、魚網的羈絆了！」

第十二回　關雲長賺城斬車冑　禰正平擊鼓罵曹操

劉備帶領人馬剛剛離開許昌，曹操的謀士郭嘉、程昱從外地清查錢糧回來，得知消息，慌忙趕來勸阻曹操。程昱說：「劉備此次帶兵出征，好比蛟龍入海，猛虎歸山，以後就再也控制不住了。」郭嘉也說：「丞相即使不殺劉備，也不應該放他離開。這一去，後患無窮。」曹操也省悟過來，忙令許褚帶領五百兵卒前去把劉備追回來。許褚去了許久，回來稟告曹操，說劉備聲稱奉旨出征，不肯返回。程昱、郭嘉道：「劉備不肯回兵，可見他早有異心。」曹操沉吟了一會兒，說：「有朱靈、路昭二人在軍中，估計劉備也未必敢變心。再說，既然我已經同意他去了，也不好輕易反悔。」便不再派人追趕。

卻說劉備帶兵來到徐州，刺史車冑把他迎入城中，設宴款待，過去的老部屬孫乾、糜竺等都來參見。劉備回家探視了老小，就差人探聽袁術的情況。不久探子回報，說袁術自從稱帝後眾叛親離，實力大不如以前，只好主動提出把皇帝的稱號讓給袁紹，已經親自帶著傳國玉璽和全套宮廷御用物品離開淮南，很快就會經過徐州。劉備立刻傳令關羽、張飛、朱靈、路昭四將，點起五萬人馬，向袁術的來路迎去，正迎著袁術的先鋒紀靈。張飛二話不說，挺矛直取紀靈。打了不到十個回合，張飛大喝一聲，把紀靈刺於馬下。袁術親自帶領大軍趕來營救，又被劉備分兵三路，殺個大敗。直殺得袁術的軍隊屍橫遍野，血流成渠，兵卒逃亡無數，連錢糧草料都丟了。

袁術被圍困在小城江亭，手下只剩一千多名老弱殘兵。此時正是盛夏酷暑，天氣炎熱，糧食也接濟不上，全軍只剩下三十斛小麥，分派給軍士，誰也吃不飽；那些隨軍同行的將士家小更是淒慘，很多人活活被餓死了。袁術也病倒了，嫌麥飯粗糙，不能下嚥，就喚來廚師，要他拿一些蜜水來止渴。廚師說：「只剩下血水了，哪裡去找蜜水！」袁術聽了，坐在床上大叫一聲，一頭栽倒在地下，吐血而死。這是建安四年（西元一九九年）六月間的事。那顆傳國玉璽，後來又幾經轉折，最終落入曹操手中。

劉備得知袁術已死，一面寫表上報朝廷，同時寫了封信給曹操，讓朱靈、路昭先回許都，留下軍馬保守徐州；一面親自出城，招撫因戰亂流散的人民回家復業。

朱靈、路昭二人回許都見到曹操，說劉備留下軍馬，單讓他們倆回來。曹操大怒，要將二人斬首，荀彧急忙勸阻，說：「大權在劉備手裡，他二人也作不了主。不如寫信給車冑，叫他在徐州找機會除掉劉備。」曹操便饒了二人，暗中派人到徐州，給車冑下達任務。車冑便請來陳登商議此事。陳登說：「這事不難。現在劉備正在城外招撫難民，這兩天就會回來。將軍可在城門內側埋伏好兵士，劉備一進城，就把他殺了。」車冑覺得這辦法可行，就親自布置去了。陳登卻騎上一匹快馬，飛奔出城找劉備報信。半路上遇到關羽、張飛，就把情況告訴了他們。張飛一聽，便要殺進城去，關羽連忙把他攔住，輕輕說出一條計策。

當夜三更，關羽叫兵士們換成曹軍的服裝、旗號，到城邊叫門，說是張遼將軍奉曹丞相命令前來接應。車冑雖然有些疑心，卻經不住城外連聲催促開門，怕被劉備發覺，只得披掛上馬，帶領一千兵士出城；車冑一馬當先跑過吊橋，大叫：「張將軍在哪裡？」卻見火光中閃出關羽，提刀縱馬殺來，口中大呼：「你怎敢居心不良，要害我兄長？」車冑大驚，撥馬便走。不料到了吊橋邊，城上亂箭射下，借著火把的光亮，隱約看見城頭指揮士兵放箭的正是陳登。車冑只得繞城而逃，被關羽從後面飛馬趕上，手起一刀，砍於馬下。士兵見主將已死，紛紛倒戈投降。關羽提著車冑的腦袋去見劉備，劉備大驚，道：「曹操要來問罪，可怎麼是好？」關羽說：「包在我和三弟身上。」劉備見事已至此，只得進城接管了徐州。徐州百姓夾道歡迎，都道：「從此徐州又歸將軍治理了。」

劉備重新奪回徐州，總是擔心曹操會興兵討伐，為車冑報仇。陳登為他出了一條計策，勸他與實力雄厚的袁紹聯絡，相約夾擊曹操。劉備便寫了一封書信，派孫乾星夜趕往袁紹處求救。袁紹看了來信，猶豫不決，便找來手下謀臣商議。謀士田豐主張屯兵邊界，坐收漁利；審配主張抓住時機，出兵討伐曹操；沮授不贊成出兵；郭圖卻力主與劉備聯合。四人各持己見，爭論不休，袁紹更加拿不定主意。這時謀士許攸、荀諶從外面進來，袁紹便徵求他們的意見，二人都主張出兵。袁紹這才下定決心，讓孫乾回報劉備同意出兵，隨即點齊馬步精兵三十萬，以審配、逢紀為統軍，田豐、荀諶、許攸為謀士，顏良、文醜為將軍，起馬軍十五萬，步兵十五萬，共精兵三十萬，浩浩蕩蕩殺奔黎陽。

曹操得知消息，召集謀士商議。孔融道：「袁紹勢力強大，不可和他正面對抗，只能求和。」荀彧卻說：「袁紹是個平庸無能的人，為什麼要向他求和呢？」孔融說：「袁紹手下人才濟濟：許攸、郭圖、審配、逢紀足智多謀，田豐、沮授忠心耿耿，顏良、文醜勇冠三軍，其餘高覽、張郃、淳于瓊等人也都是一代名將，袁紹怎麼會是平庸無能的人呢？」荀彧微微一笑，說：「袁紹兵馬雖多，毛病也不少。就拿他手下的謀士來說：田豐性格倔強，愛頂撞上級；許攸生性貪婪，不識大體；審配專權跋扈，目光短淺；逢紀剛愎自用，沒有真本事。這幾個人互不相容，矛盾重重，將來一定會內部發生分裂。再說他的武將：顏良、文醜不過是匹夫之勇，其餘將領更是碌碌無能。這樣的隊伍，即使有百萬之眾，又哪裡值得一提呢！」一番話，說得孔融啞口無言。曹操在一旁大笑道：「荀文若真是料敵如神！」當即派劉岱、王忠帶領五萬人馬，打著曹操的旗號去徐州攻劉備，曹操自己親率二十萬大軍到黎陽迎擊袁紹。程昱提醒說：「劉岱、王忠恐怕擔當不了如此重任。」曹操道：「我也知道他們不是劉備的對手，只是用他們虛張聲勢罷了。」

曹操親自領兵來到黎陽，袁、曹兩軍相距八十里，各自高築營壘，誰也不肯主動出戰，形成相持局面。轉眼三個月過去，袁紹手下謀臣相互勾心鬥角，不圖進取。曹操見袁紹無心進兵，就命令原來呂布手下的降將臧霸守把青、徐二州，于禁、李典駐兵河上，曹仁總督大軍屯紮在官渡，自己帶著部分人馬回許都了。

這時劉岱、王忠果然已被劉備擊敗，手下五萬人馬全軍覆沒，二人也被關羽、張飛活捉。劉備把二人放回許都，讓他們代自己向曹操說情。曹操大怒，罷免了二人官職，就要親自領兵去打徐州。孔融勸道：「如今正是冬季，天寒地凍，不宜作戰，等到明年春天再出兵也不晚。可以趁這段時間，先派人去招安張繡、劉表，為討伐劉備做好準備。」曹操接受了他的意見，先派劉曄去勸降張繡。張繡擔心曹操記恨前仇，有些顧慮，賈詡卻認為曹操胸懷大志，不會計較個人恩怨，張繡聽了，便帶著賈詡等人到許都向曹操投降。曹操大喜，封張繡為揚武將軍，賈詡為執金吾使。

曹操便命張繡寫信招降劉表。賈詡提議道：「劉表以名士自居，喜歡結交文士名流，最好派一個以文章著稱的人充當使者。」荀攸舉薦孔融，孔融卻說：「我有一個好友禰衡，字正平，文才強我十倍，派他擔任使者更合適。」便上表向獻帝推薦。獻帝把這件事交給曹操處理，曹操便派人把禰衡找來。

曹操早就聽說禰衡恃才傲物，有心挫挫他的傲氣，見面後故意不給他座位，讓他站在一旁。禰衡仰天長嘆，道：「天地這麼大，怎麼竟然沒有一個人才呢？」曹操問：「我手下堪稱一代豪傑的就不下幾十人，怎麼能說沒有人才呢？」禰衡就說：「都有哪些豪傑，說來聽聽。」曹操得意地說：「荀彧、荀攸、郭嘉、程昱，足智多謀，可比漢高祖的智囊蕭何、陳平；張遼、許褚、李典、樂進，勇不可當，可比光武帝的名將岑彭、馬武。加上有呂虔、滿寵為參謀，于禁、徐晃為先鋒；夏侯惇天下奇才，曹洪世間福將，不都是人才嗎？」禰衡呵呵一笑，說道：「丞相錯了！這幾個人，我也有所了解：荀彧只配主持喪禮，荀攸只配看守陵墓，程昱只配看家護院，郭嘉只配讀詞念賦，張遼只配擊鼓敲鑼，許褚只配放牛牧馬，樂進只配讀讀公文，李典只配送送書信，呂虔只配磨刀鑄劍，滿寵只配釀酒配料，于禁只配抹泥築牆，徐晃只配屠豬殺狗；夏侯惇號稱獨眼將軍，曹洪人稱要錢太守，其他的人，全都不過是衣架、飯囊、酒桶、肉袋罷了！」曹操勉強壓住怒火，問：「那你又有什麼才能呢？」禰衡道：「我天文地理，無一不通；三教九流，無所不曉；上可以輔佐明君，下可以配德聖賢，豈能和這些凡夫俗子相提並論！」當時張遼站在一旁，忍不住掣出寶劍要殺禰衡。曹操卻說：「我正缺少一名擊鼓的鼓吏，每天早晚朝會宴飲的時候，就讓禰衡充任這個差事吧。」禰衡也不推辭，答應著離開了。張遼不解地問：「這人言語如此狂妄無禮，丞相為什麼不把他殺了？」曹操道：「這個人在外面名氣不小，今天把他殺了，天下人一定說我氣度狹小，不能容人。他既然自以為能，就讓他做個鼓吏，好好羞辱羞辱他。」

第二天，曹操在公堂上大宴賓客，傳令鼓吏擂鼓。按照慣例，擂鼓時鼓吏必須換上新衣。禰衡卻穿著一身舊衣服就走上堂來，為大家敲了一段〈漁陽三撾〉。音節美妙無比，把戰場上兵戈殺伐的氣氛表現得淋漓盡致，在座的賓客聽了，無不感慨動容。旁邊的侍從喝令禰衡更換新衣，禰衡就當著眾人的面脫下破舊衣服，赤著身子站在堂上，不慌不忙地穿上褲子，表情從容自若。曹操忍不住喝斥他：「如此莊重的場合，你怎敢做出這麼無禮的舉動？」禰衡道：「欺君罔上才叫無禮。我袒露父母賦予的形體，正可顯示自己的清白！」曹操說：「你自命清白，那麼誰是汙濁的呢？」禰衡說：「就是你。不識賢愚，是眼濁；不讀詩書，是口濁；不納忠言，是耳濁；不通古今，是身濁；不容諸侯，是腹濁；常懷篡逆，是心濁！把我這樣天下知名的人才用作鼓吏，和當年陽貨輕視孔丘、臧倉詆毀孟子的行為有什麼區別！想成就王霸大業的人，就這樣輕賤人才嗎？」

此時孔融坐在一旁，唯恐曹操惱羞成怒殺了禰衡，連忙進言道：「禰衡以下犯上，像小民一樣信口胡說，丞相千萬別和他一般見識。」曹操卻不發怒，只用手指著禰衡說：「如今派你出使荊州。如果能說動劉表前來投降，便任用你做公卿。」禰衡卻不肯去。曹操叫人牽來三匹馬，命兩名隨從一左一右挾持著禰衡，強迫他往荊州去了。

禰衡來到荊州見到劉表，雖然表面上稱功頌德，卻句句語含譏諷，劉表很不高興，就把他打發到江夏太守黃祖那裡去了。有人問劉表：「禰衡嘲弄主公，為什麼不殺了他？」劉表說：「禰衡幾次三番戲辱曹操，曹操恐怕失去人心，不肯殺他，所以派他出使荊州，想借我的手殺掉禰衡，讓我承受殺害賢良的惡名，我才不上當呢。」

禰衡初到江夏，黃祖很敬重他的才學，每天請他喝酒作樂。一天，兩人又在一起喝得大醉，黃祖隨口問禰衡道：「你在許都多年，見過哪些出色的人物？」禰衡說：「除了我大兒孔融孔文舉，小兒楊修楊德祖，許都再沒有什麼看得過去的人物了。」黃祖便問：「你看我怎麼樣呢？」禰衡借著酒勁回答：「你就好比是廟中的神像，雖然承受著香火祭祀，可惜從來沒有顯過靈！」黃祖聽了，不由大怒，道：「你把我當作木人土偶嗎？」就下令處死禰衡。禰衡至死罵不絕口。劉表得知禰衡死訊，不禁感嘆不已，派人把他安葬在鸚鵡洲邊。後人有詩嘆道：「黃祖才非長者儔，禰衡珠碎此江頭。今來鸚鵡洲邊過，唯有無情碧水流。」

曹操得知禰衡遇害的消息，拍手笑道：「迂腐文人仗著口齒伶俐四處傷人，最終害了自己！」因為不見劉表來降，便要興兵問罪，被荀彧勸阻住了。

第十三回　關公土山約三事　曹操白馬解重圍

漢獻帝建安五年（西元二〇〇年）正月，董承聯合太醫吉平，打算下毒謀殺曹操，不料被家奴告發。曹操殺了董承、王子服等人全家，搜出衣帶詔，見上面還有馬騰、劉備的簽名，便要興兵討伐。謀士程昱說：「馬騰手握重兵，遠在西涼，不易消滅，可先用書信好言撫慰，慢慢再想辦法對付；劉備分兵駐守徐州、下邳、小沛，形成犄角之勢相互支援，也不可輕敵。何況如今袁紹正屯兵官渡，對許都虎視眈眈。如果我軍東征劉備，劉備勢必會向袁紹求救。萬一袁紹乘虛來襲，怎麼應付呢？」曹操說：「劉備是個英雄，現在如果不消滅他，等到他羽翼豐滿，就更難下手了。袁紹雖然強大，遇事多猶疑不決，並沒有什麼了不起。」說話間，郭嘉從外面進來，曹操便徵求他的意見。郭嘉道：「袁紹性情遲緩多疑，他的謀士又相互猜忌，不必擔心。劉備手下大多是新兵，軍心不齊，丞相如果率兵親征，管保一戰成功。」曹操聽到郭嘉的意見和自己不謀而合，非常高興，便調動二十萬大軍，分兵五路出征徐州。

且說劉備自從得了徐州，讓關羽駐守下邳，孫乾留守徐州，自己則和張飛在小沛屯紮。得知曹操大軍來犯，劉備急忙派孫乾去向袁紹求救。孫乾來到河北，先去見了袁紹的謀士田豐，把情形說了一遍，田豐便帶他去見袁紹。孫乾遞上劉備的書信，只見袁紹面色憔悴，衣冠不整，接過信來瞟了兩眼，便放在一邊，說：「我都快死了，哪還有心思管別人家的閒事？」田豐吃了一驚，忙問：「主公說這話是什麼意思？」袁紹道：「我最喜愛的小兒子得了疥瘡，生命垂危，如果萬一有個三長兩短，我也不想活了。」田豐再三勸說：「此時曹操東征劉備，許昌空虛，主公如果率大軍乘虛而入，可以一舉成功，這是千載難逢的好機會啊！」袁紹仍然連連搖頭，道：「我也知道現在出兵時機很好，可是我的心裡亂極了，不想打仗。」又對孫乾說：「請你回去轉告劉皇叔，說明情況。萬一他有什麼不順利，隨時可來找我。」田豐退出門外，不禁頓足長嘆，用手杖敲打著地面說：「就因為嬰兒的疥瘡，放棄這難得的機會，前途無望了！」

孫乾見袁紹不肯發兵，只得連夜趕回小沛報告劉備。此時曹操大軍已到小沛城外。劉備無奈，只得聽從張飛的計策，打算趁曹兵遠來，立足未穩，先去偷襲曹軍大營，打他一個措手不及。

當夜，趁著月色微明，劉備與張飛分兵兩路，悄悄向曹營進發。張飛領輕騎在前，衝進曹營，但見零零落落，並沒有多少人馬，張飛正在納悶，忽然四面火光大起，喊聲震天。張飛知道中了埋伏，急忙退出寨外，只見正東張遼、正西許褚、正南于禁、正北李典、東南徐晃、西南樂進、東北夏侯惇、西北夏侯淵，八路軍馬一齊殺來。張飛左衝右突，前遮後擋；他的部下大多是原來曹操手下舊軍，見情勢緊急，都投降到曹軍方面去了。張飛拚死殺出一條血路，回頭看看，只剩幾十個騎兵跟在後面。要回小沛，去路已斷，想去徐州、下邳，又怕曹軍攔截，左思右想，無路可走，只得往芒碭山而去。

再說劉備一路，剛到曹營寨外，猛聽得喊聲大震，後面衝出一軍，先截去了一半人馬。

劉備慌忙突圍退走，背後曹軍漫山遍野地趕來。劉備身邊只剩下三十餘騎，奔近小沛，遠遠望見城中火起，只得棄了小沛，要投徐州、下邳，又被曹軍截住去路。劉備走投無路，想起袁紹的話，只得帶著殘兵，向北往青州方向投奔袁紹去了。

曹操當夜取了小沛，隨即進兵攻打徐州。糜竺、簡雍守把不住，只得棄城逃走。曹操大軍入城，安撫好城中百姓，便召集眾謀士商議攻取下邳。荀彧道：「關羽奉命保護劉備妻小，必定死守下邳。我們必須速戰速決。」曹操道：「我一向喜愛關羽的武藝、人品，最好派人勸說他投降。」郭嘉說：「關羽是個極重義氣的人，一定不肯投降，反害了說客的性命。」這時，帳下站出一員大將，自告奮勇道：「我與關羽有一面之交，願去勸說他來歸降。」眾人一看，原來是張遼。程昱道：「張將軍雖然和關羽有交情，但據我觀察，這個人並不是輕易可以用言語打動的。必須先設法把他逼入絕境，再去遊說，才能成功。」說著獻上一條計策。曹操聽了連連點頭，當即吩咐依計而行。

曹操找來幾十名徐州的降兵，讓他們到下邳去投奔關羽，埋伏在城中做內應。關羽認出是徐州的舊兵，毫不懷疑，把他們留在軍中。第二天，曹軍先鋒夏侯惇帶領五千人馬來到城外挑戰，關羽堅守不出。夏侯惇便令士卒在城下高聲叫罵。關羽大怒，帶領三千人馬出城，與夏侯惇交戰。打了十來個回合，夏侯惇撥馬回走，關羽隨後追趕。夏侯惇邊戰邊走。關羽追出二十多里，擔心下邳失守，連忙帶兵返回。走不多遠，只聽得一聲炮響，左有徐晃，右有許褚，兩隊曹軍截住去路。關公奮力殺退二人，帶兵奪路突圍。道邊曹軍的伏兵早已準備好上百張硬弩，箭像飛蝗一般射來。關羽衝不過去，勒兵再回，夏侯惇又截住廝殺。一直戰到傍晚，關羽無路可歸，只得退上一座土山休息，曹軍將土山團團圍住。此時下邳城中的詐降兵卒已經偷偷打開城門，放曹操大軍入城，曹操命令手下在城頭點起幾個火堆，擾亂關羽的心神。

關羽在山上遠遠望見下邳城中火光沖天，掛念城中的劉備家眷，果然心慌，幾次連夜衝下山來，都被亂箭射了回去。好不容易挨到天亮，正要整頓人馬再次下山突圍，忽然看見一人騎馬跑上山來。關羽認出是張遼，就迎上前去，叫著張遼的表字高聲問道：「文遠是來挑戰的嗎？」張遼答道：「不是。我是來看望老朋友的。」說完棄刀下馬，與關羽見禮，兩人就在山頂找了塊大石頭坐下說話。關羽又問：「你不是來做說客的吧？」張遼說：「不是。我是來救你的。」關羽道：「那麼，你是來幫助我的嘍？」張遼說：「也不是。」就把曹操已經攻破下邳，專門派人保護劉備家眷的事說了一遍。關羽生氣地說：「這麼說，你還是來做說客的。我如今雖然身處絕地，但視死如歸。你快快回去，我這就下山決一死戰。」張遼聽了，放聲大笑道：「兄長說這番話，難道不怕被天下人恥笑嗎？」關羽問道：「我為忠義而死，別人為什麼要恥笑我？」張遼道：「當初你和劉使君桃園結義，發誓同生共死；如今使君不過打了一次敗仗，你就要戰死，倘若他日使君復出，需要得到你幫助的時候，你已經不在人世，豈不辜負了當年的盟誓嗎？再說，劉使君把家眷託付給你，你要是戰死，二位夫人誰來照顧？豈不辜負了使君的重托？你武藝出眾，又兼通經史，不輔佐劉使君振興漢室，只想赴湯蹈火，逞一時匹夫之勇，又怎麼能稱得上忠義呢？不如暫且投降曹丞相，慢慢打聽劉使君音信，知道他的下落，再去尋他。」關羽沉吟半天，說道：「要我放棄抵抗，必須答應我三件事。第一，我只降漢朝，不降曹操；第二，按照皇叔的俸祿贍養兩位嫂嫂，不許外人騷擾；第三，一旦得知劉皇叔去向，不管路途多遠，我都要出去尋他。三件事，缺一不可。」

張遼回來見到曹操，說起關羽提出的三個條件。曹操聽說關羽「降漢不降曹」，不由笑道：「我是漢朝的丞相，降漢降曹，有什麼分別？這條可以答應。」第二條也沒有問題，只是第三條，曹操卻不願意答應，搖頭道：「他早晚要離開，我養他有什麼用？」張遼勸道：「劉備待關羽不過是恩厚，只要丞相加倍厚待他，日子長了，還怕他不感動？」曹操道：「你說得有理。這三件事我都答應了。」張遼便上山回報關羽，陪著他一起走下土山。關羽先回下邳看望了兩位嫂嫂，然後去見曹操。曹操親自出轅門迎接。關羽又當面將三件事說給曹操，曹操滿口答應，設宴招待關羽。

次日，曹操下令班師回許昌。關羽收拾車仗，請二位嫂嫂上車，親自護車而行。半路歇宿，曹操故意只撥給關羽一間房子，讓他和二位嫂嫂同住。關羽請二位嫂嫂進屋休息，自己在門外守護，一直站到天亮，毫無疲倦的樣子。曹操知道後，更加敬重關羽的為人。回到許昌，曹操撥了一座宅院給關羽，關羽請二位嫂嫂住在內宅，自己在外宅居住。

曹操帶關羽朝見獻帝，獻帝封他為偏將軍。曹操又大擺宴席，把手下的謀臣武將都召集到一起，正式給關羽引見，把他當貴賓禮遇。又送給關羽許多綾羅綢緞和金銀器皿，關羽都送入內宅，交嫂嫂收貯。

自從關羽來到許昌，曹操對他十分關照，三日一小宴，五日一大宴，還送了十位美女給關羽，關羽把她們都送入內宅服侍嫂嫂。一天，曹操見關羽身上穿的綠錦戰袍已經舊了，就取來上等的錦緞，叫人量身定做了一件新戰袍送給關羽。關羽換上新袍，又依舊把舊袍罩上。曹操以為他捨不得新衣，笑道：「雲長何必這麼節儉呢？」關羽解釋說：「舊袍是劉皇叔所贈，我看見它，就如同見到兄長的面一樣，所以穿在外面。」曹操口中讚嘆：「好個重情義的漢子！」心裡卻著實不是滋味。又有一天，曹操宴請關羽。席散送關羽出門時，曹操看到關羽的坐騎很瘦，就叫人到馬廄中牽一匹好馬來。不一會兒，從人牽來一匹駿馬，渾身上下像火炭般赤紅，形貌十分雄偉，正是當年呂布所騎的赤兔馬。曹操便把赤兔馬送給關羽。關羽大喜，連連拜謝。曹操有些奇怪，便問：「我幾次三番送你美女財物，你從沒有謝過我，如今不過是一匹馬，為什麼反而一謝再謝呢？」關羽回答：「我早就聽說此馬日行千里，如今有了牠，一旦得知兄長的下落，就能盡早和他見面了。」曹操聽了，心裡暗暗後悔。

關羽走後，曹操把張遼叫來，和他商量：「我如此厚待關羽，他卻總惦記著離開，該怎麼辦呢？」張遼便來見關羽，用話語探聽他的心意。關羽坦白地告訴張遼，自己雖然身在此地，心中卻時刻想念著兄長劉備，恨不得馬上回到他的身邊。張遼勸道：「大丈夫處世，應該分得清輕重厚薄。丞相對你的恩情，比劉皇叔有過之無不及，你卻一心只想離開，對得起曹丞相嗎？」關羽說：「我也很感激曹公對我的厚愛，不過我和劉皇叔一起發過誓言，要同生共死，我是無論如何不會背棄的。至於曹公的恩情，我一定會立功報答他之後再離開。」張遼知道關羽去意堅決，便回去如實稟告曹操。曹操也不由讚嘆關羽的義氣。荀彧在一旁獻計道：「既然他說要立了功勞再離開，如果不給他機會立功，他不就走不了嗎？」曹操認為有理，就暫且把這件事放在一邊了。

再說劉備逃到冀州，袁紹親自出城迎接，連連道歉說：「前些日子因為小兒生病，沒有及時援救，心裡很是不安。」劉備也說了一些仰慕的話，就在袁紹這裡住下來。袁紹待劉備很好，可劉備卻整天都是煩惱不樂的樣子，袁紹見了，便問他有什麼心事。劉備嘆道：「二位義弟下落不明，妻子家小又落入曹操手裡，我上不能報國，下不能保家，怎麼能沒有心事呢？」袁紹便道：「我早就有心進兵許都。如今春日和暖，正是出兵的好時光。」隨即召集文武，商議伐曹。田豐勸道：「上次曹操進攻徐州，許都空虛，我們沒有及時進兵；如今徐州已歸了曹操，曹軍士氣高漲，我們不可輕敵。不如繼續相持下去，等敵人暴露出破綻，再採取行動。」袁紹便問劉備的看法。劉備道：「曹操是個欺君盜國的奸賊，明公如不興兵討伐，恐怕會在天下人面前失去信義。」袁紹連聲說好，便要出兵。田豐苦苦勸諫，袁紹根本聽不進，反而責怪田豐等人重文輕武，差點讓他失去信義。田豐以頭碰地，大聲勸阻說：「如果不聽我良言相勸，只怕出師不利。」袁紹大怒，說他動搖軍心，要把田豐斬首。劉備竭力勸解，才免了田豐的死罪，把他囚禁在牢獄中。隨即指派大將顏良為先鋒，進攻白馬。謀士沮授勸諫道：「顏良雖然驍勇，但性情急躁，不可獨當大任。」袁紹卻不以為然，說：「我的上將，不是你們這些人能料得到的。」

袁紹大軍來到黎陽城外，東郡太守劉延急忙向許昌告急。曹操當即準備起兵迎敵。關羽得知消息，便趕來向曹操請戰，願做先鋒。曹操卻客氣地說：「不敢勞煩將軍。如果有需要你出馬的時候，再來相請。」關羽只得怏怏地退回府中。

曹操親自帶領十五萬大軍，分三隊趕赴黎陽。半路上又接連收到前方告急文書，曹操便先率五萬軍馬親臨白馬，靠土山紮下營寨。遠遠望去，山前平川曠野之上，顏良所部的十萬精兵，已經密密麻麻地排成陣勢。曹操暗自吃驚，回頭命令呂布舊將宋憲出馬挑戰。宋憲得令，提槍上馬，衝出陣前。對面顏良縱馬來迎。不到三個回合，顏良手起刀落，將宋憲斬於陣前。曹軍陣中魏續大呼：「殺我同伴，我來報仇！」上馬持矛，直出陣前，大罵顏良。顏良也不答話，兩馬相交，只一回合，顏良迎頭一刀，劈魏續於馬下。曹操大驚，回顧眾將道：「誰敢再去？」徐晃應聲而出，與顏良大戰二十回合，敗歸本陣。眾將見顏良如此神勇，無人敢再請戰，曹操只好下令收軍。

曹操見連折二將，心中憂悶。程昱建議請關羽前來。曹操有些顧慮，道：「我怕他立了功便要離去。」程昱說：「劉備如果還活著，一定在袁紹那裡。如今若讓關羽打敗袁軍，袁紹一定會猜疑劉備，把他殺掉。劉備一死，關羽還能去哪裡呢？」曹操恍然大悟，立刻派人去請關羽。

關羽接到調令，立刻辭別二位嫂嫂，提著青龍刀，騎上赤兔馬，帶著幾名隨從，趕到白馬來見曹操。曹操說：「顏良連殺二將，勇不可當，特請你來商議。」關羽道：「等我看看再說。」曹操便備酒招待關羽。正飲之間，忽有軍士來報，顏良在陣前搦戰。曹操便引著關羽登上土山觀看。曹操指著山下顏良排的陣勢，對關羽說：「想不到河北袁紹的人馬，旗幟鮮明，刀槍密布，嚴整有威，如此雄壯！」關羽道：「在我看來，不過是土雞瓦犬罷了！」

曹操又指著對陣說：「那邊麾蓋之下，繡袍金甲，持刀立馬的，便是河北名將顏良。」關羽抬眼望了一望，對曹操說：「在我眼裡，顏良就像插標賣首、站在那裡等死一樣！我雖然沒什麼本領，願去萬軍陣中砍下他的首級，獻給丞相。」張遼在一旁道：「軍中無戲言，雲長不可輕敵啊！」關羽聽了，也不回話，躍上赤兔馬，倒提青龍刀，跑下山來，圓睜鳳目，直豎蠶眉，逕直衝向對方的陣營。河北的軍卒如波開浪裂，爭相向兩邊退避。關羽拍馬舞刀，直奔顏良。顏良正在麾蓋下，見對面衝來一紅面將軍，正要問話，不提防關羽的赤兔馬快捷如飛，早已跑到面前；顏良措手不及，被關羽手起一刀，斬於馬下。關羽跳下馬，割了顏良首級，拴於馬頭下面，又飛身上馬，提刀出陣，如入無人之境。河北兵將大驚，不戰自亂。曹軍乘勢攻擊，大獲全勝，繳獲馬匹器械無數。

關公縱馬上山，把顏良的首級獻到曹操面前，眾將都驚訝得目瞪口呆。曹操脫口稱讚道：「將軍真是神人一樣！」關羽道：「我這不算什麼，我三弟張翼德於百萬軍中取上將之頭，就像探囊取物一般容易。」曹操大驚，回顧左右道：「今後如遇張翼德，萬萬不可輕敵。」下令手下眾將都把張飛的名字寫在衣袍襟底，以免忘記。

再說顏良的敗軍回報袁紹，說顏良被曹營一員赤面長鬚、手使大刀的勇將單人匹馬衝入陣中斬了。袁紹驚問此人是誰。沮授說：「按照兵卒描述的形貌，一定是劉備的義弟關羽。」袁紹大怒，回頭指著劉備喝道：「你的兄弟斬了我的愛將，一定和你串通好了。」喚刀斧手把劉備推出轅門斬首。劉備卻不慌不忙，為自己辯解道：「請明公不要只聽一面之詞，我和二弟雲長已失散多日，天下形貌相同者不少，難道赤面長鬚就都是關羽？」袁紹是個沒主張的人，聽了劉備的話，覺得也有道理，反過來責備沮授：「錯聽了你的話，險些誤殺好人。」便又請劉備進帳，商議應敵之策。

忽然大將文醜闖進帳來，高叫著要為顏良報仇。袁紹大喜，便給他十萬人馬，要他渡過黃河追殺曹軍。沮授急忙勸阻，主張固守黃河延津渡口，不可貿然渡河。袁紹大怒，痛罵沮授渙散軍心，貽誤戰機，把他轟出大帳。沮授退出帳外，不禁仰天長嘆，從此托病不出。

劉備趁機請求隨文醜一起出征，伺機打探關羽的消息。袁紹同意了，讓文醜撥給劉備三萬人馬，在前鋒後面接應。

第十四回　袁本初損兵折將　關雲長掛印封金

且說曹操見關羽斬了顏良，倍加欽敬，表奏朝廷，封關羽為漢壽亭侯，還特地鑄了一個金印，送給關羽。忽然前方來報，袁紹又派大將文醜渡過黃河，已經占據了延津上游。曹操便先派人把延津附近的居民遷往西河，然後親自領兵迎戰。曹操特地傳下將令：以後軍為前軍，以前軍為後軍；糧草先行，軍兵在後。謀士呂虔提醒曹操，把糧草放在大軍之前，很容易被敵人劫去，曹操卻說：「等遇到敵人，再想辦法。」含糊應付過去。

快到延津的時候，曹操忽然聽到前軍一片吶喊，急忙派人到前面打探。探馬回來報告說：「文醜的大軍已與我軍的前鋒相遇，前軍士卒抵敵不過，紛紛棄了糧草，四散逃跑。文醜率領大軍，正浩浩蕩蕩地朝丞相的大營殺來。」曹操四下看了看，用手中的馬鞭指著南面的一片高地說：「就在那邊暫時避一避吧。」便帶領身邊的將士奔上高地。曹操命令軍士們解衣卸甲，抓緊時間休息，把戰馬全都放到北坡上餵養。眨眼工夫，文醜的大軍已迎面殺到，眾將對曹操說：「賊兵殺來了，請趕快下令把馬匹收回來，退回到白馬去！」荀攸急忙阻止道：「這正是引誘敵人上鉤的好機會，為什麼要退卻呢？」說到這裡，荀攸看到曹操飛快地瞟了他一眼，嘴角還露出一絲微笑，忽然明白了什麼，就不再說下去。

文醜的部下剛劫了許多糧草車仗，此時又來搶奪馬匹，隊形開始散亂起來。曹操一聲令下，叫眾將士一齊衝下高地，文醜的軍隊突然遭到打擊，亂作一團。曹兵從四面包圍過來，文醜奮力抵抗，無奈手下軍士紛紛逃跑，互相踐踏，文醜阻止不住，只得也撥轉馬頭退走。曹操站在高坡上，用手指點著戰場大呼：「文醜是河北名將，誰去把他抓來？」話音未落，只見張遼、徐晃二將飛馬齊出，大叫：「文醜休走！」奮力追趕。文醜回頭看見二將就要趕上，便按住鐵槍，拈弓搭箭，瞄準張遼射去。多虧被徐晃看到，大叫：「小心暗箭！」張遼低頭急躲，一箭射中頭盔，將簪纓射去。張遼奮力再趕，座下戰馬又被文醜一箭射中面頰，那馬前蹄一軟，把張遼掀落地上。文醜回馬殺來，徐晃急忙揮舞大斧截住廝殺。只見文醜後面又有軍馬趕到，徐晃料敵不過，撥馬敗回。文醜沿著河邊的小路緊緊追趕，忽然看見前面旗幟招展，跑過來十幾名騎兵，為首的人正是關羽。關羽放過徐晃，與文醜打在一起，不過三、四個回合，文醜心生怯意，撥轉馬頭繞著河岸逃跑。不料關羽的馬快，飛馬趕上，照準腦後就是一刀，將文醜斬下馬來。曹操在高坡上見關公殺了文醜，立刻驅動大隊人馬追殺。河北軍逃命不及，大半落入水中淹死，糧草馬匹也如數被曹操奪回。

就在關羽在文醜軍中四處衝殺的時候，劉備帶領著三萬軍馬也趕到了黃河北岸。劉備聽說又是一個紅面長鬚的曹將斬了文醜，急忙驅馬來到河邊，遠遠望見對岸有一簇人馬往來如飛，旗上寫著「漢壽亭侯關雲長」七字，不禁心中暗喜。正打算過河相認，曹操的大隊人馬已鋪天蓋地地衝了上來，劉備只得下令收兵，退回官渡。

此時袁紹已到官渡，早已得到報告，殺文醜的又是關羽，一見劉備回來，立刻命令推出斬首。劉備滿口叫屈，辯解道：「曹操素來忌防我，只怕我盡心輔佐你，所以故意使關羽來殺二將。這明顯是存心要激怒你，借你的手把我除掉，請仔細想想。」袁紹想了想，覺得劉備說的不錯，便喝退左右，請劉備坐下商議。劉備謝過不殺之恩，又主動提出寫信給關羽，招他到河北來。袁紹大喜。劉備寫好書信，卻一時沒有合適的人選去送。袁紹下令退軍到武陽，連營數十里，按兵不動。

曹操見袁紹退去，便留下夏侯惇領兵守住官渡隘口，自己班師返回許都，設宴慰勞將士，為關羽賀功。席上，曹操對呂虔說：「那天我有意讓糧草先行，是一條誘敵之計，只有荀攸看出了我的用意。」眾人紛紛讚嘆。正喝得高興，忽然接到駐守汝南的曹洪派人送來的急報，說有一股黃巾軍餘部在劉辟、龔都率領下進犯汝南，曹洪打了幾仗，不能取勝，請求增派援兵。關羽聽到這個消息，立刻自告奮勇，願去支援曹洪。曹操見他態度懇切，就點頭同意了，撥給關羽五萬人馬，派于禁、樂進為副將，次日出發。荀彧私下對曹操說：「關羽一直惦記著去找劉備，一旦得到劉備的消息，一定會離開，不能讓他經常帶兵出征啊！」曹操覺得有理，便道：「等他這次得勝回來，再不教他外出了。」

關羽領兵來到汝南，紮下營寨。當夜，守營的軍士抓住兩個奸細。關羽一看，認出其中一人竟是孫乾，連忙喝退左右，問孫乾為何來到這裡。孫乾說自從徐州失守，他四處漂泊，後來被劉辟收留。關羽也把自己的經歷敘說了一遍。孫乾道：「最近聽說玄德公在袁紹那裡，一直想去投奔，只是沒找到機會。如今劉辟、龔都二人已經歸順了袁紹，相助攻曹。得知將軍領兵前來，特地令我扮成細作，來給將軍報信。明天戰場上，二人會虛敗一陣，你可速領二位夫人投到袁紹那邊，與玄德公相見。」關羽聽了不覺有些為難，說：「既然兄長在袁紹那裡，我一定會及早趕去。只是我剛殺了袁紹兩員大將，恐怕會有麻煩。」孫乾便答應先去袁紹那裡探聽一下虛實，再來報告關羽。關羽道：「只要我能見到兄長一面，雖萬死不辭。一回到許昌，我就去向曹操辭行。」兩人相約已定，關羽就連夜把孫乾放走了。

第二天，關羽領兵出戰，對面龔都披掛來迎，虛打了幾個回合，果然詐敗逃走。關羽心領神會，揮軍掩殺，劉、龔二人帶領手下四散逃走，關羽不費吹灰之力，就收復了汝南。班師回到許昌，曹操親自出城迎接，慰勞將士。關羽回到府中，把劉備在河北袁紹處的消息偷偷告訴二位嫂嫂，叫她們不可聲張，自己會盡早設法離開許昌。

此時曹操已從于禁那裡得知，關羽已經知道劉備在河北的確切消息，就令張遼來探聽關羽的動靜。張遼一見關羽，便拱手道賀說：「聽說關兄在陣上探知劉玄德的音信，特來賀喜。」關羽並不隱瞞，苦笑道：「雖然知道了故主的下落，卻不能相見，何喜之有！」張遼問道：「關兄與劉玄德的交情，和小弟與關兄的交情相比，哪個更深呢？」關羽說：「你我是朋友之交，我與玄德既是朋友又是兄弟，更是君臣，這怎麼能相比呢？」張遼便坦率地問：「如今玄德在河北袁紹那裡，關兄打算前往投奔嗎？」關羽堅定地說：「我過去說過的話，怎能不算數呢！請你代我轉告曹丞相。」張遼回去，把關羽的話稟告曹操，曹操聽了微微一笑，說：「我已經想好留住他的辦法了。」

卻說關羽剛送走張遼，忽報又有老朋友來訪。關羽把來客請進客廳，見了面，卻不認識。來客自我介紹：「我是袁紹部下，南陽人陳震。」關羽大驚，連忙讓左右退下，詢問陳震來意。陳震拿出一封劉備的親筆信，交給關羽。關羽打開一看，劉備在信中提醒他不要忘了當初桃園結義立下的誓言，希望他能早日趕到河北，兄弟團聚。關羽看完信，不由得放聲大哭，當即寫了一封回信，申明自己決不會貪圖富貴而背棄當初的盟誓，請陳震轉交劉備。關羽對陳震說：「大丈夫來得明白，去得也要明白。讓我向曹公告辭後，立刻會帶著二位嫂嫂去見兄長。」

陳震走後，關羽先進內宅報告了二位嫂嫂，隨即到相府去向曹操辭行。誰知曹操得到張遼的報告，料定關羽會來告辭，故意叫人在門前掛上迴避牌。關羽不得進去，失落地回到府中，一面叫隨從收拾車馬，隨時準備動身，一面吩咐將宅中所有原來的物件和賞賜的財物都如數留下，分毫不可帶去。第二天，關羽再往相府辭行，門首依然掛著迴避牌。關羽一連去了好幾次，都無法見到曹操，只得去找張遼，想請他代為轉告，不料張遼也藉口突然患病，不肯見他。關羽暗想：「這一定是曹丞相的主意，想阻止我離去。他怎知我決心已定，哪能遇到這點阻撓就回心轉意！」當下寫了一封辭別信，命人送到相府。隨即將曹操累次贈送的金銀，如數封置庫中，把那顆漢壽亭侯的金印也掛在堂上，然後請二位嫂嫂上車。關羽騎上赤兔馬，手提青龍刀，率領舊日跟隨人役，護送著車仗直出北門。門吏正要上前阻擋，關羽怒目橫刀，大喝一聲，嚇得門吏紛紛後退，眼睜睜地望著關羽一行沿著官道出城而去。

此時曹操正在府中和手下文武商議如何挽留關羽，忽然收到關羽的書信，曹操看後，吃驚地脫口叫道：「雲長走了！」不久，關羽宅中侍衛及北門守將相繼來報，說關羽掛印封金，只帶著隨身行李以及舊日的隨從，護衛著二位嫂嫂的車仗出北門去了。眾人聽說，都怔住了，忽見一員大將挺身而出，大叫：「我願率領三千騎兵，去把關羽生擒回來，獻給丞相！」眾人望去，原來是將軍蔡陽。曹操卻說：「不忘舊主，來去明白，真是大丈夫的行為！你們這些人都要向關羽學！」當下喝退蔡陽，不許他去追趕。程昱在一旁說道：「關羽若是投了袁紹，無異於給猛虎插上了翅膀，還是追上去把他殺了，以絕後患。」曹操道：「我以前答應過他，不能失信。再說他也是為了義氣，不必追了。」想了想，又對張遼說：「關雲長封金掛印，財賄不能動其心，爵祿不能移其志，我十分敬重這樣的為人。估計他此時還走不了多遠，我索性人情做到底，也為日後相見留個餘地。你趕快先去留住他，說我隨後就來為他送行。」張遼領命，騎上馬一個人先去了。

卻說關羽所騎赤兔馬，日行千里，本來是趕不上的；卻因為要護送嫂嫂的車仗，不敢縱馬快跑，只得挽住絲韁，緩緩地跟在車子後面。出城沒有多遠，忽然聽到背後有人大叫：「雲長慢走！」回頭一看，原來是張遼拍馬追了上來。關羽叫從人護著車仗沿大路先行，自己勒住赤兔馬，按定青龍刀，問起張遼來意。張遼道：「丞相得知兄長遠行，親自前來送行，特意叫我先來，請兄長留步。」關羽半信半疑，縱馬登上橋頭一望，果然看到遠方塵土飛揚，曹操帶著許褚、徐晃、于禁、李典等幾十名隨從飛奔而來。曹操見關羽橫刀立馬站在橋上，立刻命令眾將勒住馬匹，左右排開。關羽見眾人手中都沒有軍器，方才放心。曹操遠遠喊道：「雲長為何走得這麼匆忙？」關羽在馬上欠身行禮，答道：「關某得知兄長現在河北，急著要去見他，幾次到相府辭行，都不得見面，只得留信告辭，希望丞相沒有忘了當初的承諾！」曹操笑道：「我說過的話，怎麼會忘！只是擔心將軍路上缺少盤纏，特地準備了一點路費相送。」說完，就叫一將捧出一盤黃金送給關羽。關羽不肯接受。曹操便又叫一將下馬，雙手捧過一件錦袍，說：「只恨我福緣太淺，留不住將軍這樣的義士！請收下這一件錦袍，略表我的心意。」關羽怕他有詐，不敢下馬，只用青龍刀尖挑起錦袍，披在身上，拱手謝道：「多謝丞相賜袍，日後再見。」說完，便撥轉馬頭，下橋往北去了。

許褚在一旁按捺不住，對曹操說：「此人太過無禮，乾脆把他捉回來吧？」曹操搖搖頭，說道：「他單人獨騎，我們有好幾十人，他怎麼能沒有戒心呢？我既然已經說過，就不要再追了。」說罷，領著眾將回城，在路上還一直感慨關羽的忠義，嘆惜不已。

第十五回　美髯公千里走單騎　劉皇叔古城會三英

且說關羽追上車仗，將曹操贈袍的事告知二位嫂嫂，催促車仗繼續前行。轉眼天色將晚，就近找一戶村莊投宿。莊主胡華是一名白髮老者，早就聽說過關羽斬顏良、誅文醜的聲名，如今見關羽來到自己莊上，大喜過望，招待得十分周到。第二天一早，關羽辭行上路，胡華寫好一封家信，託關羽帶給在滎陽太守王植部下做事的兒子胡班。關羽慨然允諾，告別胡華，沿著大路往洛陽進發。

走了半日，前面來到一處關隘。此關名叫東嶺關，守關的將領名叫孔秀，得知有車仗上嶺，立刻提槍迎出關來。關羽下馬，與孔秀施禮，說明自己要去河北尋兄。孔秀問關羽索驗曹操簽署的過關文憑，關羽卻拿不出來。孔秀把臉一拉，說道：「既然沒有文憑，須等我差人請示過丞相，才能放行。」關羽說：「這麼說，你不肯放我過關了？」孔秀說：「你要過去也行，但須把家眷留在這裡做人質。」關羽一聽，勃然大怒，舉刀直取孔秀。孔秀挺槍來迎。兩馬相交，只一個回合，關羽手起刀落，將孔秀斬於馬下。守關軍士見關羽神勇，紛紛四散逃命。關羽喝止眾人，道：「你們不用逃跑。我殺孔秀是迫不得已，與你們無干。請你們轉告曹丞相，就說孔秀要害我，我把他殺了。」說完，護送著車仗穿過東嶺關，直奔洛陽。

早有軍士報知洛陽太守韓福。韓福有心放關羽過去，又怕曹操怪罪；想攔住關羽，又畏懼他的勇猛，只好召集手下商議對策。牙將孟坦獻上一計，道：「等關羽來到，由我領兵出去和他交鋒，假裝戰敗，誘使他來追趕，等到城下，你就用暗箭射他。如果抓住關羽，押送回許昌，丞相必有重賞。」韓福連稱妙計。不久，人報關羽的車仗已到城外。韓福彎弓插箭，帶著一千人馬來到關口，索看過關文憑。關羽好言解釋，希望借路出關。韓福卻不答話，把手一揮，身後衝出孟坦，揮舞著雙刀直取關羽。關羽拍馬來迎。打了不到三個回合，孟坦撥馬便走，指望引誘關羽深入。不想關羽馬快，早已趕上，一刀將孟坦砍為兩段。韓福躲在暗處，突然放了一枝冷箭，正射中關羽左臂。關羽拔出箭，不顧傷口血流不止，飛馬直奔韓福，韓福還來不及逃走，關羽早已來到面前，手起刀落，將韓福斬於馬下。

關羽裹好箭傷，不敢在洛陽久留，連夜投汜水關來。把關將卞喜聽說關羽來到，連忙出關迎接，道：「將軍名震天下，人人敬仰。今日千里尋兄，更見義氣！」關羽把斬孔秀、韓福的事對他說了，卞喜道：「將軍殺得有理。等我見到丞相，一定為將軍解釋。」關羽聽了，十分高興，就和卞喜一齊過了汜水關，到鎮國寺前下馬。鎮國寺的住持普淨是關羽的同鄉，見到關羽敘起鄉情，便邀請他到方丈內喫茶。卞喜阻攔不住，只得由他去了。

普淨請關公進入方丈，見左右無人，舉起身邊佩帶的戒刀，用眼神向關羽示意。關羽會意，加強了警惕。此時卞喜來請關羽到法堂赴宴。關羽來到法堂，質問卞喜：「你請關某到這裡，是好心還是歹意？」沒等卞喜回答，關羽一眼望見屏風後面埋伏了刀斧手，厲聲喝道：「我把你當作好人，你竟要害我！」卞喜知道事情洩露，大叫：「左右下手！」埋伏的刀斧手一擁而出，都被關羽拔劍殺散。卞喜逃出法堂，繞著圍廊逃走，關羽提著大刀隨後追趕。卞喜暗暗取出一個飛錘，猛然回頭擲向關羽，關羽用刀格開，搶上一步，揮刀將卞喜砍為兩段。隨即回身來保護二位嫂嫂，卞喜手下的軍卒見主將已死，都四散逃命去了。關羽謝過普淨，護送著車仗，又往滎陽進發。

滎陽太守王植與韓福是兒女親家；聽說關羽殺了韓福，便盤算著要暗害關羽，為韓福報仇。這一天得知關羽來到關前，王植親自出關迎接，請車仗入城，到館驛內歇宿。關羽本有幾分戒心，但見王植殷勤邀請，又想到二位嫂嫂路途辛苦，便答應入城休整一夜。王植請關羽赴宴喝酒，關羽經過上次卞喜的教訓，推辭不去，王植便派人把酒席送到館驛。關羽請二位嫂嫂吃過晚飯，先去正房歇息，又吩咐隨從餵飽馬匹，準備明日一早動身。自己也解甲憩息。

那邊王植卻悄悄喚來部將胡班，命令他帶領一千兵士包圍館驛，等到三更時分，一齊放火，把館驛裡的人全部燒死。胡班領命，自去帶人準備乾柴引火等物，搬運到館驛門口。胡班暗想：「我早就聽說關雲長的大名，只可惜沒有見過。今天借此機會，倒要去看看他究竟是什麼模樣。」他來到館驛，向驛吏打聽，得知關羽正在正廳上看書，便悄悄潛到廳前。只見燭光下面，有一個將軍正手捋鬚髯，專心看書，生得相貌堂堂，威風凜凜。胡班見了，不由得失聲讚嘆。關羽聽到聲音，喝問是誰，胡班躲藏不住，只得走到堂前，報名施禮。關羽一聽「胡班」二字，猛然想起胡華的囑託，忙問：「莫不是許昌城外胡華的兒子？」胡班說「是」，關羽便叫隨從從行李中找出胡華的家書，交給胡班。胡班看過書信，明白了前後經過，暗自感嘆：「險些誤殺忠良！」就把王植計畫怎樣謀害關羽的事和盤托出，最後說道：「將軍快去收拾車馬，我先去打開城門，送將軍出城。」

關羽大驚，急忙派人叫醒二位嫂嫂，招呼她們趕快上車，自己也提刀上馬，一起衝出館驛，果然看見周圍有許多軍士，都正手執火把等候命令。關羽護著車仗，匆匆趕到城邊，胡班已經把城門打開，在路邊等候。關羽謝過胡班，催動車仗急急出城。走不到數里，背後火把照耀，人馬趕來。衝在前面的正是王植，大叫：「關羽休走！」關羽勒轉馬頭，大罵王植：「我與你無冤無仇，為什麼叫人放火燒我？」王植也不答話，拍馬挺槍直取關羽，被關羽一刀砍落馬下。關羽驅散了追趕的兵士，催動車仗加緊趕路，心中暗自感激胡班。

關羽一行穿過滑州地界，來到黃河渡口。把守渡口關隘的是夏侯惇的部將秦琪，見關羽沒有公文，死也不肯放行。關羽大怒，道：「你知道一路上敢攔截我的下場嗎？」秦琪撇嘴一笑，說道：「你只殺得了無名小將，敢殺我嗎？」關羽一聽，火往上撞，縱馬向前，手起刀落，只一個回合，秦琪人頭落地。關羽喝住四下逃散的軍卒，叫他們迅速準備船隻，將兩位嫂嫂和一行眾人送到黃河對岸。

渡過黃河，便到了袁紹的地盤。關羽回想自己此番千里尋兄，經過五處關隘，斬了六員曹將，實在是迫不得已，不由長嘆一聲，自語道：「曹公若是知道了，一定會以為我關羽是個忘恩負義的人呢。」

關羽正在前行，忽見一人騎著馬從北面跑來，口中呼喊著：「雲長，等等！」關羽勒住馬頭，仔細一看，原來竟是孫乾。關羽不由大喜，連忙詢問自汝南分別後的情況。孫乾道：「劉辟、龔都自將軍回兵之後，重新奪取了汝南，派我去河北結好袁紹，請劉皇叔同謀破曹之計。不料河北將士互相猜忌爭權，袁紹又多疑不決。我和劉皇叔商議，想了條脫身之計，現在劉皇叔已往汝南會合劉辟去了。劉皇叔恐怕將軍不知，投到袁紹處，反被他加害，特地派我在半路迎接將軍。天幸在此遇見將軍。將軍可速往汝南，與皇叔相會。」關羽便帶孫乾拜見二位夫人，說明劉備的情況，二位夫人又喜又悲，掩面大哭了一場。

關羽得知劉備的去向，便不再去河北，重新渡過黃河，往汝南進發。這一日，關羽一行正走在路上，忽然背後塵埃大起，一支人馬趕來，卻是負責黃河防務的曹營大將夏侯惇，得知關羽一路闖關殺將，特來捉他回去。兩人言語不合，便動起手來。多虧張遼帶著曹操要沿途放行的諭令趕到，才把兩人勸開。張遼問關羽要去哪裡，關羽道：「新近得知兄長已不在袁紹那裡，正要走遍天下去尋他。」張遼便勸他暫回許昌去見曹操，關羽笑笑，謝絕了張遼的好意，請他轉向曹操致謝，兩人拱手告別。

又走了幾天，來到一座山下，忽然又被一支百多人的隊伍攔住了去路。為首一名大漢，黑面長身，板肋虯髯，相貌十分威武。問清對面是關羽的車仗，大漢連忙滾鞍下馬，拜伏在關羽馬前，說道：「關西人周倉早就聽說關將軍的威名，今日有幸得見，情願投效將軍，做一名牽馬墜鐙的小卒。」原來這周倉早年加入過黃巾軍，後見世道混亂，就聚集了幾名嘍囉，在這臥牛山占山為王。關羽見他儀表不凡，又很是誠懇，就稟過二位嫂嫂，把周倉留在身邊。周倉吩咐手下嘍囉小心看守山寨，等自己有了駐紮處，再來招收他們。

關羽收了周倉，繼續趕路。這一天，遠遠望見前面有一座山城。關羽向當地人打聽：「這是什麼地方？」當地人告訴他：「這裡叫作古城。幾個月前，有一個叫張飛的將軍帶了幾十個人到此，趕走了縣官，占住古城，招兵買馬，如今已經聚集有三、五千人馬。」關羽得知張飛在這裡，喜出望外，急忙叫孫乾入城通報，叫張飛來迎接二位嫂嫂。

張飛見到孫乾，也十分高興。孫乾就把劉備現在汝南，關羽護送二位夫人已到城外的消息告訴張飛。不料張飛聽了，二話不說，隨即披掛持矛，帶上一千多名人馬，直出北門。孫乾非常驚訝，又不敢問，只得隨出城來。

關羽望見張飛到來，喜不自勝，把大刀交給周倉拿著，拍馬迎上前來。只見張飛圓睜環眼，倒豎虎鬚，大吼一聲，揮矛就向關羽搠來。關羽大吃一驚，連忙閃過，口中叫道：「賢弟要幹什麼？難道忘了桃園結義的情誼嗎？」張飛喝道：「你背棄兄長，降了曹操，封侯賜爵，現在又來騙我！我今天與你拚個死活！」關羽連忙分辯，兩位夫人也揭開車簾，為關羽解釋，張飛只是不信，一口咬定關羽是帶兵來捉他。關羽苦笑道：「我要有心來捉你，怎麼不帶軍馬來？」張飛卻把手往關羽身後一指，說：「那邊不是軍馬來了？」關羽一回頭，果然看到遠處塵埃滾滾，一隊人馬正朝這邊趕來，打的正是曹軍的旗號。張飛越發大怒，喝道：「你現在還要狡賴嗎？」挺起丈八蛇矛又搠了過來。關羽急忙叫道：「賢弟且慢動手，看我斬了這員來將，以表我的真心。」張飛道：「你要是真心，就在我這邊三通鼓結束之前，斬了來將！」關羽一口答應。

轉眼之間，曹軍已到近前，為首的一員大將竟是蔡陽。原來蔡陽得知外甥秦琪為關羽所殺，特地趕來報仇。關羽二話不說，舉刀便砍。張飛親自擂鼓。一通鼓還沒結束，只見關羽青龍刀一閃，蔡陽已經人頭落地。眾軍士四散逃走。關羽唯恐張飛還不相信，又活捉了一名執旗的小卒過來，請張飛當面訊問。那小卒把蔡陽的來意說了，張飛方才相信。忙把關羽及二位夫人請進城中，來到縣衙坐定。二位夫人把關羽經歷過的遭遇細細說了一遍，張飛聽了，放聲大哭，跪倒在關羽面前請求原諒，兄弟和好如初。說話間，糜竺、糜芳帶了十多個人聽說張飛在古城，也尋到這裡。眾人相互傾訴別後經歷，張飛便安排酒宴，為大家接風洗塵。

第二天，關羽囑咐張飛保護二位夫人守住古城，自己和孫乾帶著幾名隨從到汝南去見劉備。不料到了汝南，見到劉辟、龔都，才知道劉備在這裡只住了幾天，見這裡兵少，又返回河北和袁紹商議去了。關羽沒有見到劉備，心中怏怏不樂，只得和孫乾重回古城，把這事告訴張飛。張飛要和他們一起去河北尋找劉備，關羽卻說古城是很好的安身之處，不可輕易放棄，還是等他和孫乾到河北找到劉備，一起回古城相會。臨行前，關羽又命周倉回臥牛山，把原來的人馬都帶到古城來。

關羽和孫乾來到河北地界，兩人商議，由孫乾先去見劉備，關羽帶著隨從暫住在一戶農莊家裡。這家的老主人也姓關，名叫關定，也聽說過關羽的大名，招待得很是周到。過了兩天，劉備藉口去和荊州劉表結盟，辭別袁紹，和簡雍一起隨孫乾來到關定莊上。兄弟相見，大哭一場。過了一日，眾人辭別關定回古城。關羽又認了關定的次子關平為義子，帶他同行。

一行人走到臥龍山附近，忽見周倉引數十人帶傷而來。關羽引他見了劉備，問他為何受傷。周倉訴說被一名白袍小將占了山寨，自己幾次與他交鋒，都被打敗，身上還中了三槍，只得來找關羽求助。眾人聽了，催馬趕到臥龍山下，叫周倉在山下叫罵。不一會兒，只見一員小將持槍縱馬，殺下山來。劉備一見，揚鞭大叫：「對面莫不是趙子龍將軍？」那人見到劉備，翻身下馬，上前拜見，果然是趙雲。原來自從公孫瓚敗亡後，趙雲無處投奔，只得四海飄零。日前經過臥龍山，見山寨嘍囉不多，便奪了山寨，暫作安身之地。劉備大喜，道：「當初我第一次見到子龍，便覺留戀不捨。今日幸得再次相遇！」趙雲道：「我奔走四方，從沒見過像使君這樣愛才的人。從今以後，願意追隨左右，死而無憾！」當下一把火燒了山寨，率領人眾隨劉備同赴古城。

回到古城，張飛等人迎接入城，殺牛宰馬，慰勞諸軍。劉備兄弟、夫妻重新團聚，又新得了趙雲、關平、周倉等人，歡喜無限。休整了幾天後，劉備點齊所有人馬，共有四、五千人，一起前往汝南與劉辟、龔都會合，打算招兵買馬，重新幹出一番事業。

第十六回　孫伯符丹徒遇刺　曹孟德官渡鏖兵

且說袁紹見劉備一去不回，非常氣憤，打算起兵討伐他。謀士郭圖卻認為，劉備、劉表都不足為慮，真正的勁敵還是曹操。他主張派人到江東聯絡孫策，共攻曹操。袁紹聽從了他的意見，就派陳震出使江東，來會孫策。不料陳震剛到江東，孫策就遇刺死了。

原來孫策自從稱霸江東，兵精糧足。建安四年，又襲取了廬江、豫章兩郡，聲勢更振，於是派張紘往許昌上表獻捷，請求封他做大司馬。曹操知道孫策勢力強大，一面假意籠絡，將曹仁的女兒許配給孫策最小的弟弟孫匡，兩家結成親家；一面故意把張紘留在許昌，同時拒絕了孫策封官的請求。孫策心中不滿，經常揚言要打到許昌去，讓曹操知道他的厲害。

吳郡太守許貢探知孫策的想法，暗中派人送信給曹操，勸他設法把孫策召到京師，削去他的實權，免生後患。不料送信人在渡江時，被防守江岸的將士查獲，押送到孫策那裡。孫策看了許貢寫給曹操的書信，怒不可遏，立刻把送信人處死，一面派人去請許貢，假說有要緊事請他商議。許貢來後，孫策取出書信擲在他面前，喝道：「你要把我送上死路嗎？」不容分說，就命令武士將許貢絞死了。

許貢一死，他的家屬都四處逃散，只有三個受過許貢恩惠的家客，時刻尋找機會，要為許貢報仇。一天，孫策帶著人馬到丹徒縣內的西山圍獵，眾人趕起一隻大鹿，孫策縱馬追逐，不知不覺衝上山來，把眾人遠遠拋在後面。正追趕間，孫策忽然看見樹林裡有三個人，持槍帶弓站在那裡，就勒馬盤問他們是什麼人，三人回答是韓當部下的軍士，在這裡射鹿。孫策信以為真，正要策馬走開，其中一人突然舉起長槍，照著孫策的左腿便刺。孫策大驚，急忙拔出佩劍招架，不料用力過猛，劍刃脫落，手裡只剩下一個劍把。此時另有一人早已拈弓搭箭射來，正中孫策面頰。孫策忍痛從臉上拔下那枝箭，搭在弓上回射過去，將那個放箭的人射殺。其餘二人舉槍向孫策亂搠，口中大叫：「我等是許貢家客，特來為主人報仇！」孫策別無兵器，只得用弓抵擋著，向樹林外退走。二人死纏不捨，孫策身上中了好幾槍，戰馬也受了傷。正在危急關頭，程普帶著幾個人趕到，聽到孫策的呼救，一擁而上，將那兩名刺客砍死。程普見孫策血流滿面，傷勢嚴重，急忙用刀割下戰袍，裹住他的傷口，把他送回吳會醫治。不料那箭頭事先浸過毒藥，毒性已經滲透到孫策骨髓裡面，無藥可救了。

孫策在病榻上躺了二十多天，病情一天比一天沉重。他知道自己活不成了，就把張昭等人和大弟弟孫權召到臥榻前，囑託後事。他先對張昭等人說：「如今天下正處在群雄並起的混亂當中，憑藉著江東的人力、長江的天險，大可以成就一番事業。希望你們好好輔佐我的弟弟。」又取出印綬，交給孫權，說：「要論率領江東的人馬在兩軍陣前衝殺決戰，與群雄爭奪天下，你不如我；要論舉賢任能，使眾人齊心協力保住江東，我就不如你了。希望你記住父兄兩代的創業艱難，好自為之！」孫權放聲大哭，跪在地上接受了印綬。孫策又望著母親吳太夫人說：「兒子壽命已盡，不能再在身邊侍奉母親了。請母親早晚教訓弟弟，不要怠慢父兄留下的老臣。內事不決，可問張昭；外事不決，可問周瑜。」又嘆道：「可惜周瑜不在此地，不能當面囑咐他了！希望他能盡心輔佐我弟，不負與我相知的情誼。」說罷，閉目而逝，年紀只有二十六歲。

周瑜得到孫策故去的消息，日夜兼程，從防地巴丘趕回吳郡奔喪。吳太夫人把孫策的遺囑告訴了他，周瑜哭拜在孫策的靈柩前，答應不惜肝腦塗地，也要盡心竭力，報答知己。料理完喪事，周瑜便向孫權推薦臨淮東川人魯肅，說此人才學俱佳，可堪大用。孫權便將魯肅請來，留在身邊，凡事都與他商量。曹操得知孫策已死，又想籠絡孫權，表奏獻帝，封孫權為將軍，兼任會稽太守，把張紘也放回江東任職。孫權大喜，把各州郡行政事務都交給張昭、張紘等人打理，從此文有魯肅，武有周瑜，威震江東，深得民心。

再說陳震在江東，眼見孫權與曹操交好，只得回河北稟告袁紹。袁紹氣憤不過，當即調集冀、青、幽、并四州人馬，共七十餘萬，再來攻取許昌。大軍正要出發，忽然接到一直被關在獄中的田豐的書信，勸袁紹靜守等待時機，不可妄興大兵，恐有不利。謀士逢紀一向與田豐不和，乘機從旁挑撥說：「主公即將出征，不知田豐為什麼要說這些不吉利的話？」袁紹果然被激怒，要處死田豐，眾官苦苦求情，袁紹才憤憤地說：「等我破了曹操，再回來收拾他！」

袁紹統率大軍往官渡進發，來到陽武紮下營寨。沮授建議說：「我軍雖然人數占優，但不如曹軍勇猛；曹軍雖然素質精良，但糧草不如我軍充足。對方糧草短缺，想速戰速決；我軍糧食充足，不妨長期固守。日子一長，曹軍必定不戰自敗。」袁紹怒道：「田豐還沒處死，你又來亂我軍心！」喝令左右將沮授鎖禁軍中，等到打敗曹操後，和田豐一起治罪。隨即下令，將七十萬大軍，分東西南北四面安營，軍營連綿九十餘里。

此時曹操已接到夏侯惇的急報，帶領七萬精兵趕來迎敵。曹軍新到官渡，見袁紹的軍隊聲勢浩大，都有些畏懼。曹操便召集眾謀士商議對策。荀攸道：「袁紹的人馬雖多，並不可怕。我軍都是精銳，能夠一以當十。關鍵是要爭取速戰速決，如果拖上一段日子，糧草供應不上，事情就不好辦了。」曹操認為他的意見很對，便傳令全軍，吶喊鼓噪，向敵軍進攻。袁紹率軍迎住，雙方各自排成陣勢。審配事先調撥一萬名弩手埋伏在兩翼，又安排五千名弓箭手隱藏在門旗後面，相約聽到炮響，一齊出動。

三通戰鼓響過，只見袁紹金盔金甲，錦袍玉帶，立馬陣前，左右排列著張郃、高覽、韓猛、淳于瓊等將，旌旗鮮明，軍容嚴整。再看對面曹操陣上，門旗開處，曹操當先出馬，許褚、張遼、徐晃、李典等將各持兵器，前後擁衛。曹操揚起手中的馬鞭，指著袁紹說：「我在天子面前保奏你為大將軍，你為什麼還要謀反？」袁紹氣憤地說：「你名義上是漢朝的丞相，實際上是篡取漢家天下的奸賊！比王莽、董卓還要罪大惡極，還要反過來誣陷別人造反嗎？」曹操道：「我現在奉詔討伐你！」袁紹反脣相譏，大呼：「我奉衣帶詔討賊！」曹操被戳到痛處，勃然大怒，命張遼出戰。對面張郃躍馬來迎。二將鬥了四五十個回合，不分勝負。許褚揮刀縱馬，出陣助戰，又被對面高覽挺槍接住。四員大將捉對廝殺。曹操見張遼、許褚不能取勝，便令夏侯惇、曹洪各引三千軍馬，一齊向對方陣營衝去。審配一見，忙令放起號炮。霎時間，兩翼萬弩並發，中軍內的弓箭手也一齊擁出陣前亂射。曹軍抵敵不住，望南敗走。袁紹驅兵掩殺，曹軍大敗，一直退回到官渡。

袁紹調動大軍，將官渡團團圍住。審配獻上一計，叫袁紹調撥十萬人馬，在曹操寨前築起土山，讓士兵居高臨下，往曹軍寨中放箭，迫使曹操放棄官渡撤走。一旦占領官渡，許昌就指日可破了。袁紹採納了他的計策，從各寨內挑選出十萬身強力壯的軍士，挖泥擔土，運到曹操寨邊壘築土山。曹軍見勢不妙，幾次試圖衝出營寨廝殺，都被審配布置的弓弩手擋住咽喉要路，不能前進。不出十天，袁軍在曹營周圍築成土山五十多座，高架雲梯，分撥弓弩手在上面射箭。曹軍非常害怕，都頂著遮箭牌守禦。只要土山上梆子聲一響，立刻箭如雨下，曹軍都頂著盾牌趴在地上，那副狼狽的樣子，惹得土山上吶喊示威的袁軍大笑不已。

曹操見軍心慌亂，忙召集眾謀士商議對策。劉曄說：「可以造發石車來破它。」隨即獻上精心設計的圖樣。曹操命人按照劉曄的圖樣，連夜趕造了幾百輛發石車，分布在營牆內側，正對著土山上的雲梯。等到袁軍的弓箭手再射箭時，營內曹兵一齊拽動發石車，炮石飛空，往上亂打。土山上的弓箭手無處躲藏，死傷慘重，從此袁軍再也不敢登高射箭。審配又出了一個主意，命令士兵用鐵鍬暗挖地道，一直穿透到曹營內部。曹營士兵望見袁軍在山後挖掘土坑，報告曹操，曹操又向劉曄請教。劉曄看穿袁軍意圖，叫曹兵圍繞著營寨外側挖了一圈又深又長的壕溝，袁軍的地道挖到壕溝邊就挖不下去了，白白耗費了許多軍力。

就這樣，從八月初到九月末，曹操率軍在官渡堅守了近兩個月，軍力日漸疲乏，糧草也供應不上了。曹操有心放棄官渡退回許昌，又顧慮袁紹乘勝進逼，因此遲疑不決，便寫了一封書信，派人送回許昌，徵求荀彧的意見。荀彧的回信很快就到了，信中大意說：「袁紹集中他全部力量於官渡，目的就是要和我們在這裡一決勝負。我方以弱敵強，一旦不能挺住，局勢一定會落入敵人的掌握之中：官渡這一戰，可謂是決定未來天下格局走勢的關鍵。袁紹的軍馬雖多，卻不能合理地調配使用；我軍在人數上雖處於劣勢，但力量上的差距並不是非常懸殊。只要我們守住官渡，就如同扼住了敵人的咽喉，袁軍無法前進，時間一長，內部必然會有變化發生。這正是我們出奇制勝的大好時機，一定不要錯過。希望您認真考慮一下我的意見。」曹操看過書信，信心大增，下令將士效力死守。袁軍見勢頭不對，主動後退了三十多里。

一天，徐晃部將史渙在巡營時捉到一個袁軍密探，押著去見徐晃。徐晃向他盤問袁紹軍中動靜，那密探答道：「大將韓猛一兩天內就要運送糧草到軍前接濟，先令我來探路。」徐晃便將此事報知曹操。荀攸主張派一員勇將率領幾千名輕騎，在半路伏擊韓猛，只要切斷敵人的糧草供應，袁軍必然不戰自亂。曹操就把這個任務交給徐晃所部，並讓張遼、許褚帶兵接應。

當天夜裡，韓猛押送著幾千輛糧車，趕赴袁紹大寨。正走到一條山谷之間，迎面被徐晃、史渙帶兵攔住去路。韓猛飛馬來戰，徐晃接住廝殺。史渙便藉機殺散人夫，放火焚燒糧車。韓猛打不過徐晃，回馬逃走，把糧食輜重都丟給了徐晃，徐晃便一把大火，將數千輛糧車燒了個乾乾淨淨。

韓猛帶領敗軍逃回大營，袁紹大怒，要斬韓猛，被眾官苦苦勸住。審配道：「行軍打仗，糧食最為重要，一定要用心提防。烏巢是我軍屯糧的地方，必須加派重兵守衛。」袁紹不以為然地說：「我早就計畫好了。你只管回鄴城督運糧草，不要讓前線斷糧。」審配領命而去。袁紹便派大將淳于瓊，帶領二萬人馬去烏巢駐守。那淳于瓊性情剛強，好酒貪杯，手下軍士都很怕他。到了烏巢後，淳于瓊整天和部將們聚在一起喝酒，根本沒有把軍務放在心上。

且說曹操軍糧用盡，急忙派使者回許昌催促荀彧，趕緊措辦糧草，星夜送往軍前接濟。不料使者在半路上被袁軍捉住，捆送到謀士許攸那裡。那許攸字子遠，年輕時曾和曹操為友，此時卻在袁紹處為謀士。當時許攸從使者身上搜出曹操催糧的書信，便來見袁紹，獻計說：「曹操屯軍官渡，與我長期相持，許昌必定空虛；如果分出一支軍馬星夜奔襲許昌，同時趁曹軍絕糧之時發動總攻，雙管齊下，曹操必敗。」袁紹卻說：「曹操詭計極多，這封信八成是個圈套。」許攸還要勸說，忽然有使者從鄴郡送來審配的書信，說許攸的子姪在後方貪汙錢糧，已經被下入獄中。袁紹見了書信，勃然大怒，大罵許攸：「你這個沒品行的小人，還有臉在我面前獻計嗎！你和曹操是老交情，想來是受了他的賄賂，為他做奸細，誘我上鉤吧？如今且饒你不死，趕快滾遠一點，以後別再讓我看見你！」許攸退出大帳，不由得仰天長嘆，道：「忠言逆耳，這樣的渾人怎麼能成大事！我的子姪都已遭到審配的陷害，我還有什麼顏面再見冀州父老！」說著拔出佩劍就要自刎。左右急忙奪下寶劍，勸他不可輕生，既然與曹操有交情，為什麼不棄袁投曹？幾句話點醒了許攸，當即偷偷溜出營寨，直奔曹操的大營而來。

此時曹操正要解衣歇息，聽說許攸私奔到寨，萬分高興，連鞋子都來不及穿，赤著腳就出來迎接。他遠遠看見許攸，就拍著手掌歡笑起來，拉著許攸的手進入大帳，搶先向許攸拜倒行禮。許攸慌忙扶起曹操，惶恐地說：「你是堂堂漢朝的丞相，我不過是一介布衣平民，怎麼敢承當如此大禮？」曹操把手一揮，說：「我們今天只論交情，不論爵位！」兩人敘禮坐下，許攸便把自己向袁紹獻計不被採納，反被袁紹羞辱，特來投奔故友的經過說了一遍。

曹操聽了，不由驚叫道：「如果袁紹採納了你的計策，我就完了。現在既然你肯來相幫，一定有好主意可以指教我。」許攸便問：「丞相軍中現在還有多少存糧？」曹操說：「還可以支持一年。」許攸笑道：「恐怕沒有那麼多吧？」曹操也笑了，說：「實際只有半年的軍糧了。」許攸站起身就往帳外走，說：「我誠心誠意前來投奔，你居然連句實話都沒有，太讓我失望了！」曹操連忙拉住他說：「你別生氣，實話告訴你，軍中的糧食只能支撐三個月了。」許攸氣得笑了起來，說：「難怪世人都說曹孟德是個奸雄，真是一點不錯！」曹操笑道：「你沒聽說過『兵不厭詐』嗎？」於是附在許攸耳邊悄悄地說：「軍中只有這個月的口糧了。」許攸忍不住大聲喝道：「你別再騙我了，軍糧早就吃光了！」曹操大驚，脫口問道：「你怎麼知道？」許攸便掏出截獲的書信，把前後經過說了一遍，曹操緊緊拉住許攸的手，說：「你一定要幫老朋友想想辦法！」許攸道：「袁紹的軍糧輜重，全都囤積在烏巢，守將淳于瓊嗜酒如命，防備鬆懈。只要挑選一支精兵，假稱袁紹部將蔣奇的人馬奉命前來協助護糧，找機會把他的糧草輜重一把火燒了，不出三天，袁紹的大軍就得自己亂了方寸。」曹操聽了，拍手稱妙。

第二天，曹操親自挑選了五千名馬步軍士，準備往烏巢劫糧。張遼說：「烏巢是袁紹屯放軍糧的要害地方，豈能沒有防備？丞相不可輕易前往，恐怕許攸有詐。」曹操卻說：「倘若許攸有詐，他怎麼肯留在我軍寨中？況且現在我軍糧草已經用盡，如果不用許攸之計，就只好坐在這裡等死了。劫糧之舉，勢在必行，你們都不要再有顧慮了。」張遼又說：「即使如此，也要防備袁紹乘虛偷襲我軍大營。」曹操笑道：「我早就想好了。」當即命令荀攸、賈詡、曹洪同許攸留守大寨，夏侯惇、夏侯淵領一軍埋伏在左翼，曹仁、李典領一軍埋伏在右翼，以防萬一。然後命張遼、許褚在前，徐晃、于禁在後，自己率領其他將領居中，帶著五千人馬，打著袁軍旗號，在黃昏時分悄悄往烏巢進發。

一路上經過袁軍的營寨，遇到盤問，都回稱是蔣奇的人馬，奉命往烏巢護糧。袁軍看見打著自家旗號，毫不疑心。等來到烏巢，已經到了後半夜。曹操命令軍士點起火把，眾將校齊聲吶喊，殺入袁軍寨中。此時淳于瓊剛和眾將喝完酒，醉臥帳中，聽到外面喧譁鼓噪之聲，正要跳起來查問，早被曹軍用撓鉤拖翻，活捉過去。恰巧淳于瓊部下有兩名運糧官回來，看見屯上火起，急忙趕來救應。曹軍飛報曹操，請求分兵拒敵。曹操大喝道：「眾將只管奮力向前，等賊兵到了背後，才可回師應戰。」於是眾將士無不爭先掩殺。一霎時，火焰四起，煙迷太空。等兩個運糧官衝到身後，曹操突然勒馬回戰。二將抵敵不住，都被曹軍所殺。曹操下令放火燒光糧草，又命把淳于瓊割去耳鼻手指，綁在馬上放回袁紹大營。然後叫士兵換上袁軍的衣甲旗號，扮作淳于瓊的部下尾隨而來。

卻說袁紹在帳中，聞報正北方向火光滿天，知是烏巢出了事，急忙召集文武各官商議。張郃表示願和高覽一起去救烏巢，郭圖卻說：「曹軍劫糧，曹操一定會親自前往，大寨必然空虛，應該馬上出兵攻打曹軍大寨，曹操得知消息，必然回兵；這是孫臏圍魏救趙的計策。」張郃說：「曹操老謀深算，外出必為內備，以防不測。現在去攻曹營，萬一不能得勝，烏巢也落入曹操手中，我們就只好束手待斃了。」郭圖道：「曹操只顧劫糧，哪裡還會留兵守寨呢？」再三主張去劫曹營。袁紹便命張郃、高覽引軍五千，往官渡偷襲曹營；派蔣奇領兵一萬，去救烏巢。

蔣奇的軍馬走到半路，恰好碰上偽裝的曹軍。蔣奇問清是從烏巢退下來的敗兵，毫不疑心，驅馬從中穿過。冷不防從前面閃出張遼、許褚兩員大將，大喝：「蔣奇休走！」蔣奇措手不及，被張遼斬於馬下。張遼、許褚殺散了蔣奇的兵士，又派人裝作蔣奇的部下，飛馬去報告袁紹，說偷襲烏巢的曹兵已經被蔣奇殺散。袁紹於是不再派人馬接應烏巢，只添兵往官渡增援。

再說張郃、高覽去攻打曹營，左邊夏侯惇、右邊曹仁，中路曹洪，一齊衝出。兩人只帶了五千人馬，哪裡擋得住曹軍三面攻擊，立刻敗退下去。等到增援的人馬趕到，曹操又率大軍從背後殺來，四下圍住掩殺。張郃、高覽拚命殺出一條血路，才勉強走脫。那邊袁紹收容得烏巢敗軍歸寨，見淳于瓊耳鼻皆無，手足不全，問他如何失了烏巢。敗軍說他吃醉了酒，因此不能抵敵。袁紹大怒，立刻將淳于瓊推出去殺了。郭圖唯恐張郃、高覽回到營寨，要和他對質是非，便先在袁紹面前讒言說：「張郃、高覽見到主公兵敗，心中一定歡喜。」袁紹不解地問：「為什麼這麼說？」郭圖道：「二人一向有降曹之意，如今派他們去偷襲曹營，故意不肯用力，以致損折士卒。」袁紹果然大怒，派人急召二人歸寨問罪。

郭圖卻先派人通報張郃、高覽，說袁紹要殺他們。兩人一商量，索性一不做，二不休，殺了袁紹的使者，帶領手下兵馬往曹操寨中投降。夏侯惇提醒曹操：「張、高二人來降，不知真假。」曹操說：「我以誠心對待他們，即使懷有異心，也是可以改變的。」便大開營門，讓二人進來。曹操用好言勉勵了一番，封張郃為偏將軍、都亭侯，高覽為偏將軍、東萊侯。二人大喜，於是死心塌地歸順曹操，主動請求充任前鋒。曹操便令二人領兵帶路，分兵三路連夜奔襲袁紹大營，雙方混戰到天亮，各自收兵，袁紹的軍馬已經損失了一大半。

曹操又採納荀攸的計策，派人四處揚言，說要分兵兩路，一路攻鄴郡，一路取黎陽，切斷袁兵歸路。袁紹果然驚惶，急遣長子袁譚分兵五萬去救鄴郡，大將辛明分兵五萬救黎陽，連夜動身。曹操探知袁紹的兵馬已經開始調動，立刻將大隊軍馬分為八路，一齊殺奔袁紹的大營。袁軍已經喪失了鬥志，四散奔走，潰不成軍。袁紹連盔甲都來不及披，穿著便衣戴著幅巾就上馬逃走，張遼、許褚、徐晃、于禁四將引軍在後緊緊追趕。來到黃河邊，袁紹把隨軍攜帶的文書車仗金帛都拋棄了，只帶著八百多騎渡河而逃。餘下八萬多名軍士，被隨後趕來的曹軍盡數屠殺，血水把河道都漲滿了。

曹操大獲全勝，傳令收軍，將所得金銀財物分賞軍士。在清理袁紹遺棄的文件時，翻檢出一束書信，都是許都的大臣和隨軍官員與袁紹私下往來的信函。身邊的親信勸曹操將這些人逐一核對姓名，收容治罪。曹操卻說：「當袁紹勢力強盛的時候，連我都恨不能有條退路保全性命，何況其他人呢？」當即下令將那些書信統統燒掉，不再追究。

袁紹戰敗逃跑的時候，沮授因為被囚禁，沒有走脫，被曹軍俘獲，押去見曹操。曹操以前就和沮授相識，便勸他投降。沮授大呼：「不降！」曹操道：「袁本初無謀，聽不進你的忠言，你何必執迷不悟呢？」把他留在軍中，厚禮相待。然而沮授卻在曹營中偷馬想要逃走，曹操一怒之下把他殺了。沮授至死神色不變。曹操欽佩沮授的忠義，把他厚殮安葬在黃河渡口，親筆在他的墓碑上題字：「忠烈沮君之墓」。

第十七回　敗汝南玄德依劉表　平河北曹操征烏桓

卻說袁紹幅巾單衣，帶著八百多騎逃到黎陽北岸，大將蔣義渠出寨迎接。袁紹命令蔣義渠招集離散的人馬，眾人得知袁紹還在，又漸漸聚攏過來。袁紹和眾將商議一番，決定先退回冀州，再作打算。

行軍途中，夜宿荒山。袁紹在營帳中聽見遠處隱隱傳來哭聲，便悄悄尋了過去。原來是敗軍相聚，訴說喪兄失弟的慘事，各自捶胸大哭。大家都埋怨袁紹：「要是當初聽從田豐的勸告，我們也不至於遭此大禍！」袁紹聽了，心中也暗自後悔。

第二天，大軍繼續趕路，迎面遇上趕來迎接的逢紀等人。袁紹對逢紀說：「我不聽田豐之話，招致如此大敗，實在沒有臉面回去見他。」逢紀一向與田豐不和，趁機造謠說：「田豐在獄中聽說主公兵敗，拍掌大笑，說：『果然不出我的意料！』」袁紹聽了，勃然大怒，立即解下隨身的佩劍，命使者趕往冀州獄中，將田豐處死。

再說袁紹兵敗的消息傳回冀州，看押田豐的獄卒紛紛向他道喜，都說：「袁將軍大敗而歸，您一定會得到重用了。」田豐卻笑道：「我的死期到了。」獄吏感到很奇怪，問道：「大家都在為您高興，您為什麼卻說要死呢？」田豐道：「袁將軍這個人，表面似乎很寬宏，實際上心胸很狹隘。如果他打了勝仗，一高興或許還會放了我；如今戰敗而回，必定惱羞成怒，我就沒有活命的指望了。」獄吏還不相信。轉眼間使者捧著寶劍趕到，傳達袁紹的命令，要取田豐的首級。獄吏大驚，都忍不住流下了眼淚。田豐長嘆一聲，道：「不怪別人，只怪我自己有眼無珠，錯投了主人！」便接過寶劍自刎了。

袁紹回到冀州後，心煩意亂，不理政事。他的妻子劉氏見他意志消沉，便勸他及早確立後嗣。袁紹生有三個兒子：長子袁譚，鎮守青州；次子袁熙，鎮守幽州；三子袁尚，是袁紹後妻劉氏所生，深得袁紹喜愛，一直留在身邊。劉氏勸袁紹立袁尚為後嗣，袁紹便找來審配、逢紀、辛評、郭圖四位謀士商議。審、逢二人一向輔佐袁尚，辛、郭二人一向輔佐袁譚，四人各為其主，見解不一，袁紹一時拿不定主意。忽報袁譚、袁熙以及鎮守并州的外甥高幹，各自帶了五、六萬人馬來冀州助戰。袁紹大喜，就把立嗣的事暫且擱下，重整人馬迎戰曹操。

兩軍在倉亭相遇，各自布開陣勢。袁尚要在父親前逞能，舞動雙刀，飛馬出陣，在陣前來往奔馳。曹營中徐晃部將史渙挺槍來迎。兩馬相交，打了不到三個回合，袁尚撥馬朝刺斜裡敗走。史渙趕來，袁尚拈弓搭箭，翻身射去，正中史渙左眼，史渙一頭栽下馬來。袁紹見愛子得勝，揮鞭一指，大隊人馬擁將過來，雙方混戰，大殺一場，各自鳴金收軍。

曹操回到營中，與眾將商議破敵之策。程昱獻上一條「十面埋伏」計，「如此如此，可勝袁紹」。曹操大喜，便命眾將分頭準備。第二天半夜，曹操命先鋒許褚帶兵前進，擺出一副劫寨的架勢，直撲袁紹大營。袁紹已有防備，五寨人馬一齊出動，許褚回軍便走。袁紹引軍趕來，吶喊聲震天動地。等到天亮，曹軍退到河邊，前面已無去路，曹操大呼：「前面已無路可退，大家只有拚死一戰，殺出一條生路！」曹軍兵將回過身來，奮力向前。許褚飛馬當先，一連殺了袁軍十幾員戰將，袁軍大亂。袁紹急忙退軍，不料曹操早已在沿路埋伏下人馬，夏侯淵、高覽、樂進、于禁、李典、徐晃、張遼、張郃、曹洪、夏侯惇十路人馬依次殺出，每隔十來里就衝殺一陣，殺得袁軍屍橫遍野，血流成渠。袁紹父子膽喪心驚，棄了倉亭，拚死逃生。等好不容易逃出重圍，軍馬已死傷殆盡，袁熙、高幹都帶了箭傷。袁紹抱著三個兒子痛哭一場，不覺急火攻心，昏倒在地。眾人急忙救醒。袁紹口吐鮮血，嘆道：「我經歷過大小幾十場戰役，想不到如今竟狼狽到這種地步！」便叫袁譚、袁熙、高幹各回本州，重整人馬，自己帶著袁尚等人回冀州養病去了。

曹操在倉亭一戰大獲全勝，正要乘勝進軍，忽然得到荀彧急報，說劉備在汝南聯合劉辟、龔都，又糾集了幾萬兵馬，聽說丞相出征河北，乘虛來攻許昌。曹操大驚，忙留曹洪屯兵官渡，虛張聲勢，自己親領大軍往汝南來迎劉備。雙方在穰山相遇，各自列開陣勢，曹操揚鞭指著劉備罵道：「我待你不錯，你為什麼忘恩負義？」劉備說：「你託名漢相，實為國賊！我奉皇上密詔，前來討賊！」說著，就在馬上朗誦衣帶詔。曹操大怒，命許褚出戰。趙雲挺槍出馬，接住廝殺。打了三十多個回合，不分勝負。忽然喊聲大震，關羽從東南角上衝來，張飛從西南角上殺到，三軍一齊掩殺。曹軍遠道而來，人馬疲乏，抵擋不住，大敗而退。

此後十多天，劉備輪番派趙雲、張飛到曹營挑戰，曹軍始終閉門不出。劉備正在心疑，忽報龔都押運糧草到來，被曹軍圍住；曹將夏侯惇已帶兵抄小路往汝南去了。劉備大驚，慌忙派張飛去救龔都，關羽去守汝南。兩將各自領兵去了。沒過幾天，探馬飛報，夏侯惇攻破汝南，圍住了關羽；夏侯淵搶了糧草，殺了龔都，又和樂進合兵，圍住了張飛。劉備心中慌張，想要退兵，又擔心曹兵隨後追襲。毫不容易熬到天黑，命軍士們飽餐一頓，步兵在前，馬軍在後，悄悄棄營撤退。走了沒有幾里，轉過一座土山，忽然前面火把齊明，漫山遍野衝出無數曹兵，大呼：「不要放走了劉備，丞相在此專等！」劉備慌忙尋路逃生。趙雲挺槍躍馬，在前面殺開一條血路，劉備手提雙股劍緊隨在後，正在且戰且走，許褚從後面追了上來，與趙雲戰在一起，兩側又有于禁、李典領兵殺來，劉備見情勢危急，只得單人獨騎，往深山小路逃去。走到天明，忽然從側面衝出一隊人馬，劉備大吃一驚。仔細一看，原來是劉辟保護著劉備的家小從汝南逃出，孫乾、簡雍、糜芳等人也在軍中。眾人訴說夏侯惇軍勢強大，只得放棄汝南，沿途又被曹軍追殺，多虧關羽在後面抵擋掩護，才得脫險。正說話間，前面一棒鼓響，張郃率領一隊曹兵攔住去路。劉備急忙後退，背後又殺出一彪人馬，為首大將正是高覽。劉備進退無路，仰天大叫：「事勢至此，不如死了乾淨！」拔出佩劍就要自刎，被劉辟拚命攔住。

劉辟對劉備說：「皇叔不可輕生。待我上去拚死一戰，好歹奪出一條生路。」說完，便催馬向前，與高覽交鋒。不到三個回合，被高覽一刀砍死。劉備更加慌張，正要親自上前，忽見高覽後軍一片大亂，一將衝陣而來，一槍將高覽挑落馬下。原來是趙雲及時趕到。趙雲殺散後面高覽的追兵，又到前軍來戰張郃。張郃打不過趙雲，領兵敗走，卻死死守住山隘，不放劉備等人通過。正在僵持，關羽、張飛各帶殘兵趕到，兩面夾攻，殺退張郃。等眾人衝出隘口，會合在一處，檢點人馬，總共還不到一千人了。劉備叫孫乾等人保護著家小先行，自己與關、張、趙雲斷後，一路往南逃去。

這一日來到漢江邊上，天色已晚，安營休息。當地百姓聽說劉皇叔兵敗路過，牽羊擔酒，前來慰問，劉備便和眾將在沙灘上飲酒驅寒。幾杯悶酒下肚，劉備長嘆一聲，道：「各位都是安邦定國的傑出人才，可惜跟了劉備，枉受拖累；還是另投明主去吧。」眾人聽了，都落下淚來。孫乾說：「主公不必為一時的成敗而喪失信心。此地距荊州不遠，劉表兵強糧足，又和主公同為漢室宗親，不如先去投奔他，再等機會。」劉備擔心劉表不肯收容，孫乾說：「我願意先去荊州說動劉表，讓他親自出境來迎接主公。」劉備聽了十分高興，便令孫乾連夜動身，趕往荊州。

孫乾到荊州見了劉表，說：「劉使君新近被曹操擊敗，要到江東去投奔孫權。我勸他說：『荊州劉將軍禮賢下士，又和您同宗，何必背親向疏、捨近求遠呢？』因此使君派我先來拜見，探問將軍的意旨。」劉表高興地說：「劉備是我的同宗兄弟，早就想和他見上一面，如今肯來荊州，實在是我求之不得的啊！」將軍蔡瑁卻在一旁阻攔說：「劉備先從呂布，後隨曹操，又投袁紹，都不能有始有終，他的為人可想而知。如果接納了他，曹操一定會遷怒於我們，興兵問罪，我們不是引火燒身嗎？不如割下孫乾的腦袋獻給曹操，曹操一定會厚待我們。」孫乾厲聲斥責蔡瑁：「劉使君忠心為國，豈可與曹操、呂布、袁紹這些人相提並論！現在不辭千里來投奔劉將軍，你為什麼妒忌賢能，存心相害？」劉表聽了，喝退蔡瑁，便請孫乾回報劉備，自己將親自出城迎接。

第二天，劉表出城三十里，與劉備相見。劉備對劉表十分恭敬，再三表示感謝，又引關、張等人一一拜見劉表。劉表對劉備也很禮遇，陪同他一起進入荊州，專門撥出院宅給劉備的人馬居住。劉備便在荊州安頓下來。

曹操得知劉備投奔了劉表，便要引兵攻打荊州，被程昱勸住。曹操聽從了程昱的意見，決定先破袁紹，再取荊襄，便帶領大軍先回許昌休整。

建安七年（西元二〇二年）春正月，袁紹的病情剛剛有些好轉，忽報曹操進兵官渡，來攻冀州。袁紹要親自領兵迎敵，袁尚勸道：「父親大病初癒，不宜遠征。孩兒願提兵前去迎敵。」袁紹同意了袁尚的請求，又派人到青、幽、并三州，令袁譚、袁熙、高幹火速帶兵趕來，合力破曹。

那袁尚自從殺了史渙之後，自覺勇猛無敵，不等其他三路人馬到齊，便帶著數萬軍馬出黎陽，與曹軍交鋒。不料與曹軍先鋒張遼只打了三個回合，袁尚就招架不住，大敗而走。張遼乘勢掩殺，袁尚穩定不住局面，只得一路逃回冀州。袁紹得到消息，又驚又氣，舊病復發，吐了幾大口鮮血，昏倒在地。眼看袁紹的病勢日漸危急，劉夫人慌忙請來親信的謀士審配、逢紀，到袁紹的病榻前商議後事。此時袁紹已經說不出話了，只能用手勢示意。劉夫人問：「你看尚兒能承繼後嗣嗎？」袁紹點了點頭。審配立即在病榻前寫好遺囑，由袁尚接任大司馬將軍，兼任冀、青、幽、并四州刺史。遺囑剛剛寫好，袁紹突然大叫一聲，吐了幾口血，就嚥了氣。審配、逢紀擁立了袁尚，派使者分往各州報喪。

此時袁譚正帶兵趕來冀州，半路上得知父親的死訊，就與郭圖、辛評商議。郭圖道：「將軍暫且把大軍停紮在冀州城外，讓我先進城去探探情況。」袁譚同意了，便假稱有病，讓郭圖一個人進城來見袁尚。袁尚要派袁譚為前部，迎擊曹軍。郭圖道：「軍中缺少謀士，希望能請審、逢二位同去協助。」袁尚藉口自己時刻也要借助這二人出謀畫策，不肯答應。郭圖再三請求，袁尚無奈，只得加封袁譚為車騎將軍，命逢紀帶著印綬，同郭圖到袁譚軍中。

袁譚把逢紀扣留在軍中，起兵赴黎陽迎戰曹軍。雙方一交戰，袁譚就吃了一個大敗仗，大將汪昭也被徐晃殺了，只得收拾敗軍退入黎陽，派人向袁尚求救。袁尚與審配商議，要借曹操之手除掉袁譚，不肯發兵。袁譚大怒，立即斬了逢紀，揚言要帶兵投降曹操。袁尚得知消息，急忙親自帶兵來救袁譚，袁熙、高幹也分別領軍趕到黎陽，袁譚這才打消了降曹的念頭，準備合力對抗曹操。雙方交手了幾次，袁軍屢戰屢敗，不得已棄了黎陽，退回冀州城堅守。這是建安八年（西元二〇三年）二月的事。

冀州城池堅固，袁尚等人又齊心死守，曹操一連猛攻了好多天，仍然不能奪下，不由得心中煩悶。謀士郭嘉建議道：「袁紹廢長立幼，導致幾個兒子各樹朋黨，爭權奪利，兄弟失和。我們攻得急了，他們反而相互救應；如果緩一緩，他們內部的矛盾就會暴露出來。不如我們暫且退兵，等他們兄弟內亂，然後就能一舉平定。」曹操覺得有理，就留下賈詡守黎陽，曹洪守官渡，自己率領大軍回許都去了。

曹軍一退，袁尚、袁譚果然很快就反目成仇，各率人馬，在冀州城外動起手來。袁譚打不過袁尚，便向曹操投降，曹操於是再次興兵來攻河北。此後數年，曹操利用袁氏兄弟之間的矛盾，各個擊破，冀、青、幽、并四州相繼平定，整個河北終於落入曹操的掌握當中。

轉眼到了建安十二年（西元二〇七年）春天，袁譚、高幹已先後敗亡，只有袁熙、袁尚遠投沙漠，逃往烏桓。曹操召集眾將，商議進擊烏桓。曹洪等人認為，此去烏桓路途遙遠，萬一劉備、劉表乘虛襲取許都，很難應付，主張就此撤軍，回許都休整。謀士郭嘉卻力排眾議，認為他們的見解不對。郭嘉道：「河北雖然平定，袁尚、袁熙兄弟還在。只要他們存在一天，我們的後方便始終存有隱患。烏桓自恃地處邊遠，又有沙漠相隔，必不防備，我們突然發動襲擊，可以穩操勝券。至於劉表，不過是個只知空談的庸才，自知才幹不如劉備，重用他怕自己制服不了，慢待他劉備也不會盡力，根本不必擔心。」曹操覺得郭嘉分析得有理，便下定決心西征烏桓。

大軍走了半月，進入烏桓境內，但見黃沙漠漠，狂風四起；道路崎嶇，人馬難行。曹操暗自後悔，想要退兵，先來徵求郭嘉的意見。此時郭嘉因為水土不服，病臥車中。曹操看到他的樣子，忍不住流下眼淚，說：「因為我想平定沙漠，讓你飽受長途跋涉的艱辛，以致染病，我心裡實在不安。北方道路崎嶇難行，我想退兵了，你看怎樣？」郭嘉道：「兵貴神速，有進無退。我軍輜重太多，行動不便，不如挑選一支輕騎兵，找熟悉道路的人為嚮導，抄小路快速奔襲。」曹操便把郭嘉留在易州養病，親自率領一隊精銳騎兵，以袁紹舊將田疇為嚮導，從盧龍口穿越白檀關，直撲烏桓蹋頓的大本營柳城。

大軍行至白狼山下，正遇袁熙、袁尚會合蹋頓等人率數萬騎兵前來迎戰。曹操登高望，見烏桓兵陣形不整，便命張遼立刻出擊。張遼和許褚、于禁、徐晃分四路下山，奮力急攻，烏桓兵頓時大亂。張遼拍馬衝入敵營，正遇蹋頓，張遼手起刀落，將蹋頓斬於馬下。烏桓兵失了主將，紛紛下馬投降，袁熙、袁尚見勢不妙，帶著幾千騎兵逃奔遼東去了。曹操領軍進入柳城，收得駿馬萬匹，即日回兵。此時天氣寒冷異常，方圓二百里內乾旱無水，軍中糧食也不夠吃了，只得殺馬充飢，往往鑿地三、四十丈深，才能汲得一些水解渴。曹操歷盡艱辛回到易州，立刻重賞先前反對遠征的曹洪等人。曹操對大家說：「我這次冒險遠征，雖然僥倖獲得成功，但並不值得效法。你們的建議才是萬全之計，所以相賞。希望以後繼續直言勸諫。」

曹操回到易州時，郭嘉已經病故，靈柩還停在公廨沒有下葬。曹操親自前往靈前祭奠，大哭道：「奉孝之死，是我的莫大損失！」又回頭對眾人說：「各位的年紀都和我差不多，只有奉孝最年輕，我本想把後事託付給他。想不到竟然中年夭折，著實讓我痛心！」郭嘉追隨曹操征戰十一年，屢立奇勳，死時年僅三十八歲。

不久，遼東太守公孫康殺了袁熙、袁尚二人，把首級獻給曹操。曹操大喜，重賞公孫康，隨即率領大軍班師，返回許昌。至此，曹操終於消滅了北方各路諸侯割據勢力，統一了長江以北的廣大地區，開始養精蓄銳，準備南下征討劉表、孫權。

第十八回　蔡夫人隔屏聽密語　劉皇叔走馬躍檀溪

卻說劉備自從來到荊州之後，劉表一直待他很好。一天，兩人正在一起飲酒，忽然探馬來報，說降將張武、陳孫在江夏擄掠人民，準備造反。劉表大驚。劉備說：「兄長不必憂慮，讓我去對付他們吧。」劉表很高興，就調撥了三萬人馬，交給劉備統率，前去江夏征討叛逆。

劉備帶兵來到江夏，與張武、陳孫對陣。劉備遠遠望見張武胯下的坐騎異常雄駿，不禁脫口稱讚：「好一匹千里馬！」話音未落，趙雲挺槍出馬，直取張武。戰了不到三個回合，趙雲一槍將張武刺落馬下，順手扯住馬轡頭，牽馬回陣。陳孫見了，趕來搶奪，張飛大喝一聲，挺矛直出，將陳孫刺死。叛軍見首領已死，四下潰散，劉備很快就平定了江夏各縣，班師返回荊州。劉表親自出城迎接，擺設酒宴為劉備慶功。

酒席宴上，劉表提起南越、張魯、孫權三處都有吞併荊州之心，不時侵掠邊境，讓自己很是憂慮。劉備便提出可讓關、張、趙雲三將分別鎮守邊界，為劉表分憂。劉表十分高興。一旁的蔡瑁聽了，卻暗自焦急，回到城中，就去與他的姐姐，也就是劉表的夫人蔡氏商議。蔡瑁道：「劉備要讓手下三員大將分守邊關，自己留在荊州，時間一長，荊州的大權就要落在他的手裡了。」當晚，蔡夫人便對劉表說：「我聽說劉備和荊州人士來往密切，只怕他別有居心。把劉備留在荊州沒有好處，不如盡早打發他離開。」劉表道：「劉備是正人君子，不會害我。」蔡氏卻冷笑道：「只怕別人心中不像你這樣想呢！」劉表聽了，半晌說不出話來。

第二天，劉表有事出城，看見劉備的坐騎高大雄壯，不由得讚不絕口。劉備便說：「這原是張武的坐騎，兄長若是喜歡，就騎去好了。」劉表大喜，騎馬回城。謀士蒯越見了這馬，對劉表說：「此馬名叫『的盧』，眼下有淚槽，額邊生白點，專會妨害騎牠的主人。張武就因為騎牠而送了性命，主公千萬不要騎。」劉表聽了，心中猜疑，只恐劉備有意害他，就藉口劉備經常出征，需要好馬，把馬還給了劉備。劉備不知其中道理，謝過劉表，將的盧馬坦然收下。

劉表又對劉備說：「賢弟在荊州住久了，恐怕會荒廢了你的武藝。襄陽郡屬下有一個新野縣，還算富庶，賢弟如不嫌棄，可以帶著本部軍馬到那裡屯紮。」劉備高興地答應了。第二天，劉備就辭別劉表，帶著手下軍馬前往新野。剛出荊州城門，就見一人來到馬前，向劉備長揖行禮，口中說道：「劉皇叔不要再騎這匹馬了。」劉備一看，認得是劉表的幕僚伊籍，連忙下馬，請教原因。伊籍道：「此馬名叫『的盧』，會妨害騎牠的主人，劉荊州因此把牠還給皇叔，皇叔也不要再騎了。」劉備笑道：「非常感謝先生的好意。不過人的生死自有定數，又豈是一匹馬所能妨害得了的？」伊籍見他見識高遠，心中暗自佩服。

劉備來到新野之後，深受軍民的擁戴，地方上的民政吏治煥然一新。到建安十二年春天，甘夫人為劉備生了一個兒子，取名劉禪，乳名阿斗。劉備中年得子，非常開心。

此時曹操正統兵北征烏桓。劉備得知消息，立刻趕往荊州，勸說劉表乘機出兵襲取許昌，成就霸業。劉表卻說：「我只要能長久保有荊襄九郡，就很滿足了，何必再有更大的企圖？」劉備聽了，無言以對。劉表把劉備請入後堂飲酒。喝到一半，劉表忽然長嘆一聲。劉備問：「兄長為什麼長嘆？」劉表欲言又止，只說：「我有心事，一兩句話說不清楚。」劉備正要追問，忽然看到蔡夫人站在屏風後面，劉表便悶頭喝酒，再也不說話了。轉眼酒足飯飽，劉備就辭別劉表，自歸新野去了。

到這一年冬天，劉備探知曹操已經平定烏桓，回到許昌，不由得暗自惋惜錯過了大好時機。忽然有一天，劉表派人把劉備請到荊州，二人在後堂飲酒談心。談到曹操擊破烏桓後兵勢更加強盛，早晚要來吞併荊襄，劉表也不禁懊悔當初沒有聽從劉備的意見，錯失了進取機會。劉備反過來安慰他道：「如今天下分裂，戰爭不斷，這樣的機會還會有很多。只要今後能吸取教訓，也沒有什麼可遺憾的。」兩人對飲了幾杯酒，劉表突然落下淚來。劉備連忙詢問：「兄長有什麼難解的心事？倘若有用到小弟的地方，我萬死不辭。」劉表說：「我有兩個兒子，長子劉琦，是前妻陳氏所生，為人雖然心地善良，但性情柔懦，不足以成大事；次子劉琮，是後妻蔡氏所生，相當聰明。我有心廢長立幼，恐怕不合禮法；想立長子，可是兵權都掌握在蔡氏族中，又怕將來發生變亂：心中著實拿不定主意。」劉備此時也有了幾分酒意，就信口說道：「自古以來，廢長立幼都是產生變亂的根源。如果擔心蔡氏權力過重，可慢慢設法削弱，千萬不能因為溺愛幼子而拋棄禮法。」劉表聽了，默默點頭。

不料蔡夫人一直對劉備懷有戒心，每次劉備來見劉表，她都會躲在屏風後偷聽。當時聽到劉備的話，恨得咬牙切齒。劉備也發覺自己說了不該說的話，忙起身離席，到廁所去了。過了一會兒，劉備面帶淚痕，回到席上。劉表問他為何悲傷，劉備長嘆一聲，說道：「我往日東征西討，身不離鞍，大腿結實得很；如今長久不騎馬征戰，大腿上的贅肉又長出來了。

想到歲月匆匆流逝，轉眼人就老了，而事業上依然沒有成就，不由得有些傷感。」劉表勸慰道：「我聽說賢弟在許昌，與曹操青梅煮酒，共論英雄；賢弟遍舉當世名士，曹操都不放在眼裡，單單期許賢弟和他自己為天下英雄。曹操一代梟雄，尚且不敢輕看賢弟，賢弟還愁不能建功立業嗎？」劉備乘著酒興，失口答道：「我劉備要是有一片基業，天下這些碌碌無能之輩，倒也真沒有放在眼裡。」劉表聽了，默然無語。劉備知道自己說走了嘴，連忙推說酒喝多了，起身告辭，回館驛去了。

劉表聽了劉備的話，嘴上沒說什麼，心裡卻有些不痛快。回到內宅，蔡夫人道：「剛才我在屏風後面聽到劉備說話，口氣很瞧不起人，足見他有吞併荊州之心。現在不把他除去，將來一定是個禍患。」劉表不說話，只是連連搖頭。蔡夫人見劉表不肯決斷，就悄悄把蔡瑁找來商量。蔡瑁主張現在就去館驛把劉備殺了，再來稟告劉表。蔡夫人同意了，叫蔡瑁速去準備。

伊籍得知蔡瑁要加害劉備的消息，連夜到館驛通報劉備，叫他趕快離開。劉備謝過伊籍，叫起隨從，一齊上馬，不等天明就星夜奔回新野去了。等到蔡瑁領軍包圍了館驛，劉備早已走遠了。蔡瑁沒有抓到劉備，心中不甘，就在館驛的牆上寫下一首反詩，然後進府去見劉表，聲稱：「劉備突然不辭而別，還在牆壁上留下一首反詩。」劉表不信，親自到館驛查看，果然看到牆壁上題寫著四行詩句：「數年徒守困，空對舊山川。龍豈池中物，乘雷欲上天！」劉表讀完，不禁大怒，拔劍罵道：「我一定要殺了這個不仁不義的傢伙！」他走了幾步，猛然省悟，暗想：「我和劉備相處這麼長時間，從來沒見過他寫詩，怎麼會忽然把反詩題在牆上？這一定是有人栽贓，想離間我們。」便走回房間，用劍尖把詩句劃去，轉身上馬，回府去了。

蔡瑁一計不成，又與蔡夫人商議，要趁不久之後荊州各地官員聚會襄陽的時機，在那裡謀害劉備。過了兩天，蔡瑁來見劉表，說準備在襄陽舉行一次官員聚會，請劉表前去主持。劉表說：「我最近氣喘發作，不能遠行，可到新野請劉備代我赴會。」蔡瑁心裡暗暗高興，連忙打發使者到新野去請劉備。

使者來到新野，請劉備到襄陽赴會。劉備心中猶疑，便把上次在荊州失言惹禍的經過告訴眾人，徵求大家的意見。關羽說：「兄長只是自己疑心說錯了話，似乎劉使君並沒有責怪的意思。外人的話也不可以輕信。再說襄陽離新野不遠，如果兄長不去，反而會惹人猜疑。」張飛卻說：「宴無好宴，會無好會，不如不去。」劉備聽了，猶豫不決。這時趙雲站出來說：「我帶三百人馬同去，保證主公無事。」劉備這才決定赴會。

劉備帶著趙雲等人來到襄陽，蔡瑁和劉表的兩個兒子劉琦、劉琮，率領一班文武官員親自出城迎接，態度非常謙恭。劉備見二位公子都在，打消了不少顧慮。當天安排劉備在館舍安歇，趙雲帶領三百軍士圍繞保護，寸步不離左右。

蔡瑁事先與蒯越商議說：「劉備是當代梟雄，長期待在荊州，遲早會給我們帶來禍患。不如就借今天這個機會，把他除掉。」蒯越有些猶豫，說：「殺了他恐怕會有失民心。」蔡瑁道：「這是主公私下交代的。」蒯越便說：「既然如此，就要早做準備。」蔡瑁得意地說：「東門外通往峴山的大路，已叫我弟弟蔡和領兵守把，南門、北門各由蔡中、蔡勳守把，西門外有檀溪阻隔，千軍萬馬也難通過，料劉備插翅難飛。另外已在城裡埋伏下五百名軍士，隨時準備動手。」蒯越說：「我見趙雲寸步不離劉備，恐怕不好下手，可讓文聘、王威二人在外廳另設一席招待武將，先支開趙雲，然後才可行事。」蔡瑁連聲稱好。

第二天，九郡四十二州官員陸續到齊，當即殺牛宰馬，大擺宴席。劉備坐在主位，二位公子分坐左右，趙雲手握劍柄，站立在劉備身後。這時文聘、王威來請趙雲到外廳入席，趙雲推辭不去，最後還是劉備發話，趙雲才勉強從命。蔡瑁把劉備帶來的三百名軍士都打發回館舍休息，在宴席外面布置得像鐵桶一樣嚴密，只等裡面酒喝得差不多了，一聲號令，立刻下手。

酒過三巡，伊籍起身斟酒，來到劉備面前，使了一個眼色，低聲說：「請出去一下。」劉備會意，立刻藉口上廁所，走了出去，在後園等候。過了一會兒，伊籍快步來到後園，伏在劉備耳邊悄聲說：「蔡瑁設下圈套要害先生，東、南、北三處城外都有軍馬守把，只有西門可走，您最好趕快逃離這裡！」玄德大驚，慌忙解下的盧馬，牽出後園門，飛身上馬，也顧不上隨行人員，單人匹馬望西門飛奔。來到西門，門吏上前盤問，劉備一言不答，催馬加鞭，一溜煙地衝出城去。門吏阻擋不住，趕快報告蔡瑁。蔡瑁立即上馬，帶領五百軍士隨後追趕。

劉備衝出西門，走了沒有幾里，迎面被一條寬闊的溪流攔住去路，那檀溪寬達數丈，波浪湍急。劉備來到溪邊，見渡不過去，勒轉馬頭要往回走，遠遠望見城西塵土大起，蔡瑁已帶領人馬追出城來。劉備嘆道：「這回完了！」只好驅馬回到溪邊。此時追兵已經越來越近，劉備心裡發慌，只得縱馬踏進溪流。走了沒有幾步，馬的前蹄忽然陷入溪底的淤泥中，怎麼也拔不出來，奔流的溪水把劉備的衣襟都打溼了。劉備急得用馬鞭不停地抽打胯下坐騎，口中大喊：「的盧、的盧！今日果然害我！」話音未落，那匹馬忽然從溪水中縱身一躍，飛身躥上西岸。三丈多寬的溪流，劉備就像騰雲駕霧一般，一躍而過。

劉備躍過檀溪，回頭望去，蔡瑁已經帶領人馬趕到溪邊。蔡瑁隔著檀溪大叫：「使君為什麼突然逃席，不辭而別？」劉備道：「我和你無冤無仇，你為什麼要害我？」蔡瑁道：「哪裡有這種事？使君不要聽人挑撥。」一邊說，一邊暗暗拈弓取箭。劉備見了，慌忙撥轉馬頭，朝著西南方向逃走了。

蔡瑁見追趕不及，嘆息一聲，正要收軍回城，只見趙雲帶著手下三百軍士匆匆趕來。趙雲見到蔡瑁，急忙詢問：「我的主公在哪裡？」蔡瑁回答：「劉使君突然逃席，不知到哪裡去了。」趙雲喝道：「你請我家主公赴宴，為什麼又帶著軍馬追到這裡？」蔡瑁說：「九郡四十二州縣的官員都在這裡，我做為上將，理應帶兵保護。」趙雲又問：「你把我主公逼到哪裡去了？」蔡瑁說：「聽說劉使君一個人騎馬出了西門，我一直找到這裡，卻沒有尋到。」趙雲半信半疑，親自來到溪邊查看，遠遠望見對岸有一條水跡。趙雲心想：「難道主公連人帶馬跳過對岸去了？」又命手下的軍士四下察看，沒有發現劉備的蹤影。趙雲回頭想再問蔡瑁，才發現蔡瑁已經帶著手下進城去了。趙雲又抓住守門軍士追問，都說劉使君確實是飛馬從西門跑出城的。趙雲有心再進入城中尋找，又怕中了埋伏，只好急匆匆地趕回新野去了。

再說劉備縱馬越過檀溪，想起剛才經歷的情景，彷彿做夢一般。他平定一下心神，便信馬由韁，緩緩向南漳方向走去。轉眼太陽快要下山了，劉備走在路上，看見一個牧童橫坐在牛背上，口中吹著短笛，迎面走來。劉備不禁暗自感慨：自己真不如這個牧童逍遙自在。就停下馬來，站在路邊觀看。那牧童走到近前，也停止吹笛，仔細打量著劉備，問：「將軍是不是當年打敗黃巾軍的劉玄德？」劉備很是吃驚，忙問：「你一個鄉下小童，怎麼會知道我的名字？」牧童道：「我本不知，只因常聽我師父與客人談天時說起，有一位劉備劉玄德，雙手過膝，雙耳垂肩，是當世的大英雄。今天看到將軍的相貌，想必就是。」劉備問：「你師父是誰，現在哪裡？」牧童道：「我師父複姓司馬，名徽，字德操，道號水鏡先生。前面那片樹林中，便是我家莊院。」劉備便說：「我就是劉備。請你帶我去拜見你師父。」

牧童領著劉備，走了有二里多路，來到一座莊院。劉備在門前下馬，走進院內，忽然聽到一陣美妙的琴聲從草堂傳出。劉備忙叫童子且慢通報主人，自己站在院中側耳傾聽。不料琴聲突然止住了，只見一人大笑著迎了出來。童子指著那人對劉備說：「這就是我師父水鏡先生。」又指指劉備，道：「他是劉玄德。」劉備見那人松形鶴骨，器宇不凡，慌忙上前施禮。水鏡把他請入草堂，分賓主坐定。劉備四下打量房間，只見架上滿堆書卷，窗外盛栽松竹，石床上橫放著一張素琴，布置得十分清雅。

水鏡問道：「使君這是從哪裡來？」劉備回答：「偶然經過此地，因為遇見小童，才有幸得以拜見先生。」水鏡笑道：「您不必隱瞞，一定是逃難到這裡的。」劉備便將在襄陽脫險的經過說了一遍。水鏡便問劉備：「我早就聽說過您的大名，為什麼到今天還如此落魄失意呢？」

劉備嘆了一口氣，自嘲地說：「命中注定坎坷多難，也是沒有辦法的事。」水鏡卻道：「不對。是因為將軍身邊沒有得力的人輔佐。」劉備說：「我雖然沒有出息，但文有孫乾、糜竺、簡雍，武有關、張、趙雲，都忠心耿耿，對我幫助很大。」水鏡笑道：「關、張、趙雲，都是萬夫莫敵的勇將，可惜沒有善於使用他們的人；至於孫乾、糜竺之流，不過是白面書生，哪裡是經邦治國的人才！」劉備說：「我也一直在留意賢才，但至今無緣遇到，還請先生指教。」水鏡說：「荊州這裡就有不少天下奇才，將軍為什麼不去求訪呢？」劉備急忙追問奇才是誰，現在哪裡？水鏡道：「伏龍、鳳雛，兩人中請到一個，便可平定天下。」劉備問：「伏龍、鳳雛是誰？」水鏡拍手大笑，說：「好！好！」劉備還要問時，水鏡卻說：「天色已晚，將軍就在這裡暫住一夜，明天再說吧。」隨即叫小童為劉備準備了一些飯菜，把馬也牽入後院餵養。

當晚劉備就在草堂的旁屋宿夜。劉備心裡一直惦念著水鏡白天說的話，翻來覆去不能入睡。大約在半夜時分，忽然聽到有人敲門進來，與水鏡在草堂說話，劉備忍不住悄悄起身細聽。只聽見水鏡問：「元直從哪裡來？」那人答道：「聽人說劉表親近好人，厭惡惡人，特地去訪問他，誰知見了面，才知道他徒有虛名，親近好人但不能重用，厭惡惡人卻不肯剷除，便留下一封信道別，悄悄跑了回來。」水鏡說：「你這樣的大才，為什麼要去見劉表？真正的英雄豪傑就在眼前，你卻不識得。」那人說：「先生批評得對。」劉備心中歡喜，暗想此人必是伏龍、鳳雛之一，當時就想出去相見，又怕有些冒昧。好不容易等到天亮，劉備一見到水鏡，便問：「昨夜來的客人是誰？」水鏡說：「是我的一個朋友。」劉備請求和他見上一面，水鏡卻說：「他想投奔明主，已經到別處去了。」劉備打聽那人姓名，水鏡不答，只是笑道：「好！好！」劉備又追問誰是伏龍、鳳雛，水鏡仍然只是笑道：「好！好！」劉備想請水鏡出山幫助自己，水鏡卻說：「我在山野間閒散慣了，幫不上你什麼忙。你只要虛心訪求，自有比我強上十倍的人來幫助你。」

兩人正在交談，忽然聽到莊外人喊馬嘶，小童進來通報：「有一個將軍帶著好幾百人到莊上來了。」劉備大驚，急忙出來查看，原來是趙雲帶著人馬找上門來。趙雲上前拜見劉備，告道：「我昨夜回到新野，沒有見到主公，又連夜四處尋訪，找到這裡。請主公趕快和我回縣，準備提防荊州人馬前來廝殺。」劉備便辭別了水鏡，與趙雲上馬往新野來。走了不遠，又遇到關羽、張飛領兵來迎。劉備將馬躍檀溪的經過講了一遍，大家聽了，都驚嘆不已。

劉備回到新野，與孫乾等人商議下一步如何應對。孫乾說：「可把這事告訴劉表，看他怎麼解釋。」劉備便寫好書信，叫孫乾到荊州去見劉表。

劉表一見孫乾，劈頭就問：「我請劉備代我到襄陽主持大會，他為什麼中途逃走？」孫乾遞上劉備的書信，又把蔡瑁設計相害，劉備馬躍檀溪的經過詳細敘述了一遍。劉表大怒，馬上把蔡瑁找來，責罵道：「你好大膽，竟敢謀害我的兄弟！」喝令左右將他推出斬首。蔡夫人急忙哭著跑上堂來，請求免蔡瑁一死，孫乾也為他求情道：「如果殺了蔡瑁，恐怕劉皇叔也在荊州待不下去了。」劉表這才饒了蔡瑁，便派長子劉琦同孫乾一起到新野，向劉備道歉。

第十九回　施巧計劉備破曹仁　感重恩徐庶薦諸葛

且說公子劉琦奉命來到新野，劉備設宴相待。酒喝到一半，劉琦忽然哭了起來。劉備驚問緣故，劉琦說：「繼母蔡氏總想謀害我，我不知怎樣才能免禍，要請叔父指教。」劉備勸他小心盡孝，自然可免災禍。第二天，劉琦含淚與劉備告別，劉備親自騎馬把他送出城外，又好言勸慰了一番，才與他分手。

劉備送走劉琦，騎馬回城，忽然看見街上走來一人，頭戴葛巾，身穿布袍，腰間紮著一條皂青色的絲條，一邊走一邊唱著歌。劉備細聽歌詞，大有懷才不遇，欲投明主的意思，不禁暗想：「莫非此人就是水鏡提到過的伏龍、鳳雛？」便下馬上前相見，將那人請入縣衙。劉備問那人姓名，那人回答：「我叫單福，潁上人。早就聽說劉使君招賢納士，有心投效，又不敢過於冒昧，所以故意在街市上唱歌，想引起您的注意。」劉備聽了非常高興，把他當作貴賓一樣對待。單福說：「剛才使君騎的那匹馬，能不能再給我看一看？」劉備便命手下給馬卸去鞍轡，牽到堂下。單福打量了幾眼，說道：「這不是的盧馬嗎？雖然是一匹千里馬，卻會妨害牠的主人，使君不要再騎了。」劉備笑道：「已經應驗過了。」便把馬躍檀溪的事說了一遍。單福卻說：「這是救主，不是妨主。牠遲早要妨害一位主人。我倒有一個辦法，可以禳除此禍。」劉備問是什麼辦法，單福道：「使君心中有什麼仇恨的人，可把這匹馬送給他；等妨害過此人，使君再騎，就平安無事了。」劉備聽單福這麼說，立刻板起臉來，不滿地說：「先生剛來，不教我走正道，先教我做損人利己的事，我實在不敢領教！」單福笑著道歉說：「一向聽說劉使君仁德兼備，我不敢輕易相信，所以故意用這番話來試探，請使君不要介意。」劉備連忙站起身，誠懇地說：「我劉備哪有什麼仁德？還望先生多多指教。」便拜單福為軍師，把部下的士兵都交給他調教。

再說曹操自從平定了袁紹，回到許都，常有南下攻取荊州的打算。他特意委派大將曹仁、李典，連同袁紹的降將呂曠、呂翔，帶領三萬大軍駐紮在樊城，監視荊襄九郡的一舉一動。這一天，呂曠、呂翔向曹仁稟告說：「劉備最近在新野招兵買馬，積草存糧，十分活躍。此人志向遠大，我們應該及早剷除他。我們二人自從歸降丞相之後，寸功未立，願意帶領五千精兵，去把劉備的腦袋割來，獻給丞相。」曹仁聽了十分高興，就給了二呂五千兵馬，前去討伐新野。

早有探馬報到新野，劉備便請來單福商議。單福道：「敵兵遠道而來，我們不能讓他們進入新野縣境。」便派關羽帶領一支人馬從左翼出擊，攻擊敵軍中路，張飛帶一支人馬從右翼出擊，攻擊敵軍後隊，自己隨同劉備、趙雲，率領兩千人馬正面迎敵。

劉備、趙雲剛出縣境，就與呂曠、呂翔的大軍相遇，雙方擺開陣勢。劉備騎馬出陣，大呼：「什麼人敢來犯我邊境？」對面呂曠出馬，道：「我是大將呂曠。奉曹丞相命令，特來擒你！」劉備大怒，命趙雲出馬。不過幾個回合，趙雲手起一槍，將呂曠刺於馬下。劉備揮軍掩殺，呂翔抵擋不住，只得帶領手下後退，突然路旁殺出一支軍馬，為首大將正是關羽。關羽揮軍一陣衝殺，呂翔的人馬損失了一大半，總算逃了過去。不料逃了不到十里，又被一支軍馬攔住去路，為首大將，挺矛大叫：「張翼德在此！」直取呂翔。呂翔措手不及，被張飛一矛刺中，翻身落馬而死。剩下的曹兵四散奔逃，被隨後趕來的劉備等人乘勝追殺，大都做了俘虜。劉備大獲全勝，班師回縣，犒賞三軍。經過這次戰鬥，劉備對單福更加器重了。

曹仁從逃回樊城的敗兵口中，得知二呂被殺、軍士多被活捉的消息，大為震驚，忙與李典商議。李典說：「二呂輕敵，送了性命。眼下我們最好按兵不動，申報丞相，請丞相派大軍征剿，才是上策。」曹仁道：「不行。死了兩個將領，又損失了許多人馬，此仇怎能不報！再說，新野彈丸大的地方，何必勞動丞相的大軍呢？」李典說：「劉備是人中豪傑，不可輕視。」曹仁笑他膽怯。李典道：「兵法上說：『知彼知己，百戰百勝。』我不是怯戰，只是擔心沒有必勝的把握。」曹仁不耐煩了，生氣地說：「你不必多說了，我一定要活捉劉備！」李典見曹仁執意要出兵，就請求讓自己留守樊城。曹仁卻不答應，憤憤地說：「你要是不和我一起去，就是懷有二心！」李典不得已，只得和曹仁率領二萬五千軍馬，殺奔新野而來。

卻說那日打退曹軍，得勝回縣，單福就對劉備說：「駐紮在樊城的曹仁得知二呂被殺，一定會出動更多人馬捲土重來。」劉備問：「那該怎麼對付呢？」單福說：「曹仁要是傾巢出動，樊城一定空虛，我們可以乘機把它奪過來。」於是附在劉備耳邊，把自己的計畫悄悄說了，劉備大喜，便事先去做準備。過了兩天，探馬來報，說曹仁親領大軍渡過襄江，向新野殺來。單福說：「果然不出我的預料。」便請劉備出軍迎敵。雙方擺開陣勢，趙雲出馬，與李典交鋒，打了十幾個回合，李典知道自己敵不過趙雲，撥馬回陣。趙雲縱馬追趕，被兩翼的曹軍射箭攔住，雙方各自罷兵歸寨。李典對曹仁說：「劉備的人馬雖少，但訓練有素，不可輕視。不如暫且退回樊城。」曹仁一聽，勃然大怒，喝道：「沒出兵時，你就言語阻撓，怠慢軍心；如今到了戰場，又故意輸給敵人，罪當斬首！」喝令刀斧手把李典推出去斬了。眾將苦苦求情，曹仁才饒了李典，卻把他調往後軍，前鋒由曹仁自己親自指揮。

第二天，曹仁鳴鼓進軍，布成一個陣勢，派人來問劉備：「認得這個陣勢嗎？」單福登上高處，仔細觀看了一遍，對劉備說：「這是八門金鎖陣。我仔細觀察了一下曹軍擺下的陣勢，雖然八門布得整齊，但中間缺少主持調度。只要我們從東南角上的生門殺進去，從正西方向的景門衝出來，這個陣就破了。」劉備便命趙雲帶領五百軍卒，前去破陣。趙雲帶兵來到東南角上，一聲吶喊，率先衝入敵陣。曹仁抵抗了兩下，便往北退走，趙雲不去追趕，卻從西門殺出，又轉回到東南角上。曹軍被趙雲一番衝殺，陣勢大亂，劉備揮軍衝擊，曹兵大敗而退。單福也不追趕，收軍回營。

曹仁輸了一陣，方才相信李典說得有理，又把李典請來商議。曹仁說：「劉備軍中一定有能人指點，竟然把我最得意的八門金鎖陣破解了。」李典還是擔心樊城會有閃失。曹仁說：「今晚我們去偷襲劉備的大營，如果得勝，另當別論；如果不勝，就退軍回樊城。」李典說：「不好。劉備一定會有準備。」曹仁說：「像你這樣多疑，還怎麼打仗！」便不聽李典的勸阻，親自帶兵充當前隊，讓李典隨後接應，前來劫寨。

當夜二更，曹仁帶兵來到劉備大營，剛剛衝進營寨，忽然四面的柵欄一齊著起火來。曹仁知道中了埋伏，急忙下令退軍，趙雲已經帶著軍馬掩殺過來。曹仁來不及返回自己的營寨，只得向北朝襄江岸邊逃走。剛到河邊，正要尋船渡河，張飛突然帶領一支軍馬衝殺過來。李典拚命保護著曹仁，下船渡河。大多數曹軍來不及上船，都被淹死在水中。曹仁渡河上岸，匆忙奔回樊城。剛到城下，忽聽城上一聲鼓響，一員大將領軍殺出，大喝：「樊城早就被我奪了！」眾人定睛一看，竟是關羽。曹仁大驚，撥馬便走。關羽隨後追殺，曹仁又損折了好些軍馬，連夜逃往許昌去了。

劉備大獲全勝，率軍進入樊城，縣令劉泌親自出迎。那劉泌也是漢室宗親，把劉備請到家中，設宴款待。酒席宴上，劉備見侍立在劉泌身邊的一個青年儀表不凡，便向劉泌打聽，才知是劉泌的外甥寇封，因父母雙亡，寄居在舅家。劉備很喜歡這個年輕人，想把他收為義子，劉泌欣然答應，就讓寇封拜劉備為父，改名劉封。劉備把劉封帶回大營，讓他拜見關羽、張飛二位叔叔。關羽說：「兄長已經有了親生兒子，何必又收養一個義子？恐怕將來要出亂子。」劉備說：「我像對親生兒子一樣待他，他自然會像對親生父親一樣待我，怎麼會出亂子！」關羽嘴上不再反對，心裡卻很不高興。劉備和單福商議，留下趙雲帶領一千兵馬鎮守樊城，自己帶領大隊人馬回新野去了。

曹仁與李典逃回許都，見到曹操，哭著將損兵折將的經過說了一遍，請求處罰。曹操說：「勝敗是兵家常事，沒什麼大不了的。只是不知道在幕後為劉備出謀畫策的是哪位高人？」曹仁稟告：「我們在回來的路上打聽到，是一個叫單福的人，在給劉備當軍師。」曹操便問手下謀士：「你們可知道這單福是怎樣的人？」程昱笑道：「他哪裡是什麼單福！此人是潁川人，姓徐名庶，字元直，單福只是他的化名。年輕時學過劍術，因為人報仇，惹下人命官司，被官府通緝，只得改名換姓，刻苦求學，遍訪名師，與司馬徽等人為友。」曹操問程昱：「徐庶的才學，比你怎樣？」程昱說：「強我十倍。」曹操嘆道：「可惜這樣有才能的人卻被劉備網羅去了！」程昱說：「徐庶雖然在劉備那裡，丞相如果想要用他，把他召來也不是什麼難事。」曹操忙問：「你有辦法嗎？」程昱道：「徐庶是個大孝子，年紀很小時父親就去世了，只有老母在堂。如今他的弟弟徐康剛死，老母無人奉養。丞相可以派人把他的母親接到許昌，讓她寫信給徐庶。徐庶見了書信，一定會趕來。」曹操大喜，立刻派人去接徐庶的母親。

很快地徐母被接到許昌。曹操隆重接待，對徐母說：「早就聽說妳兒子徐元直是當今難得的奇才，現在卻在新野輔佐逆臣劉備，對抗朝廷，就像美玉落入汙泥之中，令人痛惜！如今煩請老人家寫一封信，把他叫回許都來，我在皇帝面前鄭重舉薦，保證他能得到重賞。」說完，叫手下捧過筆墨紙硯，請徐母寫信。徐母問：「劉備是個什麼樣的人？」曹操道：「不過是個沛郡的草民，冒充皇叔，不講信義；所謂『貌似君子，實乃小人』，說的就是劉備這種人。」徐母厲聲斥道：「你為什麼要騙我！我一向聽說劉備是皇室宗親，對人謙遜仁義，是當代的大英雄，世人無論老幼、尊賤，都知道他的大名。我兒子輔佐劉備，是選對了主人！你雖然名義上是漢朝的丞相，實際上卻是圖謀篡漢的奸賊！竟然反稱劉備是逆臣，想要我兒棄明投暗，難道就不覺得羞恥嗎？」說著，舉起石硯就向曹操砸去。曹操大怒，喝令武士將徐母帶出斬首。

程昱急忙攔住曹操，勸道：「徐母故意激怒丞相，就是想一死了之。丞相如果把她殺了，不僅成全了徐母的德行，還給自己招來不義的惡名。徐母一死，徐庶一定死心塌地輔佐劉備，為他母親報仇；不如留下徐母性命，讓徐庶兩面分心，即使幫助劉備，也無法盡心竭力。何況，只要留得徐母在，我自有辦法把徐庶誆到許都，來輔佐丞相。」曹操信了程昱的話，便沒有殺徐母，還找了處僻靜的院落讓她住下。

從此以後，程昱每天都去給徐母請安。他謊稱自己是徐庶的結義兄弟，對待徐母像對待親生母親一樣恭敬，時常送來一些禮品、用具，每次還特意附上親筆寫的問候信。徐母於是也親筆寫信回覆他。程昱騙得徐母筆跡，便模仿老人家的字體，偽造了一封家信，派一名可靠的親信，拿著書信直奔新野縣，到處打聽「單福」的地址。

有巡邏的軍士帶著送信人去見徐庶。徐庶聽說母親有家信送來，急忙拆信細看，只見信上說：「我被曹操騙到許都，關在牢中，說要你投降，才會免我一死。望你見信後，趕快前來，把我從眼前的危難中解救出來，再慢慢尋找歸隱田園的機會。」徐庶看完信，眼淚止不住地往下流，立刻拿著書信去見劉備。他對劉備說：「我的真名叫徐庶，字元直，因為逃避官府追捕，才改名單福。我來荊州，原本打算投奔劉表，一見面交談，才發現劉表庸碌無為，難成大事，就留下一封書信離開了。後來在老友水鏡莊上提起此事，水鏡責怪我不識明主，說：『劉豫州就在新野，為什麼不去投效？』所以我故意在大街上放聲狂歌，吸引使君的注意。多蒙您看得起我，委以重任，我已打定主意要竭力報效。不料老母被曹操騙到許昌囚禁，老母寫信叫我過去，我不能不去。只好告別使君，以後有緣再見了。」劉備聽了，也哭了起來，說：「母子至親，救人要緊，你不必為我擔心。等你和老夫人相見之後，我們或許還有機會見面。」徐庶謝過劉備，就要上路。劉備道：「還是再住一個晚上吧，明天我親自為你送行。」

孫乾私下對劉備說：「徐元直是當世少見的奇才，在新野待了這麼長時間，盡知我軍中虛實。現在如果放他到曹操那邊，一定會受到重用，對我們很不利。主公應該竭力挽留他，別放他走；曹操見他不去，就會殺了他的母親。元直得知母親的死訊，一心要為母親報仇，就會全力對付曹操了。」劉備搖搖頭，說：「我寧死也不會做這種不仁不義的事。」

當晚，劉備請徐庶飲酒話別。徐庶道：「知道老母親被囚禁在牢獄裡，就是金波玉液也難以下咽啊。」劉備也說：「我聽說先生要走，就像失去了雙手一樣，即使龍肝鳳髓，也嘗不出滋味了。」二人說著，都忍不住流下了眼淚，就這樣面對面地坐到天亮。

眾將已經在城外準備好餞行的宴席，劉備與徐庶並馬出城，來到長亭。劉備舉杯對徐庶說：「我劉備福分太淺，不能和先生長久相處，希望先生能在曹操那裡好好表現，成就一番事業。」徐庶流著眼淚說：「要不是為了老母親，我怎麼會中途離開使君呢？請使君放心，不管曹操怎樣相逼，我徐庶到死也不會為他出一個主意。」劉備說：「先生走後，我也要退隱山林了。」徐庶說：「我之所以願與使君共同開創一番事業，全憑我的一顆心；如今為了老母，我的心已經亂了，即使留在這裡，也沒有什麼幫助。使君還可以另求賢能之士輔佐，建功立業，何必如此灰心呢？」劉備黯然說道：「普天之下，哪裡還有比先生更賢能的人呢！」徐庶道：「我才學平庸，怎麼能擔當得起如此高的讚譽。」又回頭對眾將說：「希望各位盡心輔佐使君，將來名垂青史，千萬不要學我徐庶，有始無終。」眾人聽了，也都十分傷感。

劉備捨不得和徐庶分別，送了一程又一程。最後還是徐庶攔住劉備，說：「使君不要再遠送了，我們就在這裡告別吧。」劉備在馬上緊緊握著徐庶的手，說：「先生這一去，天各一方，不知什麼時候才能再見面了。」說完，淚如雨下。徐庶也哭著向劉備道別，依依不捨地離去了。劉備騎馬站在林邊，含著眼淚目送著徐庶漸漸遠去，口中不停地念叨著：「元直走了！我可怎麼辦啊？」不一會兒，徐庶和他的隨從拐過一片樹林，看不見了。劉備用馬鞭指著那片樹林，說：「我真想把這片樹林全都伐掉。它擋住了我的視線，讓我看不到元直了。」

正在這時，忽然看到徐庶又策馬跑了回來。劉備以為徐庶改變了主意，高興地拍馬迎上前去。徐庶勒住馬頭，對劉備說：「我因心緒紛亂，有一句重要的話忘了對使君說。本地有一位高人，就住在襄陽城外二十里地的隆中。使君可以請他出山相助。」劉備忙說：「能不能麻煩先生把他請來，讓我見一見呢？」徐庶搖頭說：「此人是不會屈就的，使君一定要親自前去懇請他。如果能得到此人的輔佐，無異於周文王得到姜子牙、漢高祖得到張良一樣。」劉備問：「此人的才德，比先生怎樣？」徐庶說：「用我和他相比，就好像用劣馬比麒麟、烏鴉比鳳凰一樣。此人經常自比為管仲、樂毅，在我看來，管仲、樂毅都比不上此人。此人有經天緯地的才華，堪稱天下第一！」劉備興奮地追問此人姓名，徐庶說：「此人複姓諸葛，名亮，字孔明，瑯琊陽都人。現與弟弟諸葛均隱居在南陽臥龍岡，務農讀書，自號為臥龍先生。此人是絕代奇才，使君務必抓緊時間去拜訪他，只要此人答應出山輔佐，天下就算掌握在使君的手中了！」劉備說：「過去水鏡先生曾對我說：『伏龍、鳳雛，得一可安天下。』你說的這個人，莫非就是伏龍、鳳雛嗎？」徐庶說：「鳳雛是襄陽龐統，伏龍正是諸葛孔明。」劉備聽了，高興得跳起腳來，說：「我到今天才知道伏龍、鳳雛的姓名，想不到高人就在眼前！要不是先生告訴我，我簡直就像睜眼瞎子一般！」劉備再次送別了徐庶，帶領眾將返回新野，立刻備下豐厚的禮物，準備和關羽、張飛到南陽去請諸葛孔明。

卻說徐庶告別了劉備，心中感念劉備的情誼，又特意跑到臥龍岡，先和孔明打了招呼，這才日夜兼程，趕往許昌。見了曹操，徐庶草草敷衍了幾句客套話，就趕忙去探望母親。徐母見兒子突然出現在面前，大吃一驚，問明情由，不禁勃然大怒，拍著桌案大罵徐庶：「虧你在江湖上飄蕩了這些年，不僅沒有長進，反而不如從前了！你既是讀過書的人，就應該懂得忠孝不能兩全的道理。如今竟然為了一封偽造的書信，不加分辨，就棄明投暗，真是太愚蠢了！你玷辱了祖宗的名聲，白活了一世，還有什麼臉面來見我！」直罵得徐庶趴在地上，頭都不敢抬起來。徐母罵完，轉過屏風到後堂去了。不一會兒，家人跑出來告訴徐庶：「老夫人上吊自盡了！」徐庶慌忙進去搶救，徐母已經斷氣了。徐庶見母親已死，哭得昏倒在地上，半天才緩過氣來。曹操得知消息，派人送來禮品弔唁，又親自趕來祭奠。徐庶把母親安葬在許昌南郊，自己在墓前搭了一個草棚，住在裡面為母親守孝。凡是曹操送來的東西，徐庶都原封不動地退了回去。

此時正是冬天，曹操打算再起大軍，征討南方。荀彧勸道：「天寒不宜用兵，且等到春天氣候回暖，再出兵不遲。」曹操接受了荀彧的意見，便把漳河水引到許昌，修建了一個大湖，取名為玄武池，在裡面操練水軍，為南征做準備。

第二十回　劉關張三上臥龍岡　諸葛亮妙對隆中策

卻說劉備送走了徐庶，正安排禮物，打算往隆中尋訪諸葛亮，忽然有人來報：「門外有一位先生來訪，高高的帽子，寬寬的衣帶，樣子十分特別，卻不肯通報姓名。」劉備暗想：「莫非是孔明先生來了？」連忙出來迎接，一看，卻是水鏡先生司馬徽。劉備大喜，連忙請到後堂，坐下敘話。司馬徽是特意來探望好友徐庶的，聽說徐庶已奉母命趕往許昌，連呼可惜。劉備說：「徐元直臨別的時候，向我推薦南陽諸葛亮，這個人怎麼樣？」司馬徽將他大大稱讚了一番。關羽在一旁有些不服，插嘴道：「我聽說諸葛孔明常常自比為管仲、樂毅，想那管仲、樂毅是春秋、戰國時的名人，功勳蓋世，孔明以他們自比，是不是有些過分了？」司馬徽笑道：「在我看來，這二人都不及他。或許只有興周八百年的姜子牙、旺漢四百年的張子房與他可有一比。」眾人聽到司馬徽的評價與徐庶一樣高，都十分驚奇。談了一會兒，司馬徽起身告辭。劉備挽留不住，只好送出門來。司馬徽走到門外，仰天大笑，說：「臥龍雖然遇到了好主人，卻沒有趕上好時候，可惜啊！」說完，飄然而去。

第二天，劉備和關羽、張飛帶著幾名隨從，動身到隆中去請孔明。一行人走過南陽，遠遠望見山邊田間有三三兩兩的農民，一邊耕田，一邊唱歌。劉備聽那歌詞很有幾分雅趣，就勒住馬頭，叫過來一名農夫問道：「這歌詞是什麼人作的？」農夫回答：「是臥龍岡上的臥龍先生所作。」劉備問清臥龍先生的住所，謝過農夫，便逕直往臥龍岡而來。

來到門前，劉備下馬，親自上前叩敲柴門。一名童子開門出來。劉備恭敬地報上姓名，說：「漢左將軍宜城亭侯領豫州牧皇叔劉備，特來拜見先生。」童子白了劉備一眼，說：「我記不住這麼長的名字。」劉備說：「你只說劉備來訪就好了。」童子道：「先生今早外出了。」劉備問去了哪裡，童子說：「先生行蹤不定，不知到什麼地方去了。」劉備又問：「那什麼時候回來呢？」童子回答：「說不準，有時三、五天，有時十天半月。」劉備聽了，十分失望。張飛說：「既然沒有見到人，我們就回去吧。」劉備還不死心，說：「再等一會兒。」關羽說：「不如暫且回去，派人打聽清楚了，再來拜訪。」劉備只得上馬，回頭囑咐童子說：「如果先生回來，請轉告他，劉備來拜訪過。」說完，便和關、張二人沿來路歸去。

走了幾里，劉備見隆中景物秀麗，山水怡人，不由得駐馬觀賞。忽然看見前面山路上走來一人，頭戴逍遙巾，身穿青布袍，容貌軒昂，丰姿俊爽。劉備以為是孔明回來了，連忙上前施禮，問道：「先生可是臥龍？」那人說：「我不是孔明，是孔明的朋友崔州平。」劉備報上姓名，請崔州平在路邊樹林裡的石頭上坐下，把自己要請孔明出山，共圖安邦定國大業的志向說了，崔州平笑道：「方今天下，正是由治入亂之時，一時半會難以平定。將軍想指望孔明扭轉乾坤，恐怕不太容易，還會白白浪費許多心力。」劉備說：「先生所說很有道理，但我劉備身為漢室後裔，眼見天下動亂，怎能袖手旁觀呢？」崔州平說：「鄉下人胡言亂語，請將軍不要介意。」劉備便問：「先生可知孔明到哪裡去了？」崔州平說：「我也是來找他的，不知他的去向。」劉備想請崔州平一起回新野，崔州平說：「我生性閒散，早就對功名沒有興趣了。我們以後再會吧。」說完，拱了拱手，揚長而去。劉備只好與關、張重新上馬趕路。張飛不滿地嘟囔道：「孔明沒有訪著，卻碰上這麼一個書獃子，說了這麼半天廢話。」劉備卻說：「他的話也代表了一派隱士的見解。」

三人回到新野，過了幾天，劉備派人去打探孔明的消息，回來報告說：「臥龍先生已經回來了。」劉備便吩咐手下備馬，準備再去拜訪。張飛道：「這麼一個鄉下人，何必哥哥親自去？找人把他叫來就是了。」劉備斥責道：「孔明是當世大賢，怎能呼來喚去呢！」關羽、張飛只好陪著劉備，二次來訪孔明。此時正值隆冬，天氣嚴寒，陰雲密布。走了沒幾里，忽然天空飄起了大雪。張飛說：「天寒地凍，又不會馬上打仗，幹嘛要走那麼遠去見一個沒有用處的人呢？不如回新野避避風雪吧。」劉備說：「冒雪尋訪，正可以讓孔明知道我的誠意。二位弟弟要是怕冷，可以先回去。」張飛說：「死都不怕，還怕冷嗎？只是唯恐哥哥白費心思。」劉備說：「別再多說，跟著我走就是了。」

快要走到臥龍岡的時候，忽然聽到路邊的酒店裡有兩人在高聲唱歌。劉備勒馬傾聽，歌詞慷慨激越，又不失瀟脫。劉備心想：莫非孔明在這裡飲酒？就下馬走入酒店，見有兩個人正靠在桌邊對飲，一個白面長鬚，一個略顯清瘦。劉備上前行禮，自報姓名，問道：「哪一位是臥龍先生？」那個長鬚的人問清劉備的來意，答話道：「我們不是臥龍，都是臥龍的朋友：我叫石廣元，他叫孟公威。」劉備高興地說：「早就聽說過二位的大名，今天有幸相遇，就請一起到臥龍莊上談談吧。」石廣元說：「我們都是山野慵懶之人，不懂治國安民的事情，談不出什麼。還是請使君上馬，去找孔明吧。」劉備只好告別了二位隱士，上馬往臥龍岡來。

到莊前下馬叩門，出來應門的還是上次那名童子。劉備問他：「先生今天在家嗎？」童子回答：「正在堂上讀書。」劉備大喜，馬上跟著童子走進莊去。走到中門，忽然聽到有人吟詩，劉備遠遠望去，見草堂上有一少年，抱膝坐在火爐邊，口中且吟且歌。劉備站在門外，一直等到裡面吟哦之聲停了，才走上草堂施禮，說明來意。不料那少年不是孔明，是孔明的弟弟諸葛均。再問孔明的行蹤，卻恰好在前一天和崔州平結伴，出外閒遊去了。劉備不禁悵然嘆道：「難道我劉備就如此緣分淺薄，兩次相訪，都沒有見到大賢！」劉備還想向諸葛均打聽一些孔明的情況，旁邊的張飛早已按捺不住，連聲催促劉備快些回去，劉備只好問諸葛均借來紙墨筆硯，給孔明留下一封書信，將自己渴慕高賢、希望孔明能出山相助的殷切心情敘述了一遍，這才戀戀不捨地起身告辭。

諸葛均送出門外，劉備再三道謝作別，正要上馬離開，忽見那童子指著遠處叫道：「老先生來了。」劉備抬頭一看，只見小橋西邊有一人騎驢踏雪而來。那人頭戴暖帽，身披狐裘，在驢背上搖頭晃腦地吟詠詩句，後面還跟著一個拿酒葫蘆的小童。劉備細聽詩句，高雅不俗，興奮得大喊：「這回真的是臥龍先生了！」連忙滾鞍下馬，向前施禮道：「先生冒雪歸來，辛苦了！劉備在這裡等候多時了！」那人慌忙下驢答禮。諸葛均上前向劉備介紹：「這位老先生不是我哥哥臥龍，是他的岳父黃承彥。」劉備道：「剛才您吟誦的詩句，實在太妙了！」黃承彥道：「這是小婿孔明作的一首〈梁父吟〉，我曾在他那裡讀過，記得了幾句。」劉備便向他打聽孔明的去向，不料黃承彥也是來看望孔明的。劉備十分悵惘，便告別黃承彥、諸葛均，頂風冒雪返回新野去了。

光陰荏苒，轉眼又到了新的一年春天。劉備選了個好日子，誠心誠意地洗了澡，換了衣服，準備再去臥龍岡求訪孔明。關、張二人知道後，都很不高興，便相約一起來勸劉備。關羽說：「兄長兩次親自前去拜望，禮數上已經做到極致了。諸葛亮一直故意躲著不敢見面，想來是個徒有虛名、沒有真才實學的草包，兄長不要被他蒙蔽了！」劉備說：「從前齊桓公要見東郭野人，往返了五次才得以見到一面。何況我想見的是當代的大賢呢？」張飛嚷道：「哥哥錯了。諸葛亮一個山野村夫，算什麼大賢！這次不用哥哥去，他敢不來，我就用一條麻繩把他捆來！」劉備生氣地喝斥他說：「你難道沒聽說過周文王求見姜子牙的故事嗎？周文王尚且敬賢，你卻敢如此無禮！這次你不要去了，我和雲長兩個人去就行了。」張飛說：「既然兩位哥哥都去，小弟為什麼要落後！」劉備說：「你要去也行，不准失禮。」張飛連聲答應。

於是三個人帶上幾個隨從，再次騎馬來到隆中。在離草廬還有半里遠的地方，劉備就下馬步行，正好迎面遇到諸葛均。劉備忙向他打聽孔明是否在家。諸葛均說：「昨天傍晚才回來。將軍今日可以見到他了。」說完，逕自走了。張飛在一旁有些惱火，叫道：「這人好沒禮貌！怎麼不陪我們回莊，竟顧自走了。」劉備說：「他也有自己的事要辦，怎麼好勉強人家呢。」

三人來到莊前叩門，還是那個童子出來開門。劉備請他通報，童子卻說：「今天先生雖然在家，但此時正在草堂上午睡，還沒有醒來。」劉備急忙攔住童子，要他等孔明睡醒後再說。然後吩咐關、張二人在門外等著，劉備自己輕手輕腳地走進院子，看見一個男子仰面睡在草堂裡的臥榻上，便恭敬地站在臺階下等候。過了好半天，那人還沒有醒來。關羽、張飛在外面站了很久，沒見裡面動靜，走進莊院一看，見劉備仍然站在臺階前等候著。張飛大怒，當即就要一把火把莊子燒了，被關羽再三勸住。劉備讓二人還回大門外等候，再回頭往草堂上看去，見孔明翻了個身，又面朝裡繼續沉睡。童子想要叫醒他，又被劉備攔住了。

又過了一個時辰，孔明方才醒來，信口吟了幾句詩：「大夢誰先覺？平生我自知。草堂春睡足，窗外日遲遲。」孔明吟完詩，翻身問童子說：「有沒有客人來啊？」童子道：「劉皇叔在此等候多時了。」孔明這才起身，口中埋怨著童子不及早通報，一轉身，進到後堂更衣去了。

又過了好半天，孔明穿戴整齊，出來迎接劉備。劉備看那孔明，身高八尺，面如白玉，頭戴綸巾，身披鶴氅，飄飄灑灑，頗有幾分神仙氣概。劉備上前施禮，說明來意。孔明說：「我一個鄉下人，天性懶散，承蒙將軍多次來訪，心裡著實過意不去。」便請劉備入座，讓童子獻上茶來。喝了杯茶，孔明開口說道：「將軍上次留下的信我已經看過了，對將軍憂民憂國的迫切心情，我深感欽佩。只是我諸葛亮年紀輕輕，才學疏淺，恐怕會辜負您的一片誠心。」劉備忙說：「司馬徽、徐庶都對您推崇備至，他們說的還會有錯嗎？希望先生不要嫌棄我的無知淺薄，多多教誨。」孔明說：「那二人都是當世的高人，我不過是一個農夫，有什麼資格敢議論天下大事？將軍何必要捨棄美玉而追求頑石呢？」劉備再三懇求，說：「希望先生看在天下蒼生百姓的面子上，開導開導我。」孔明微笑著說：「我想聽聽將軍的志向。」

劉備揮手讓隨從的人退下，湊到孔明身邊，輕聲說道：「眼下奸臣控制了朝廷大權，漢朝江山眼看就要垮了，我有心站出來，為天下伸張正義，但能力和見識都很欠缺，忙到現在也沒什麼成就。希望先生能助我一臂之力。」孔明說：「自從董卓作亂以來，天下豪傑並起。論實力，曹操不及袁紹，但最終卻能夠打敗袁紹，靠得不僅是有利的時機，更重要的是人的謀略。如今曹操已擁有百萬大軍，又以天子的名義號令諸侯，將軍暫時無法和他抗衡；再說江東，傳到孫權手中，已經是第三代了，既有長江這道天然屏障，又深得江東百姓的擁戴，將軍只可以把他當作盟友，而不要想吞併它；而荊州，北面靠著漢水、沔江，南面可一直通到南海，東邊與吳郡、會稽相連，西邊可直達巴、蜀，自古以來就是兵家必爭之地，不是一般人能守得住的，可以說是上天把它送給將軍的，將軍有沒有打算呢？還有益州，四面被形勢險要的高山環繞，中間是方圓千里的肥沃田野，是名副其實的天府之國，當年漢高祖就是以這裡為根據，最終成就帝業的；如今益州的主人劉璋懦弱無能，民殷國富而不會利用，有識之士都在盼望能有一位賢明的君主來統治他們。將軍是皇室宗親，又廣行仁義，求賢如渴，如果能占有荊、益地區，依靠它的天然地勢為屏障，西面結好戎族各部落，南面安撫彝、越各民族，在外聯合孫權，在內勤修政務；一旦天下有什麼變故，就派一上將率領荊州的人馬進軍宛、洛，將軍親率益州之人馬占領秦川，還怕老百姓不擔著糧食捧著美酒，夾道歡迎將軍嗎？要真到了這一步，王霸大業就垂手可成了。這就是我為將軍設計的未來，希望將軍好好考慮。」

說到這裡，孔明叫童子取出一軸地圖，掛在堂上，指點著對劉備說：「這就是西川五十四州的地形圖。現在北方讓曹操占去天時，南面讓孫權占得地利，將軍要想成就霸業，只有占據人和。先奪取荊州做為根本，再襲取西川建立基業，與孫、曹兩家形成三足鼎立之勢，然後再圖謀進取中原。」劉備聽完孔明的一番話，激動得連連拱手致謝，說：「先生的話令我茅塞頓開，有如撥開雲霧而見青天一般。但是有一點：荊州劉表、益州劉璋都是漢室宗親，我怎麼忍心去奪他們的地盤呢？」孔明笑道：「劉表年紀大了，劉璋能力不夠，他們的地盤早晚要歸將軍所有。」只孔明這一席話，就奠定了三分天下的格局。

劉備懇請孔明出山相助。孔明說：「我已經習慣了田園生活，不想再去應付世俗間的事了。」劉備含著眼淚說：「先生不肯出山，天下百姓可怎麼辦啊！」說著，眼淚就不住地流下來，把衣襟、袖口都打溼了。孔明被他的誠意所打動，便答應了。劉備高興地叫關羽、張飛進來拜見，又獻上攜帶的禮物。當晚劉備一行就在莊上過夜。第二天一早，諸葛均回來，孔明把莊上的事務交付給他照管，便隨著劉、關、張三人一起離開隆中。

回到新野之後，劉備對孔明就像對待師長一樣，吃在一起，住在一起，從早到晚在一起討論天下大事。孔明說：「曹操在北方挖鑿玄武湖訓練水軍，一定有進犯江南的企圖。最好派人暗中到江東打探一下情況。」劉備當即派人去了。不久，派出探聽消息的人回報：「東吳孫權以周瑜為大都督，帶領十萬大軍襲擊江夏，殺死劉表的守將黃祖，現在正屯兵柴桑，加緊操練水陸軍馬。」劉備得到報告，正在和孔明商議對策，忽然劉表派人來請劉備到荊州議事。孔明說：「這一定是請主公商議如何替黃祖報仇，對抗東吳的事。請允許我和您一起去荊州，見機行事。」劉備答應了，就留關羽鎮守新野，令張飛帶著五百人馬跟隨，與孔明一起到荊州去見劉表。

第二十一回　荊州城劉琦三求計　博望坡孔明初用兵

且說劉備和孔明等人趕往荊州，半路上孔明對劉備說：「主公見了劉表，首先要把上次在襄陽逃席的事解釋清楚。如果劉表要讓主公去征討江東，千萬不可答應，就說要先回新野，整頓軍馬好了。」劉備一一記在心裡。

來到荊州，留張飛屯兵城外，劉備與孔明入城見劉表。劉備先向劉表提到襄陽赴會的事，為自己不告而別表示歉意，請劉表責罰。劉表好言安慰了幾句，便把話題扯到江夏失守上來，要請劉備領兵去打東吳，為黃祖報仇。劉備搖頭說：「黃祖性格殘暴，不能用人，可以說是咎由自取。現在我們出兵南征東吳，倘若曹操從北面打來，該怎麼對付呢？」劉表沉吟了半天，嘆口氣說：「我如今年老多病，很多事情都沒有精力料理，賢弟來荊州幫幫我吧。我死了以後，賢弟就是荊州的主人。」劉備慌忙推辭，孔明在一旁直給他遞眼色，劉備裝作沒有看見，只說：「兄長不必擔心，我們慢慢來想辦法。」就告辭退出了。

回至館驛，孔明不解地問：「劉景升要把荊州託付給主公，主公為什麼拒絕呢？」劉備說：「劉景升待我恩至禮盡，我怎麼忍心乘他危難時奪取荊州呢？」孔明聽了，不禁讚嘆道：「主公真是一個仁慈的人！」

這時，忽然手下來報，劉表的大公子劉琦求見。劉備將他迎入內堂，劉琦哭倒在劉備面前，懇求說：「繼母不能容我，我的性命危在旦夕，請叔父救我！」劉備為難地說：「這是賢姪的家事，我能有什麼辦法？」說話間，看見孔明在一旁微笑，劉備就請孔明出個主意。孔明卻說：「這是家事，我不便過問。」劉琦只得含淚告辭。劉備把劉琦出到門外，低聲對他說：「明天我讓孔明去回拜賢姪，你設法懇求他，他一定有辦法。」劉琦謝著回去了。

第二天，劉備推說腹痛，請孔明代表他回拜劉琦。劉琦請孔明到後堂喝茶聊天。不一會兒，劉琦老話重提，請孔明想辦法救他。孔明說：「我只是一個客人，怎麼能做離間主人骨肉的事？如果洩露出去，禍害不小。」說完，就要起身告辭。劉琦連忙挽留，把孔明請到密室裡喝酒。喝到一半，劉琦又說：「繼母不能相容，求先生出個主意救我。」孔明道：「這不是該我發表意見的事。」說完，又起身要走。劉琦忙說：「我有一部古書，想請先生看看。」便帶著孔明登上一座小樓。到了樓上，孔明問書在哪裡，劉琦卻哭著跪倒在孔明面前，請他務必為自己想個辦法。孔明把臉色一變，轉身就要下樓，卻見樓梯已被人撤走了。劉琦又苦苦哀求說：「先生擔心洩漏風聲，不肯出主意。如今上不連天，下不挨地，出你口，進我耳，不會有第三個人知道，總可以賜教了。」孔明見他十分誠懇，便說：「公子難道沒聽說過春秋時晉國公子申生、重耳的故事嗎？申生留在國內，結果死於非命；重耳流亡在外，性命卻得以保全。如今黃祖新死，江夏無人守禦，公子何不請求帶兵去屯守江夏呢？這樣一來，災禍不就可以躲過去了嗎？」劉琦恍然大悟，連連稱謝，趕緊叫人搬來梯子，送孔明下樓。第二天，劉琦就向劉表請求了三千人馬，帶兵鎮守江夏去了。劉備和孔明也辭別了劉表，返回新野。

此時曹操在許昌，取消了朝廷司徒、司馬、司空三公職位的設置，把職權全集中在丞相、也就是他自己一人手中。建安十三年（西元二〇八年）秋天，曹操安頓好後方，便命夏侯惇為都督，于禁、李典、夏侯蘭、韓浩為副將，領兵十萬進駐博望城，準備奪取新野。荀彧提醒夏侯惇道：「劉備是個英雄，現在又得到諸葛亮做軍師，不可輕敵。」夏侯惇卻沒把劉備放在眼裡，說：「劉備不過是一小小鼠輩，我一定把他活捉回來。」徐庶也說：「將軍不要輕視劉備。如今劉備得到諸葛亮的輔佐，就好比猛虎生了翅膀一樣。」曹操問徐庶：「諸葛亮是什麼樣的人？」徐庶便把諸葛亮的才能大大稱讚了一番。曹操有些不相信，便問徐庶：「他比你怎樣？」徐庶說：「我哪裡比得上他？我好比螢火之光，諸葛亮卻像皓月一樣明亮哩。」夏侯惇聽了很不服氣，大聲道：「這算什麼話？在我眼裡，諸葛亮不過是一粒草芥！我要不能一戰生擒劉備、諸葛亮，願把我的腦袋獻給丞相。」曹操見夏侯惇躍躍欲試，便好言鼓勵了一番。夏侯惇興沖沖地辭別曹操，帶領大軍出發了。

卻說劉備自從得到孔明，把他像師長一樣尊敬，引起關、張二人不滿。二人私下對劉備說：「孔明年紀輕輕，能有多大才學？況且也沒有實際檢驗過，兄長這麼抬舉他，是不是有些過分了？」劉備卻說：「我請到了孔明，就如同魚兒得到了水一樣。你們不要再多說了。」關、張二人雖然不再開口，心裡卻仍然不服。

這一天，有人送給劉備幾條犛牛尾巴，劉備一時忍不住技癢，便拿起牛尾，親自動手編結起帽子來。孔明見了，立刻嚴肅地說：「主公已經放棄了遠大的志向，甘心一輩子編編織織了嗎？」劉備趕忙把手裡的帽子扔到地上，不好意思地說：「我不過是借此解悶罷了。」孔明問：「主公覺得自己比曹操怎樣？」劉備說：「我不如他。」孔明又問：「主公的人馬不過幾千人，萬一曹兵殺來，拿什麼對付呢？」劉備說：「我也正為此事發愁，只是想不出好辦法。」孔明便勸劉備迅速招募民兵，抓緊時間備戰。劉備聽了孔明的話，在新野百姓中招募了三千人，交給孔明訓練。孔明整天把他們集中在校場上演練陣法。

曹操派夏侯惇領兵十萬殺來的消息傳到新野，劉備便把張飛、關羽找來商議如何退敵。張飛半開玩笑地說：「哥哥幹嘛不派『水』去？」劉備聽了，板起面孔說：「孔明用智，二弟逞勇，大敵當前，怎可以相互推諉？」關羽、張飛離開後，劉備又請來孔明商議。孔明說：「只怕關、張二人不肯聽我號令。」劉備便把劍印交給孔明，讓他全權調度軍事。孔明接過劍印，立即聚集眾將聽候調遣。他先派關羽帶一千軍馬到博望坡左側的豫山中埋伏，放過曹軍主力，只將押送糧草的後軍攔住，見到南方起火，就出手燒掉糧草；又派張飛也帶一千軍馬到博望坡右面的山谷中埋伏，只要看到南面火起，便快速奔襲囤積糧食的博望城，燒燬那裡的糧草。然後命令關平、劉封帶領五百人馬，準備好引火之物，在博望坡後兩邊等候，敵人一到就開始放火。又派人從樊城喚回趙雲，讓他出任前鋒，不要贏，只要輸，同時讓劉備親自帶領一支人馬充當後援。孔明一一分撥完畢，又叮囑眾人「一定要按計策行事，千萬不能有閃失」。關羽問：「我們都出去迎敵，不知軍師做什麼？」孔明說：「我只坐守縣城。」張飛大笑道：「我們都去廝殺，你卻在家裡坐著，好自在！」孔明把臉一變，說：「劍印在此，違令者斬！」劉備連忙打圓場說：「難道你們沒有聽說過『運籌帷幄之中，決勝千里之外』？兩弟不可違令。」關、張二人這才冷笑著退出大帳。關羽對張飛說：「不妨先看看他的計策靈不靈，再來找他說話。」

孔明對劉備說：「主公今天就可以帶兵到博望山下紮營，明天黃昏，敵軍一定會到。主公一見到敵軍，就放棄營寨逃走；等到大火燒起，馬上回軍掩殺。我和糜竺、糜芳帶領五百名士兵留守縣城。」又命孫乾、簡雍準備慶功宴席，安排功勞簿伺候。眾將沒有見識過孔明的韜略，雖然服從將令各去準備，心裡卻都疑惑不定。就連劉備也半信半疑，沒有把握。

再說夏侯惇與于禁等人領兵將到博望，分出一半精兵做前隊，其餘人馬保護著糧車跟在後面。此時正是秋季，秋風漸起。大軍正在趕路，忽見前方塵土大起，一隊兵馬攔住了道路。夏侯惇令于禁、李典押住陣腳，自己親自來到陣前瞭望，見對方旗幟雜亂，陣容不整，不禁哈哈大笑。眾人問他為什麼發笑，夏侯惇說：「我笑徐元直在丞相面前，把諸葛亮誇得像天人一樣；如今見到他的用兵，竟然用這樣的軍馬為前鋒，和我對敵，簡直就是驅趕著犬羊與虎豹相鬥一般！我在丞相面前誇下海口，要活捉劉備、諸葛亮，如今看來，恐怕還真要應驗哩！」說完，親自縱馬向前，指著對陣的趙雲大罵：「你們跟隨了劉備，就像孤魂追隨野鬼一樣得不到安生！」趙雲大怒，縱馬來戰。兩馬相交，打了沒幾個回合，趙雲假裝抵擋不住，敗退下去。夏侯惇從後追趕。趕了十多里，趙雲回馬再戰，不出幾回合又退走了。副將韓浩趕上來提醒夏侯惇說：「趙雲是在引誘我們，恐怕前面會有埋伏。」夏侯惇說：「就這樣的敵軍，即使有十面埋伏，我也不怕！」於是不聽韓浩的勸阻，一直追到博望坡前。忽然一聲炮響，劉備親自引軍衝殺過來接應。夏侯惇笑著對韓浩說：「這就是敵人的埋伏！我今晚不到新野，絕不收兵！」便催動大軍，全力前進。劉備、趙雲又退走了。

此時天色已晚，濃雲密布，不見月光，白天刮起的西風，到了夜晚更加猛烈了。夏侯惇只顧催軍趕殺。後面于禁、李典趕到，見道路越走越狹窄，而且兩邊都是蘆葦，不禁有些擔心。李典對于禁說：「這裡山路狹窄，樹木叢雜，倘若敵人用火攻，怎麼對付？」于禁也覺得有理，就叫李典趕快止住後軍，自己到前隊去找夏侯惇。李典便勒轉馬頭，大叫：「後軍慢行！」但人馬正在急行軍，一時哪裡攔擋得住？

夏侯惇正在拚命追趕劉備，忽然聽到背後有人高喊：「都督等一等！」回頭一看，卻是于禁從後軍追趕上來。于禁把李典的話對他一說，夏侯惇猛然省悟，急忙傳令軍馬止步。話音未落，只見背後突然火光沖天，緊跟著道路兩邊的蘆葦都跟著燒了起來。一霎時，四面八方到處是火，借助風勢，越燒越猛。曹兵人馬自相踐踏，死傷無數。這時，趙雲回軍趕殺過來，夏侯惇冒煙突火，狼狽而逃。李典見勢頭不好，急忙向博望城逃奔，卻被一軍攔住去路，借著火光看去，當先大將正是關羽。李典縱馬上前混戰，奪路逃脫。于禁見糧草車輛都被大火燒光，也尋小路逃命去了。夏侯蘭、韓浩來救糧草，正遇張飛，戰了沒有幾個回合，張飛一槍刺夏侯蘭於馬下，韓浩乘機逃走了。這場惡戰一直殺到天亮才收軍，直殺得曹軍屍橫遍野，血流成河。夏侯惇收拾起殘兵敗卒，退回許昌去了。

關羽、張飛二人大勝收軍，這才由衷地信服孔明的才能，相顧稱讚道：「孔明真了不起！」回到半路，見糜竺、糜芳等人簇擁著一輛小車迎面走來。車中端坐一人，正是孔明。關、張一見，急忙下馬，拜伏在孔明車前。不一會兒，劉備、趙雲、劉封、關平等也都到了，各路軍馬會聚在一處，帶著繳獲的糧草輜重，浩浩蕩蕩地返回新野，新野百姓夾道歡呼，稱頌劉備、孔明的功勞。

孔明回到縣中，對劉備說：「夏侯惇雖然敗去，曹操一定還會親自率領大軍前來。」劉備聽了，忙問孔明如何應對？孔明說：「眼下只有一個辦法，可以抵擋曹軍。聽說劉表最近病情危急，只有乘此機會占取荊州，才能與曹操抗衡。」劉備搖頭道：「這個主意雖然不錯，但劉景升對我有恩，我怎麼能這麼做呢？」孔明說：「現在要是不下手，將來後悔都來不及了！」劉備堅決地說：「我寧死也不做這種忘恩負義的事。」孔明見劉備執意不肯，只好說：「那就看看形勢再說吧。」

卻說夏侯惇敗回許昌，把自己反綁了去見曹操請罪。曹操聽他敘述了失敗經過，問道：「你自幼用兵，難道連『狹處須防火攻』的道理都不懂嗎？」夏侯惇說：「李典、于禁都曾提醒過我，我卻聽不進去！」曹操獎賞了李典、于禁二人，又念及夏侯惇以前的功勞，不再追究。

曹操決心乘此時機，消滅劉備、孫權這兩個心腹大患，一舉平定江南。便傳令點起人兵五十萬，令曹仁、曹洪為第一隊，張遼、張郃為第二隊。夏侯淵、夏侯惇為第三隊，于禁、李典為第四隊，自己率領其餘諸將為第五隊，每隊各引兵十萬。又令許褚引兵三千為先鋒，選定建安十三年秋七月丙午日出師，討伐江南。

此時荊州劉表病情日益沉重，派人請劉備到荊州託付後事。劉表拉著劉備的手說：「我已病入膏肓，活不了多久了。兩個兒子都沒有什麼本事，恐怕不能繼承我的事業。我死了以後，賢弟就把荊州接管了吧。」劉備流著眼淚說：「我一定會竭盡心力輔佐你的孩子，不敢有別的想法。」正說著，探馬來報，曹操已經親自率領大軍殺奔江南來了。劉備急忙辭別劉表，連夜趕回新野，準備禦敵。

劉表得知曹操出兵的消息，又驚又急，病勢更加沉重。他自覺不久於人世，就準備立下遺囑，令劉備輔佐長子劉琦為荊州之主。蔡夫人得知劉表的打算，非常惱怒，立刻緊閉內門，又叫蔡瑁、張允二人把住外門，不許任何人與劉表見面。大公子劉琦在江夏得知父親病危，趕到荊州探病，剛到外門，就被蔡瑁、張允擋住。蔡瑁說：「公子奉父命鎮守江夏，責任重大，如今擅離職守，主公見了，一定會嗔怒生氣，加重病勢。公子還是趕快回去吧。」劉琦見不到父親，站在門外大哭了一場，只得上馬返回江夏。劉表病情一天比一天惡化，盼著與劉琦見上一面，卻始終不見劉琦回來。挨到八月中旬，終於嚥氣死了。

劉表死後，蔡夫人與蔡瑁、張允商議，偽造了一份假遺囑，立劉表次子劉琮為荊州之主，然後舉哀發喪。蔡氏家族掌握了荊州的兵權，有表示不滿的官員都被他們殺掉。蔡夫人怕劉琦、劉備興兵問罪，索性帶著劉琮躲到襄陽，連劉表的死訊也沒有通知劉琦與劉備二人。

劉琮剛到襄陽，就得到探報，曹操親領五十萬大軍正往襄陽殺來。劉琮還是一個十四歲的孩子，哪裡有什麼主意，忙請蒯越、蔡瑁等人商議。東曹掾傅巽提議投降曹操，蒯越等人紛紛附和，連蔡夫人也是這個主張，劉琮只好寫了降書，派一名叫宋忠的親信悄悄送往曹軍大營。曹操大喜，重賞宋忠，對他說：「回去叫劉琮出城迎接，我就讓他永做荊州之主。」

第二十二回　蔡將軍賣主獻荊州　劉皇叔攜民渡漢水

卻說宋忠拜辭曹操，返回荊襄，正要渡江，忽然看見一支人馬到來。宋忠看見為首的大將正是關羽，連忙下馬躲避，不想已被關羽看見，把他叫住，打聽荊州的情況。宋忠一開始還想支吾幾句矇混過去，後來被關羽盤問不過，只得將前後事情，統統說了出來。關羽大驚，便捉了宋忠到新野來見劉備。劉備聽說劉表已死，忍不住放聲大哭。張飛在一旁說：「事到如今，只有先殺了宋忠，立即起兵渡江奪下襄陽，殺了蔡氏、劉琮，然後與曹操交戰。」劉備說：「你不要多嘴，我自有想法。」轉身呵斥宋忠道：「你知道他們這樣做，為什麼不早來告訴我？如今殺了你也無濟於事，趕快滾吧！」宋忠謝過劉備，抱頭鼠竄而去。

劉備正在憂悶，忽報公子劉琦差伊籍到來。劉備感念上次伊籍相救之恩，親自下堂迎接，再三致謝。伊籍說：「大公子在江夏，已經知道荊州發生的事變，特意讓我來聯絡使君，一同出兵襄陽，向劉琮問罪。」說完遞上劉琦的書信。劉備看完信，對伊籍說：「你們只知道劉琮偽造遺囑，自立為荊州之主，卻不知道他已將荊襄九郡獻給曹操了！」便把拿獲宋忠的事向伊籍說了一遍。伊籍大吃一驚，說道：「要真是這樣，使君不如以弔喪為名前赴襄陽，誘劉琮出迎，就便擒下，除掉他的黨羽，把荊州奪到自己手中。」孔明在一旁，也勸劉備接受伊籍的建議。劉備卻流著眼淚說：「兄長臨死的時候，託我照顧他的兒子，我要是捉了劉琮，奪了他的地盤，將來到了九泉之下，怎麼有臉面去見我兄長呢？」孔明說：「如果不這樣做，曹兵轉眼就到，我們靠什麼抵擋呢？」劉備說：「萬不得已，我們只好躲到樊城去。」

正商議間，探馬飛報曹兵已到博望了。劉備慌忙打發伊籍回江夏整頓軍馬，一面與孔明商議拒敵之計。孔明說：「主公不用驚慌。前番一把火，燒了夏侯惇大半人馬；這次曹軍捲土重來，少不得還要他們中這條計。不過我們在新野住不得了，最好早點到樊城去。」孔明當即派人到四面城門張貼榜文，遍告居民：「不論老幼男女，願意跟從的，馬上收拾行裝，一同到樊城暫避。」又差孫乾到河邊調撥船隻，接應百姓渡河，派糜竺負責護送大小官員的家眷到樊城。安排好撤退事宜，孔明召聚眾將，升帳發令。他先命關羽帶領一千軍去白河上流埋伏，各帶布袋，多裝沙土，阻住白河水源，到次日三更後，聽到下流人喊馬嘶，就迅速取起布袋放水，然後順水殺將下來接應。又叫張飛帶領一千軍馬到博陵渡口埋伏，那裡水勢最慢，曹軍一旦被淹，一定會從此處逃難，便可乘勢殺來接應。又喚趙雲領軍三千，分為四隊，趙雲親自帶一隊埋伏在新野東門外，其他三隊分別在西、南、北三門外埋伏。又叫他事先在城中百姓家屋頂上，多多藏好硫黃、焰硝等引火物。「曹軍進城後，必定徵借民房居住。明日黃昏後會有大風；只要看到風起，就讓西、南、北三門伏軍一齊將火箭射入城去；等到城中大火燒起，就在城外吶喊助威，只留東門放曹兵逃走。你在東門外隨後追擊。天亮後與關、張二將會合，一齊撤往樊城。」最後，又令糜芳、劉封二人帶領二千軍兵，分別拿著紅、青兩色旗幟，到新野城外三十里的鵲尾坡前屯紮。一見曹軍殺到，立刻分左右撤退，曹操害怕中了埋伏，一定心中疑惑，不敢追擊。二人便可帶著手下四處接應。孔明一一分撥完了。便和劉備一同來到山頂，觀看戰事的進程。

卻說曹仁、曹洪帶領第一路十萬大軍，前面由許褚引三千鐵甲軍開路，浩浩蕩蕩殺奔新野而來。這一天正午時分，來到鵲尾坡，望見坡前一簇人馬，打著青、紅兩色旗號，攔住去路。許褚催軍向前，劉封、糜芳把令旗一揮，青、紅旗左右分為兩隊，向山坡後樹林退去。許褚怕有伏兵，立刻叫手下暫且停止前進，一面派人騎馬飛報前隊曹仁。曹仁說：「這是疑兵，一定沒有埋伏。」催促許褚迅速進兵，自己催動大軍隨後接應。許褚重回坡前，提兵殺入樹林，卻一個人影也沒有見到。此時天色已近黃昏，許褚正要前進，忽聽得山上鼓樂大作，抬頭一看，只見山頂上旗幟林立，當中簇擁著兩把傘蓋：左劉備，右孔明，二人正在對坐飲酒。許褚大怒，領軍尋路上山。山上擂木炮石打將下來，不能前進。又聽得山後喊聲大震，想要尋路廝殺，天色已晚。正在進退兩難，曹仁領兵到了，傳令先奪下新野城落腳。軍士來到新野城下，只見四門大開。曹兵衝入城中，沒有遇到任何阻擋，城中也不見一人，竟是一座空城了。曹洪說：「這一定是劉備勢孤計窮，帶著全城百姓逃跑了。我軍暫且在城中安歇一夜，等明日天亮再繼續追擊。」曹兵趕了一天山路，早已又累又餓，紛紛搶入民房造飯。曹仁、曹洪也在縣衙內安歇下來。

初更過後，忽然狂風大作。守門軍士飛報城中失火。曹仁道：「這一定是軍士造飯不小心，偶然失火，不必大驚小怪。」話音未落，接連幾次飛報，西、南、北三門都起火了。曹仁急忙和眾將上馬出衙，只見全城已是一片火海，上下通紅。這一夜的大火，比上次博望坡燒糧的那把火更加猛烈。曹仁帶領眾將突煙冒火，尋路奔走，聽說東門無火，急急奔出東門。軍士自相踐踏，死者無數。曹仁等人剛剛逃出火海，猛然背後一聲吶喊，趙雲引軍趕來混戰，曹軍只顧各逃性命，誰也無心廝殺。一路上又被糜芳、劉封兩支人馬先後劫殺，損失了不少軍馬。直到四更時分，才好不容易逃到白河邊，曹軍人困馬乏，軍士大半焦頭爛額。還好河水並不太深，曹軍爭相下河飲水，一時人喧馬嘶，亂成一片。

此時關羽已在白河上流用布袋堵住河水，聽得下流頭人喊馬嘶，忙令軍士一齊抽起布袋，水勢滔天，直向下流沖去。曹軍人馬都被淹沒在水中，死者極多。曹仁慌忙帶領眾將朝水勢慢的地方逃奔。剛到博陵渡口，只聽喊聲大起，一軍攔路，當先一員大將立馬大叫：「曹賊快來納命！」正是張飛。曹軍大驚。許褚急忙上前交鋒，掩護曹仁等人先退，自己也不敢戀戰，奪路走脫。張飛也不追趕，接著劉備、孔明，一同沿河到上流。劉封、糜芳已經安好排船隻等候，眾人一齊渡河，奔樊城而去。

曹仁收拾殘軍，在新野屯住，派曹洪去見曹操，報告失利的經過。曹操大怒道：「諸葛村夫，竟敢如此猖狂！」當即催動三軍，漫山遍野，齊到新野下寨。傳令軍士一面搜山，一面填塞白河。令大軍分作八路，一齊去取樊城。劉曄勸道：「丞相初下江南，必須先收買民心。現在劉備把新野的百姓都帶到了樊城，如果我軍大舉進攻，兩地的百姓都會死無葬身之心。不如先派人招降劉備。如果他答應投降，荊州可不戰而定；即使劉備不肯投降，也可見我愛民之心。」曹操採納了他的意見，便問他誰可充任使者。劉曄說：「徐庶與劉備感情深厚，此次也隨軍南下，何不讓他去走一趟？」曹操說：「只怕他一去就不再回來了。」劉曄卻說：「他要是不回來，會讓別人笑話的。丞相不用擔心。」曹操便把徐庶召來，對他說：

「我一心想踏平樊城，只是可惜眾多百姓的性命。請先生去告訴劉備：如肯來降，免罪封官；若繼續執迷不悟，到頭來玉石俱焚，軍民都沒有好下場。我知道先生是個重信義的人，特意派你前去，希望不會辜負我的信任。」

徐庶接受使命，來到樊城與劉備、孔明相見，共訴舊日之情。徐庶坦率地告訴劉備：「曹操派我來招降使君，不過是做做樣子收買人心罷了。如今曹軍已分兵八路，填平了白河，正向樊城殺來。樊城恐怕守不住了，使君最好早做準備。」劉備想留下徐庶，徐庶搖搖頭說：「我要是不回去，要惹人恥笑的。請使君放心，我雖身在曹營，立誓不為曹操獻一條計謀。」劉備不敢勉強，只好送徐庶回去了。

徐庶走後，劉備問孔明下一步如何打算。孔明說：「只有趕快放棄樊城，先退到襄陽再說。」劉備發愁地說：「這些百姓追隨我們這麼長時間，怎麼忍心拋棄呢？」孔明便命孫乾、簡雍在城中遍告百姓：曹操大軍很快就要殺到，孤城無法堅守，百姓願意追隨劉使君的，可以一同過江。一面派關羽到江岸整頓船隻。新野、樊城兩縣百姓齊聲大呼：「我們死也要和使君在一起！」當日，十幾萬百姓扶老攜幼，拖男帶女，爭先恐後橫渡襄江，兩岸哭聲不絕。劉備在船上望見，放聲大哭，道：「因為我一個人的緣故，讓老百姓遭到這麼大的災難，我活著還有什麼意思！」說著就要跳江自殺，被身邊的人拚命攔住。劉備來到南岸，回頭觀看，見還有沒渡過江的百姓，急忙命關羽調撥船隻接應。直到所有百姓都渡過了襄江，劉備才上馬繼續前行。

來到襄陽東門，只見城上遍插旌旗，壕邊密布鹿角，劉備勒馬大叫：「劉琮賢姪，我只想救百姓，沒有別的念頭，請趕快打開城門。」劉琮聽說劉備到了，害怕得不敢出頭。蔡瑁、張允來到城樓上，二話不說，便喝令軍士往城下射箭。一時間亂箭射下，城外百姓都望著城樓放聲大哭。忽然有一員將領，帶著幾百人衝上城樓，大罵蔡瑁、張允賣主求榮，喝問：「劉使君為了拯救百姓前來相投，你們為什麼要將他拒之城外？」眾人一看，此人身長八尺，面如重棗；姓魏，名延，字文長，是劉表帳下的一員虎將。當時魏延掄刀砍死守門將士，打開城門，放下吊橋，大叫：「劉皇叔快領兵入城，共殺賣國奸賊！」張飛見了，便要躍馬衝入城中，劉備急忙攔住，道：「不要驚嚇了百姓！」就在這一眨眼的工夫，城中又有一員將領飛馬衝來，口中大叫：「魏延無名小卒，竟敢作亂！認得我大將文聘嗎？」魏延大怒，挺槍躍馬，與文聘戰在一起。兩下軍兵在城邊混戰，喊聲大震。劉備嘆道：「我本為保護百姓而來，不料反而使百姓多了一重劫難。我決定不進襄陽了！」孔明說：「江陵是荊州要地，不如先去那裡安身。」劉備說：「我也是這樣想。」便帶著百姓，離開襄陽大路，往江陵進發。襄陽城中百姓，也有很多乘亂逃出城來，跟隨劉備而去。魏延與文聘從上午殺到傍晚，手下兵卒都死光了，魏延掉轉馬頭逃到城外，已經看不見劉備的蹤影，只得獨自一人投奔長沙太守韓玄去了。

且說劉備帶著軍民十多萬人一同前往江陵，僅是大小車子就有好幾千輛，挑擔背包者更是不計其數。這一天路過劉表的墳墓，劉備領著眾將到墓前拜祭，想起劉表死後，荊州的局勢一發不可收拾，百姓飽受戰亂之苦，不由得悲從中來，大哭了一場。忽然接到探馬報告，說曹操大軍已經進駐樊城，正在準備船筏，很快就要渡江趕來。眾將紛紛議論，都說江陵形勢險要，足可據守，「只是現在帶著十多萬老百姓，每天只走十多里路，什麼時候才能走到江陵？如果被曹兵追上，如何迎敵？」勸劉備暫且丟下百姓，加快趕路要緊。劉備卻說什麼也不肯答應。百姓知道後，都大為感動。

孔明見情勢緊急，對劉備說：「追兵很快就要到了。不如先派雲長趕往江夏，請公子劉琦火速起兵，乘船到江陵會合。」劉備同意了，當即寫好書信，命關羽和孫乾帶領五百軍士趕往江夏求救；然後重新分工，令張飛斷後，趙雲保護老小，其他人照顧著百姓，緩緩向江陵行進。

卻說曹操占據了樊城，派人渡江到襄陽，召劉琮去樊城相見。劉琮害怕，不敢前去，蔡瑁、張允便主動請求代表劉琮去見曹操。老將王威悄悄向劉琮獻計說：「主公已經宣布投降，劉備也逃走了，此時曹操一定已經鬆懈了戒備。如果主公藉此機會派出一支精兵，在險要地方設下埋伏偷襲曹軍，可以一舉擒獲曹操。只要抓住曹操，一定會威震天下，中原地方也可以不戰而定了。」劉琮把他的話轉告給蔡瑁，蔡瑁斥責王威不識時務，口出大言，王威大怒，指著蔡瑁大罵：「你這個賣主求榮的傢伙，我恨不能生吃了你！」蔡瑁氣急敗壞，要殺王威，被蒯越等人勸住了。

蔡瑁於是與張允一同來到樊城，拜見曹操。兩人態度諂媚，說了許多肉麻吹捧的話。曹操問：「荊州的軍馬錢糧，現在還有多少？」蔡瑁如實稟告說：「荊州現有馬軍五萬，步軍十五萬，水軍八萬，共計軍馬二十八萬。錢糧大半在江陵，其餘各處，也足夠供給一年之用。」曹操又問：「有多少戰船？原來是由誰統領？」蔡瑁說：「大小戰船共有七千多隻，原是由我們二人掌管。」曹操便加封蔡瑁為鎮南侯、水軍大都督，張允為助順侯、水軍副都督。二人大喜拜謝。曹操又答應上表奏報天子，讓劉琮繼任他父親的職位。蔡瑁、張允二人高高興興地回襄陽去了。二人走後，荀攸問曹操：「蔡瑁、張允都是諂佞的小人，主公為什麼如此重用他們？」曹操笑道：「我怎會不識人！只因我們北方軍隊不習水戰，所以暫且利用一下這兩個人，等到大事成功之後，我自有主張。」

蔡瑁、張允回來見到劉琮，報說：「曹操答應保奏將軍永鎮荊襄。」劉琮大喜。第二天，就和母親蔡夫人一起，捧著印綬兵符，親自渡江拜迎曹操。曹操好言撫慰了幾句，就率領著隨征軍將進駐襄陽。蔡瑁、張允逼著襄陽百姓在道路兩旁焚香拜迎。曹操來到劉琮府中坐定，先把主張投降的蒯越、傅巽等人叫來，封官進爵。然後宣布，任命劉琮為青州刺史，立即起程赴任。劉琮見曹操突然變卦，大吃一驚，連忙推辭道：「我不想做官，只求能在故鄉照看祖先的墳墓。」曹操說：「青州靠近國都，方便你隨朝為官，免得在荊襄被人謀害。」劉琮再三推辭，曹操不准。劉琮只得與母親蔡夫人一起前往青州。原先荊州的官員只送到江邊就回去了，只有舊將王威仍然跟隨在劉琮母子身邊。

曹操暗地派于禁帶人追趕劉琮母子，斬草除根。于禁得令，帶人追上劉琮一行，大喝道：「我奉丞相命令，前來殺你母子！識相的趕快自己割下腦袋！」蔡夫人抱著劉琮大哭。于禁喝令軍士下手。王威奮力抵抗，終因寡不敵眾，被眾軍殺死。于禁命手下殺死劉琮及蔡夫人，回報曹操，曹操重賞了他，又派人往隆中搜尋孔明妻小，卻不知去向。原來孔明先已派人把家眷搬走了。曹操得知，大呼遺憾。

襄陽的局面很快穩定下來，謀士荀攸又提醒曹操說：「江陵是荊襄重地，錢糧豐富。要讓劉備站住了腳，再想撼動他就困難了。」曹操說：「我哪能忘了這件事呢！」便下令在荊州降順的眾將中，選出一人充當先鋒。曹操在眾將中一一看過，卻唯獨不見名將文聘，便特意派人把他找來。曹操問文聘為什麼不來拜見，文聘說：「做為臣子不能使其主公保全疆土，心裡實在慚愧，沒臉來見丞相。」說完，淚如雨下。曹操讚嘆道：「這才是真正的忠臣！」當即任命文聘為江夏太守，封關內侯，充作先鋒在前開道。這時接到探馬報告：「劉備帶領百姓，十幾天只走出三百多里。」曹操便從各部中精選出五千名鐵騎，交給文聘率領，星夜前進，限一日一夜趕上劉備。自己親率大軍，陸續隨後推進。

第二十三回　趙子龍大戰長阪坡　張翼德力拒當陽橋

卻說劉備引著十數萬百姓、三千多軍馬，一程程挨著往江陵進發。趙雲保護老小，張飛斷後。孔明見關羽往江夏求救，杳無音信，心中憂急。劉備便請孔明親自走一遭。孔明允諾，便同劉封帶著五百軍士又往江夏去了。

這一天，來到當陽縣境內，劉備身邊只有簡雍、糜竺、糜芳等幾個人隨伴左右。看看天色已晚，劉備便叫軍民在前面景山腳下紮營過夜。此時正值秋末冬初，涼風透骨，軍民啼飢號寒，哭聲遍野。到四更時分，忽聽得西北方向喊聲震地而來。劉備大驚，急忙上馬，帶領僅剩的二千多名精兵迎敵。曹兵鋪天蓋地掩殺過來，勢不可當，劉備拚死抵抗。正在危急關頭，幸得張飛引軍趕到，殺開一條血路，保護著劉備望東而走。奔至天明，聽到喊殺聲漸漸遠去，劉備方才下馬歇息。看看手下隨行人馬，只剩下一百來騎，百姓老小並糜竺、糜芳、簡雍、趙雲等人，都不知下落。劉備不禁放聲大哭道：「十多萬條生命，都為追隨我遭此大難；兵將老小，不知存亡，叫人怎能不痛心呢！」正在哀痛之時，忽見糜芳臉上帶著箭傷，跌跌撞撞地趕來，嘴裡喊著：「趙子龍反投曹操去了！」劉備連忙叫他住口，呵斥道：「子龍是我舊交，怎麼會背叛我呢？」張飛叫道：「他見我們勢窮力盡，也許投曹操去求富貴哩！」劉備只是不信，說：「子龍在我最困難的時候追隨我，心如鐵石般堅定，絕不是富貴所能動搖的。」糜芳說：「我親眼見他往西北去了。」張飛嚷道：「待我親自尋他去。如果撞見，一槍刺死！」劉備連忙叫他不要魯莽，說相信趙雲此去，必有原因。張飛哪裡肯聽，帶了二十多名騎兵，向西北方向奔去。來到長阪橋邊，看見橋東有一帶樹林，張飛心生一計。他叫隨從軍士砍來許多樹枝，拴在馬尾上，在樹林裡往來馳騁，衝起塵土，做出伏兵的樣子疑惑敵人。張飛自己卻橫矛立馬，矗立橋上，向西眺望。

卻說趙雲自四更時分，與曹軍廝殺，往來衝突，殺到天明，不僅尋不見劉備，連劉備的家小也失散了。趙雲心想：「主公將甘、糜二夫人與小主人阿斗託付在我身上，如今在戰場上一齊失散，我還有什麼面目去見主人？不如去決一死戰，好歹要找到主母與小主人的下落！」想到這裡，索性掉轉馬頭，朝曹軍最密集的地方殺去，身後只有三、四十人相隨。

趙雲拍馬在亂軍中尋覓，只聽得百姓嚎哭之聲震天動地；中箭著槍、拋兒棄女者不計其數。正走之間，忽聽草叢中有人呼叫自己的名字，趙雲一看，原來是簡雍。趙雲急忙詢問：「是否見到兩位主母？」簡雍說：「二位主母棄了車仗，抱著阿斗向長阪坡方向逃去。我騎馬趕去保護，剛轉過山坡，就被一員敵將刺了一槍，跌下馬來，馬也被奪走了……」趙雲便將隨從軍士的戰馬借了一匹與簡雍騎坐，又叫兩名兵卒護送著簡雍先去回報劉備，說自己上天入地，也要尋著夫人與阿斗，否則就戰死在沙場上。趙雲拍馬往長阪坡奔去。路上遇到一名受傷的軍士，說剛見甘夫人披頭赤足，夾雜在一群婦女百姓中間，向南去了。趙雲見說，急忙快馬加鞭，望南趕去。遠遠看見一夥百姓，男男女女有好幾百人，相攙逃難。趙雲大叫：「裡面有甘夫人嗎？」甘夫人在人叢中望見趙雲，放聲大哭。趙雲慌忙下馬，把長槍插在地上，垂淚說道：「趙雲該死，使主母、公子失散。糜夫人和小主人現在哪裡？」甘夫人道：

「我和糜夫人夾雜在百姓中步行，被一支軍馬衝散，我獨自逃生到此，不知糜夫人與阿斗到哪裡去了。」

正說話間，百姓突然一陣驚呼，又衝出一隊曹兵。趙雲拔槍上馬看時，前面馬上綁著一人，正是糜竺；背後一將，手提大刀，卻是曹仁部將淳于導，拿住糜竺，正要解去獻功。趙雲大喝一聲，挺槍縱馬，直取淳于導。淳于導抵敵不住，被趙雲一槍刺落馬下。趙雲救了糜竺，又奪來敵人兩匹戰馬，請甘夫人和糜竺騎坐，自己一馬當先，殺開一條大路，把他們一直送到長阪橋前。只見張飛橫矛立馬於橋上，大叫：「子龍！你為什麼要反我哥哥？」趙雲說：「我四處尋找主母與小主人，因此落在後面，誰說我反了？」張飛笑說：「要不是簡雍已經先來報信，我這會兒見到你，一定不會善罷甘休！」趙雲問明劉備就在前面不遠處，就讓糜竺保護著甘夫人先行，自己帶著剩下的幾名親兵原路殺回，去尋找糜夫人和阿斗的下落。

走到半路，忽見一員曹將手提鐵槍，背著一口劍，帶著十幾名隨從躍馬而來。趙雲二話不說，直奔那將衝去。只一個照面，把那將一槍刺死，順手把他背上的寶劍奪在手中。原來那將是曹操隨身背劍之將夏侯恩。曹操有兩口寶劍：一名「倚天」，一名「青釭」；倚天劍曹操自己佩在身上，青釭劍就令夏侯恩佩帶。那青釭劍砍鐵如泥，鋒利無比。當時夏侯恩自恃勇力，背著曹操，只顧帶人搶奪擄掠，不想撞著趙雲，被他一槍刺死。趙雲奪了那口劍，看到劍靶上嵌有「青釭」兩個金字，才知道是口寶劍，便反身插在身後，提槍再次殺入重圍。回頭看看手下隨從的士卒，已經不剩一人，只落得孤身獨騎。趙雲並無半點後退的念頭，只顧往來尋覓；只要遇到逃難的百姓，便上前打聽糜夫人的消息。終於有一個人指著前面說：「夫人抱著孩兒，左腿上中了一槍，無法行走，就在那邊破牆裡面坐著。」趙雲聽了，連忙趕去尋找。

走了不遠，果然看見一戶人家，土牆已被戰火燒壞，糜夫人抱著阿斗，坐在牆根下的一口枯井旁邊啼哭。趙雲急忙下馬，拜倒在地。糜夫人喜道：「見到將軍，阿斗就有救了。望將軍可憐他父親飄蕩半世，只有這點骨血，好好保護這孩子，讓他父子見面，我雖死無恨了！」趙雲忙說：「都是我的過錯，讓夫人受難了。不必多說，請夫人趕快上馬，我步行死戰，保護夫人殺出重圍。」糜夫人搖搖頭說：「不行！將軍沒有了戰馬，怎麼打仗呢？何況這孩子還全要仰仗將軍保護。我已身受重傷，死不足惜！望將軍趕快抱著這孩子離開，不要受我拖累。」此時四面喊殺聲越來越近，追兵已經包攏過來。趙雲三番五次請夫人上馬，糜夫人只是不肯。趙雲見情勢緊急，厲聲說道：「夫人只管不肯上馬，追軍一到，就想走也走不了了！」糜夫人聽了這話，狠了狠心，將阿斗丟在地上，翻身投入枯井中自盡了。趙雲搶救不及，見糜夫人已死，怕曹軍盜屍，便將土牆推倒，掩蓋住枯井。然後解開勒甲條，放下掩心鏡，將阿斗抱護在懷裡，提槍上馬。

這時，曹洪的部將晏明引著一隊步兵殺來。晏明揮舞著三尖兩刃刀來戰趙雲，不到三個回合，被趙雲一槍刺倒。趙雲殺散曹軍，衝開一條路。正在急行，前面又被一支軍馬攔住道路。當先一員大將，旗號分明，大書「河間張郃」。趙雲更不答話，挺槍便戰。戰了大約十幾個回合，趙雲不敢戀戰，奪路而走。張郃在背後緊緊追趕。趙雲加鞭疾行，不想一聲，連馬和人，跌進一個土坑。張郃隨後趕上，挺槍便刺，忽見趙雲那匹馬平空一躍，跳出坑外。張郃大吃一驚，不敢再追。趙雲縱馬狂奔，忽然背後有二將大叫：「趙雲休走！」前面又有二將，使兩般軍器，截住去路：後面趕的是馬延、張顗，前面阻的是焦觸、張南，都是袁紹手下降將。趙雲抖擻精神，力戰四將。曹軍一擁而上，趙雲便拔出青釭劍亂砍，手到之處，劈衣裂甲，血如湧泉。此時曹操在景山頂上督戰，遠遠望見一員勇將，所向披靡，威不可當，急忙問身邊的眾將那是何人。曹洪耐不住性子，飛馬下山，大叫：「軍中戰將可留姓名！」趙雲應聲答道：「我是常山趙子龍！」曹洪回報曹操，曹操不由得連連讚嘆：「真是一員虎將！我一定要生擒他。」便令飛馬傳報各處：「如果遇到趙雲，不許放冷箭，只要捉活的。」這條軍令一下，趙雲更加無人能擋。只見他懷抱後主，力闖重圍，砍倒大旗兩面，奪槊三條，前後槍刺劍砍，殺死曹營名將五十餘員。後人有一首詩，單道趙雲的勇猛：「血染征袍透甲紅，當陽誰敢與爭鋒！古來衝陣扶危主，只有常山趙子龍。」

趙雲當下殺出重圍，早已是血滿征袍。正喜擺脫了追兵，不想山坡下又撞出兩支軍馬。夏侯惇部將鍾縉、鍾紳兄弟二人，一個使大斧，一個使畫戟，齊聲大喝，攔住去路。趙雲挺槍便刺，鍾縉一馬當先，揮動大斧來迎。兩馬相交，不到三個回合，趙雲一槍將鍾縉刺落馬下，奪路便走。背後鍾紳持戟趕來，馬尾相銜，那枝戟就追著趙雲後心閃動。趙雲猛地撥轉馬頭，恰好與鍾紳打了個照面。趙雲左手持槍格過畫戟，右手拔出青釭寶劍，一劍砍去，將鍾紳帶盔連頭，砍去一半，落馬而死。手下的曹兵一哄而散。趙雲脫身，望長阪橋而走，只聽後面喊聲大震，文聘又引軍趕來。趙雲趕到橋邊，人困馬乏，見張飛仍然挺矛立馬於橋上，連忙大呼：「翼德助我！」張飛說：「你趕快過橋去與兄長會合，追兵我來抵擋。」

趙雲縱馬過橋，急行了二十餘里，才見到劉備和眾人正在樹林下休息。趙雲奔到劉備跟前，下馬伏地，眼淚不由得奪眶而出。劉備見了趙雲，也不禁落下淚來。趙雲喘著粗氣報告劉備：「糜夫人身帶重傷，不肯上馬，投井自盡。我只得推倒土牆掩蓋住枯井，懷抱公子，殺出重圍。剛才公子還在懷中啼哭，這一會兒不見動靜，多半是保不住了。」說著解開勒甲絲絛觀看，卻見阿斗正睡著未醒。趙雲大喜，連忙雙手遞給劉備。劉備接過阿斗，看也不看，就把雙手往前一放，將阿斗擲在地上，說：「為這小子，差點折損我一員大將！」趙雲急忙向地下抱起阿斗，感動得流著眼淚說：「我趙雲雖肝腦塗地，難報主公知遇之恩！」

再說文聘引軍追到長阪橋，趙雲已經過橋而去，只見張飛倒豎虎鬚，圓睜環眼，手綽蛇矛，立馬橋上。又見橋東樹林之後，塵頭大起，疑有伏兵，便勒住馬頭，不敢近前。轉眼工夫，曹仁、李典、夏侯惇、夏侯淵、樂進、張遼、張郃、許褚等都陸續趕到，見張飛怒目橫矛站在橋上，又怕是諸葛孔明使的計策，誰也不敢近前，只是紮住陣腳，一字兒擺在橋西，派人飛馬趕去報告曹操。曹操接到報告，急忙乘馬從陣後趕來。張飛睜圓環眼，隱隱望見曹軍背後有青羅傘蓋、旄鉞旌旗來到，料得是曹操親自來看動靜，便放開喉嚨厲聲大喝：「我就是燕人張翼德！誰敢與我決一死戰？」聲如巨雷。曹軍聽了，個個嚇得兩腿打顫。曹操急忙命人撤去傘蓋，回顧左右說：「我以前聽關雲長說過，他三弟翼德於百萬軍中取上將首級，就如探囊取物一般容易。今日相逢，不可輕敵。」話未說完，張飛睜大眼睛，又是一聲大吼。曹操見張飛如此氣概，先有了幾分怯意。張飛望見曹操後軍陣腳移動，又舉起長矛，猛喝一聲：「戰又不戰，退又不退，是什麼意思！」喊聲未絕，曹操身邊夏侯傑驚得肝膽碎裂，一頭栽下馬來。曹操回馬便走，眾軍將一齊跟著望西奔逃。一時人如潮湧，馬似山崩，自相踐踏，棄槍丟盔者不計其數。後人有詩稱讚張飛道：「長阪橋頭殺氣生，橫槍立馬眼圓睜。一聲好似轟雷震，獨退曹家百萬兵。」

張飛見曹軍一擁而退，也不追趕，立刻喚回樹林後的二十多名騎兵，叫他們解去馬尾上的樹枝，將橋梁拆斷，然後回馬來見劉備，報告經過。劉備說：「三弟勇是夠勇的了，可惜想得不周到。」見張飛一臉困惑的樣子，劉備就說：「你不該拆了橋梁。曹操那麼聰明的人，一定會很快追來的。」張飛不服氣地說：「他被我一聲大吼，嚇得倒退了好幾里，哪敢再追？」劉備解釋說：「如不拆橋，他怕有埋伏，不敢進兵；如今你拆斷了橋，他料到我們兵少心虛，必來追趕。他有百萬大軍，即使是長江天險也能填平了，還會在乎一座小小的斷橋嗎？」說完下令即刻起身，抄小路趕奔漢津，望沔陽路而走。

卻說曹操被張飛嚇得魂飛魄散，縱馬向西狂奔，冠簪盡落，披頭散髮，模樣極其狼狽。直到張遼、許褚從後面趕上，扯住轡環讓馬停住，曹操依然驚魂未定，半天才緩過氣來，便令張遼、許褚再到長阪橋探聽消息。二人回報說：「張飛已經拆斷橋梁離開了。」曹操說：「他斷橋而去，必是心虛。」馬上傳令分派一萬名軍士，迅速搭起三座浮橋，限令當夜就要過河。李典提醒說：「這恐怕是諸葛亮設下的圈套，不可貿然輕進。」曹操不聽，傳下號令，各營務必火速進兵。

卻說劉備眼看就到漢津，忽然背後塵頭大起，鼓聲連天，喊聲震地，曹軍已經掩殺過來。劉備慌道：「前有大江，後有追兵，這回凶多吉少。」急命趙雲準備抵敵。曹操見劉備已成釜中之魚，阱中之虎，號令眾將努力向前。眾將領命，一個個奮勇追趕。忽然聽到山坡後一聲鼓響，一隊軍馬從斜刺裡飛出，為首一員大將，手執青龍刀，坐下赤兔馬，正是關羽。原來關羽去江夏借得一萬軍馬，探知當陽長阪正在大戰，便特地從這裡截出。曹操一見關羽，驚呼：「又中諸葛亮的計了！」連忙傳令大軍迅速後退。關羽追趕了十多里，才回軍尋著劉備，保護眾人一同趕往漢津。

到了漢津渡口，已有船隻在岸邊等候。關羽把劉備等人請到船上坐定，相互述說分別後的經過。關羽聽說糜夫人已死，也十分傷感。正說話間，忽見江南岸戰鼓大鳴，無數舟船像螞蟻一樣，順風揚帆而來。劉備大驚。等船來到近前，只見一人白袍銀鎧，站在船頭上大聲招呼：「叔父一向可好？」卻是公子劉琦得知劉備被曹操追擊，特地趕來接應。劉備大喜，便與劉琦合兵一處，放舟而行。眾人正在船中互訴情由，又見長江西南方向，有一隊戰船一字兒擺開，乘風忽哨而來。劉琦驚呼：「江夏的人馬已被我盡數帶來，哪裡又來這麼多戰船？」劉備走出船頭仔細觀瞧，只見對面船頭上端坐一人，身穿道服，手執羽扇，正是孔明。劉備連忙將孔明請過船來，問他為什麼會在這裡？孔明說：「我先派雲長登陸接應，又請公子在漢津渡口等候，自己則去了一趟夏口，調集那裡的軍馬前來相助。」劉備見到孔明，這才定下心來，於是同坐艙中，商議下一步對策。當下決定，留關羽帶領五千兵卒屯守夏口，劉備、孔明和劉琦等同去江夏休整。

再說曹操，被關羽在半路截殺一陣，疑有伏兵，不敢再追劉備，就掉轉方向占據了江陵。入城安民已定，曹操召集眾將商議。曹操說：「如今劉備已經退到江夏，如果逼急了，擔心他會聯合東吳，重新壯大起來。各位有什麼高見？」荀攸說：「如今我軍聲威大振，可以乘勢派人到江東下書，請孫權會師江夏，共擒劉備，平分荊州地盤，永結盟好。孫權懾於我軍實力，一定會恐懼投降，大事就成功了。」曹操聽從了荀攸的意見，一面寫好檄文，派人送往東吳，一面點起馬步水軍共八十三萬，對外號稱一百萬，水陸並進，沿江而來，西起荊州、陝州，東接蘄春、黃州，營柵連綿不斷，足有三百多里。

此時江東孫權正屯兵柴桑，聽說曹操大軍占領了襄陽，劉琮投降，現在又正日夜兼程進取江陵，便召集眾謀士商議對策。魯肅獻計說：「荊州與江東相鄰，山川險固，士民殷富，我們如果能把荊州奪到手中，就等於有了成就王霸大業的資本。現在劉表剛死，劉備又新近吃了敗仗，我想請以弔喪的名義前往江夏，勸說劉備收撫劉表部下舊將，同心一意，共破曹操。只要劉備答應下來，大事就算告成了。」孫權覺得這個辦法很好，就派魯肅帶著禮物，前往江夏弔喪。

第二十四回　魯子敬力排眾議　諸葛亮舌戰群儒

話說劉備在江夏，正與孔明、劉琦等商議，要東聯孫權，北抗曹操，忽然接到報告，說江東孫權派魯肅前來弔喪，船已靠岸。孔明問劉琦：「當年孫策死的時候，你們可曾派人去弔喪？」劉琦說：「江東與我家有殺父之仇，怎麼會讓我們去弔喪！」孔明笑道：「這樣說來，魯肅此來名為弔喪，實際是探聽軍情來了。」便對劉備說：「魯肅要是打聽曹操的動向，主公就推說不知道；如果他再三追問，就讓他來問我好了。」計議已定，便派人去迎接魯肅進城。

魯肅進入城中，先到為劉表設立的靈堂前弔喪。劉琦收下祭禮，便把魯肅請入後堂飲宴，又將劉備介紹與魯肅相見。魯肅先對劉備說了幾句客套話，便把話題轉到曹操身上，說：「聽說皇叔最近與曹操大戰了一場，一定了解他的底細，請問皇叔，曹操大約有多少兵馬？」劉備說：「我兵微將寡，一聽說曹兵殺到就趕快逃走了，竟然不知道他到底有多少實力。」魯肅說：「聽說皇叔用諸葛孔明的計策，兩場大火燒得曹操喪魂落魄，怎麼說不知道呢？」劉備道：「那除非去問孔明，才能清楚。」魯肅道：「孔明先生在這裡嗎？很想和他見上一面。」劉備就把孔明請了出來。

兩人見過禮，魯肅便問孔明對局勢的看法。孔明說：「曹操的企圖，我已經很清楚了，只可惜我們力量不足，所以只好暫且躲避一下他的鋒芒。」魯肅問：「皇叔就打算在這裡待下去了嗎？」孔明說：「劉使君和蒼梧太守吳臣是老交情，我們準備去投靠他。」魯肅說：「吳臣糧少兵微，自顧不暇，怎麼能庇護別人呢？我們孫將軍雄踞六郡，兵精糧足，又極其敬重人才，江東的英雄豪傑，都歸附在他的麾下。我替你們考慮，不如派信得過的人到江東走動走動，合起來幹一番大事業。」孔明說：「劉使君與孫將軍一向沒有來往，恐怕不會有什麼結果吧？再說也找不到什麼信得過的人。」魯肅說：「先生的兄長諸葛瑾，現在就在孫將軍那裡當參謀，天天盼著和先生相見。我也願意介紹你去見孫將軍，共議大事。」劉備連忙插話道：「孔明是我的軍師，片刻不能相離，怎麼能讓他去江東呢！」魯肅再三邀請，劉備只是裝作不肯。最後，還是孔明勸說：「形勢危急，還是讓我去一趟吧。」劉備這才答應。

於是魯肅告別了劉備、劉琦，與孔明上船，一起趕回柴桑。魯肅在船上叮囑孔明，見到孫權，千萬不能把曹操兵多將廣的實情告訴他。孔明笑著說：「請子敬放心，我自會對答。」

到了柴桑，魯肅把孔明安置到館驛中休息，自己先去拜見孫權。孫權正召集文武官員在堂上議事，聽說魯肅回來了，急忙叫他進來，顧不上多問江夏的情況，先把一份曹操的檄文遞給魯肅，說：「這是曹操昨天派人送來的。來人我已經先打發走了，現在正和大家商議對策，還沒有什麼結果。」魯肅接過檄文一看，上面說曹操此次奉皇帝之命南下討伐叛逆，所向披靡，如今統率雄兵百萬，上將千員，要和孫權會師江夏，共伐劉備，事成之後平分荊州，永結盟好。要孫權盡快給他答覆。魯肅看完檄文，便問孫權有何打算。孫權說：「還沒有定論。」張昭在一旁說：「曹操聲勢浩大，又假借天子的名義，我們如果抗拒，在情理上就站不住腳。何況曹操奪取了荊州，我們所依賴的長江天險已經被占去了一半，在實力上也無法和他抗衡。所以照我的意見，只有投降才是上策。」眾謀士也紛紛附和。見孫權沉吟不語，張昭又說：「主公不必再猶豫了。降了曹操，東吳的百姓可以避免戰爭的傷害，江南六郡也仍然可以保留在我們手上。」孫權還是低著頭不說話。

過了一會兒，孫權退入後堂，魯肅立刻跟了進來。孫權知道魯肅有話要說，就拉著他的手問道：「你的看法是什麼？」魯肅說：「剛才大家說的話，只會害了將軍。誰都可以投降曹操，只有將軍不可以。」孫權問：「此話怎講？」魯肅說：「像我這樣的人投降了曹操，至少還可以得個刺史、太守做做；將軍要是投降了曹操，能得到什麼呢？大不了封個侯爵，給你一匹馬，一輛車，再分派幾個隨從，想要再有今天這樣獨霸一方的地位，是根本不可能了。眾人的話，都是在為自己打算，千萬不能聽。將軍必須趕快拿定主意才行。」孫權感慨地說：「剛才眾人的議論，實在是讓我失望。只有你的這番話，才真正說到我的心坎裡。有你這樣的人在我身邊，實在是我的幸運啊！不過曹操接連吞併了袁紹、劉表兩大勢力，實力確實很強，我們恐怕不是對手啊！」魯肅說：「我這次去江夏，把諸葛瑾的弟弟諸葛亮請了來，主公可以問問他，就知道曹操的虛實了。」孫權問：「臥龍先生現在哪裡？」魯肅說：「在館驛中休息。」孫權說：「今天太晚了，不便和他見面。明天你把文武官員都召集到一起，先帶他見一見我們江東的人才，然後再正式會談。」

第二天一早，魯肅到館驛中來接孔明，特意叮囑說：「今天見到我們主公，千萬不要說曹操兵多。」孔明笑道：「我自會見風使舵，誤不了事的。」

魯肅帶著孔明來到議事堂前，只見張昭、顧雍等一班文武官員二十多人，早已穿著正式官服，坐在那裡等候。孔明和眾人一一見禮，互通了姓名，然後在客位上坐了下來。張昭見孔明手神飄灑，器宇軒昂，料想此人一定是來遊說東吳的，便先用言語挑逗說：「聽說先生在隆中隱居的時候，常常自比為管仲、樂毅，是真有這回事嗎？」孔明笑道：「這不過是打個小小的比方罷了。」張昭說：「我還聽說劉豫州三顧茅廬請得先生出山，慶幸自己如魚得水，滿想將荊襄九郡全部收入囊中，可是如今卻都落到曹操手裡了，不知先生怎麼解釋呢？」孔明心想，張昭是孫權手下第一謀士，如果不先把他駁倒，就更別想說動孫權了，便認真地回答說：「在我眼裡，想得到荊襄易如反掌。不過我家主公劉豫州仁義為懷，怎肯忍心強占同宗的基業？劉琮年幼無知，聽信了壞人的話，私自投降了曹操，才讓曹操得以猖獗起來。現在我主屯兵江夏，另有打算，不是一般人能想得到的。」張昭說：「照這樣說，就是先生言行不一了。先生把自己比作管仲、樂毅，想那管仲輔佐齊桓公稱霸諸侯，號令天下，樂毅扶持弱小的燕國，一氣攻下齊國七十多座城池，這兩個人真稱得上是興邦濟世之才。而劉豫州在沒有得到先生之前，尚且縱橫寰宇，割據一方；自從有了先生輔佐，反而棄新野，走樊城，敗當陽，奔夏口，連個容身之地都保不住了：難道管仲、樂毅就是這個樣子的嗎？我說話直率，希望先生不要見怪。」

孔明聽完張昭的話，微微一笑，從容說道：「鵬飛萬里，燕雀一類的凡鳥怎麼能理解牠的志向？譬如一個人得了重病，應當先喝一些稀粥，吃一些藥性溫和的藥，等到他內臟調理和順，病情穩定了，再用肉食給他補養，用猛藥給他根治。要是一上來就大魚大肉，大把服藥，別說治病，恐怕連性命都保不住。劉豫州自從在汝南失利後，投靠劉表，兵不滿一千，將只有關、張、趙雲，正像是一個人病勢最重的時候。新野是個荒僻小縣，人口稀少，糧食缺乏，士兵沒有經過訓練，城牆更談不上堅固，然而劉豫州就憑著這點條件，博望燒糧，白河用水，殺得夏侯惇、曹仁心驚膽裂，我覺得就是管仲、樂毅親自用兵，也不過如此吧？至於劉琮投降曹操，劉豫州事先並不知道，又不忍心乘亂奪取同宗的基業，真正是大仁大義的表現。在當陽，劉豫州見有數十萬百姓扶老攜幼相隨，不忍拋棄他們，每天只走十幾里路，甘心和百姓一起遭難，這又是大仁大義的行為。再說，以寡敵眾，勝負是很平常的事，當年韓信追隨漢高祖多年，不知吃了多少敗仗，可是最終垓下一戰成功，澈底打敗了項羽，這能說韓信沒有本事嗎？這是因為國家的大計，社稷的安危，都要有全盤的謀畫。不像有些人，只會誇誇其談，拿虛名浮譽壓人，坐在堂上指手畫腳，誰也說不過他；一旦遇事要他出主意，卻什麼本事都拿不出來，這種人只能招來天下人的恥笑！」一席話，說得張昭啞口無言。

忽然有一人站出來高聲問道：「如今曹操統率精兵百萬，戰將千員，龍驤虎視，正要一舉吞併江夏，先生有什麼打算呢？」孔明望去，說話的是謀士虞翻。孔明說道：「曹操糾集袁紹、劉表的殘兵敗將，雖然號稱百萬，也沒什麼可怕。」虞翻冷笑道：「你們一敗於當陽，再敗於夏口，巴巴地跑到江東求救，還說『不怕』，這不是大話欺人嗎？」孔明說：「劉豫州只有幾千人馬，還和曹操拚了幾陣；江東兵精糧足，又有長江天險做為屏障，大臣們卻一心想慫恿主公屈膝投降，不顧天下人恥笑。這麼一比，劉豫州真算是不怕曹操的了。」虞翻再也無話可說。

座中又有一人問道：「先生是想效法張儀、蘇秦，來遊說東吳的吧？」孔明一看，原來是步騭，便應聲答道：「步先生把蘇秦、張儀看作靠耍嘴皮子混飯的人，卻不知蘇秦、張儀也是一代豪傑呢。蘇秦做過六國的宰相，張儀兩次執掌秦國的相印，都有安邦定國的才能，非一般畏強凌弱、懼刀避劍之人可比。先生聽到曹操幾句大話，便害怕得要投降，也好意思恥笑蘇秦、張儀嗎？」步騭不吭聲了。又有一人問道：「在孔明先生看來，曹操是個什麼樣的人？」孔明認得發問的是薛綜，便答道：「曹操是篡奪漢朝的大奸臣，這還用問嗎？」薛綜說：「先生說的不對。漢朝氣數已盡，而曹公已得到了三分之二的天下，深得人心。劉豫州不識時務，非要和他抗爭，就像以卵擊石一樣，注定要失敗的。」孔明厲聲呵斥：「你怎麼能說出這種大逆不道的話！曹操祖祖輩輩叨食漢朝俸祿，不思報效國家，反懷篡逆之心，天下人都把他恨入骨髓，先生卻說這是上天的安排，真是只有不忠不孝的人才說得出口！請不要再說話了，我和這種人沒什麼可說的！」一番話說得薛綜滿面羞慚，不敢張口。

又有一人起身問道：「曹操雖然挾天子以令諸侯，畢竟是相國曹參的後人。劉豫州雖自稱中山靖王的後裔，卻史無對證，眼見只是一個織席賣鞋的下等人，怎麼能與曹操抗衡呢！」孔明見說話的是陸績，便笑著回答：「這不是在袁術那裡偷桔子的陸郎嗎？請好好坐下，聽我說話。曹操既為曹參相國的後人，則世代都是漢朝的臣子，如今專權跋扈，欺君犯上，就不僅是漢朝的亂臣，也是曹氏的不肖子孫！劉豫州堂堂皇叔，是當今皇帝按查過宗譜封賜的，怎麼能說是史無對證？何況高祖皇帝還不是亭長出身，織席賣鞋又有什麼難為情的？你這種小孩子見識，不配和高士對話！」原來這陸績是個出名的孝子，當年在袁術手下，看到酒席上的桔子很好，便悄悄揣在懷裡，要帶回家給母親。此時聽孔明揭了他的短，不由得張口結舌。

座上又有一人發問：「你的話句句是強詞奪理。我想請教，先生鑽研過哪部經典？」孔明見是嚴畯，便隨口答道：「咬文嚼字，是窮酸腐儒幹的事，沒有什麼大用處。請看古來伊尹、姜子牙那些建功立業的大人物，誰管他們鑽研的是哪部經典呢？」嚴畯垂頭喪氣，答不上來。卻又有謀士程德樞跳出來大聲說：「你只會誇誇其談，未必有真才實學，恐怕會成為讀書人的笑柄。」孔明答道：「讀書人中間也有君子和小人的區分。比如揚雄，以文章名重一世，卻屈身投靠王莽，最終落得投閣而死的下場，就是讀書人中小人的代表。這種人即使滿腹經綸，又有什麼可取呢？」程德樞無言以對。

眾人見孔明對答如流，都有些吃驚。在座的還有張溫、駱統二人，正要繼續與孔明辯論，忽然從外面闖進一個人來，厲聲說道：「曹操大軍壓境，你們不想辦法退敵，卻只在這裡鬥嘴！」眾人一看，原來是老將黃蓋。當時黃蓋對孔明說：「先生如有高見，幹嘛不去對我們主公說，和這班人爭辯什麼？」孔明說：「眾位先生一個接一個地發問，我怎好不回答呢？」

於是黃蓋和魯肅便領著孔明去見孫權。走到中門，正巧遇到諸葛瑾，孔明連忙上前施禮。諸葛瑾問：「賢弟到了江東，怎麼不來看我？」孔明說：「我現在為劉豫州做事，理應先公後私。公事沒有辦完，不敢顧及私情，請哥哥諒解。」當下兩人約好，等孔明見過孫權後再兄弟相聚，諸葛瑾就走開了。魯肅又特意提醒孔明：「記住早上囑咐你的話，千萬不要出錯。」孔明點頭答應。

幾個人來到堂前，孫權親自走下臺階相迎，把孔明迎到堂上坐下。孔明一邊轉達劉備的問候，一邊偷眼打量孫權，見他碧眼紫髯，儀表堂堂，心中暗自盤算：「此人氣概非凡，只能用反話激他，正面說服是沒有用的。」兩人說了幾句客套話，孫權便問：「你最近在新野協助劉豫州與曹操決戰，一定了解曹軍的底細。不知道曹操共有多少人馬呢？」孔明說：「馬步水軍加起來，大約有一百多萬。」孫權道：「不會是唬人的吧？」孔明說：「倒不是唬人。曹操本來有青州軍二十萬，平定袁紹增加了五、六十萬，在中原新招募了三、四十萬，最近又得到荊州的二、三十萬人馬，總共算來，不下一百五十萬。我剛才說大約一百萬，是怕驚嚇到你們。」魯肅在一旁聽孔明這麼說，急得臉色都變了，不停地給孔明使眼色，孔明只裝作沒有看見。孫權又問：「曹操部下有多少戰將？」孔明說：「足智多謀之士，能征慣戰之將，不下一、二千人。」孫權說：「如今曹操平定了荊楚，還有更大的企圖嗎？」孔明說：「曹軍現在沿江紮寨，準備戰船，不想圖謀江東，還想什麼地方？」孫權說：「如果他真有吞併江東的企圖，我們是戰是降，還請先生幫我拿個主意。」孔明道：「將軍不妨掂量一下自己的實力。如果以吳越之眾足以與中原抗衡，不如盡早與曹操決裂；如果不能，就索性聽從眾謀士的意見，放下武器，臣服曹操。現在將軍表面上服從曹操，心裡卻有自己的打算，事到臨頭又不能決斷，眼看大禍就要到來了。」孫權問：「照你這麼說，劉豫州為什麼不降曹操？」孔明笑道：「我們主公是漢室宗親，蓋世英雄，人人景仰。即使時運不濟，謀事不成，也不肯屈居人下呀。」孫權聽孔明此話，明明是暗示自己比不上劉備，不由得勃然變色，拂衣而起，退入後堂去了。站立兩旁的文武官員，也都訕笑著紛紛散去。

魯肅忍不住埋怨孔明道：「先生怎麼能這樣說話？幸虧我們主公寬宏大度，沒有當面怪罪。先生的話，未免太不把我們主公放在眼裡了。」孔明仰面大笑，說道：「想不到孫將軍器量如此狹小！我自有破曹的妙計，他不來問我，我又何必多說？」魯肅說：「你要真有好辦法，我請主公來向你求教。」孔明說：「在我眼裡，曹操百萬大軍不過是一群螻蟻罷了，只要我揮一揮手，就會全部化為齏粉。」魯肅聽孔明這樣說，馬上進入後堂去見孫權。孫權還在那裡生氣，見魯肅進來，就衝著他說：「孔明欺人太甚！」魯肅說：「我也這樣責怪他，孔明反笑主公沒有器量。他自有擊破曹操的辦法，卻不肯輕易說出，主公何不去主動問他？」孫權聽了，頓時轉怒為喜，道：「原來孔明早有良策，故意用話激我。我一時考慮不周，差點耽誤了大事。」便和魯肅一起重新來到前堂，親自向孔明道歉，並把孔明請入後堂，擺酒款待。

喝了幾杯之後，孫權重新提起話頭，說道：「曹操平生所顧忌的，只有呂布、劉表、袁紹、袁術、劉豫州和我這幾個人。如今另外幾人都被他收拾了，只有劉豫州和我還在，我可不能把整個江東交給敵人。我已經打定主意了，只有與劉豫州聯合，才能對抗曹操。只是不知道劉豫州剛剛吃了敗仗，還能擔當得起一場大戰嗎？」孔明說：「劉豫州雖然吃了敗仗，可是關羽手下還有精兵萬人，劉琦率領的江夏戰士，也不下萬人。曹軍人數雖多，但遠道而來，十分疲乏，最近又為追趕劉豫州，一晝夜急行三百里，早已成為強弩之末。況且北方人不習水戰，荊州軍民雖然依附了曹操，但只是迫於形勢，心裡並不情願。將軍如果真能與我們劉豫州同心協力，一定能打敗曹操。曹軍戰敗，勢必會退回北方，荊州、東吳的勢力得到壯大，鼎足三分的局面就形成了。成敗在此一舉，請將軍定奪。」孫權聽了這番話，非常高興，激動地說：「先生的話，讓我茅塞頓開。我決心已下，不再猶豫，明天就商議起兵，共滅曹操！」便令魯肅送孔明回館驛安歇，同時將他的決定傳達給文武官員。

張昭等人得知孫權決定迎戰，慌忙趕來勸阻。張昭說：「曹操當年兵微將寡，還能一舉戰勝袁紹；何況如今擁有百萬大軍，豈是那麼容易對付的？如果聽信諸葛亮的話，輕易出兵，無異於抱薪救火，實在是太危險了！」顧雍也說：「劉備剛被曹操打敗，想借我們江東的力量抵擋曹操，主公千萬不要被他利用啊！」孫權聽了，又猶豫起來。張昭等人退出後，魯肅又進來說：「張昭他們勸主公投降，都是為自己打算，希望主公別聽他們的話。」孫權卻不吭聲。魯肅急切地說：「主公如果再遲疑不決，就被這班人耽誤了！」孫權這才說：「你先回去，讓我再好好想想。」

此時東吳內部，武將還有一部分主張迎戰，文官卻都是要投降的，議論紛紛，難以統一。孫權退入內宅，坐立不安，遲遲下不了決心。吳國太看見兒子這般模樣，就問他有什麼心事，孫權一五一十地對母親說了。吳國太說：「你難道忘了你哥哥臨終前說的話了嗎？『內事不決問張昭，外事不決問周瑜。』為什麼不聽聽周公瑾的意見？」幾句話說得孫權如夢方醒，立即派人去鄱陽，請周瑜回來商議。不料使者還沒出發，周瑜已經自己趕回來了。

第二十五回　孔明用智激周瑜　孫權決意破曹操

原來周瑜在鄱陽湖訓練水師，聽說曹操大軍沿江東下，便星夜兼程，趕回柴桑商議軍事。魯肅與周瑜交情最深，第一個見到他，把最近發生的事向周瑜詳細講述了一遍。周瑜說：「子敬不用擔心，我自有主張。你趕緊先去把孔明請來相見。」魯肅上馬去了。

周瑜正要歇息，張昭、顧雍、張紘、步騭四個人前來探望。周瑜把眾人迎入堂中坐下，說了幾句閒話，張昭就迫不及待地說：「都督知道嗎？江東現在已到了最危急的時刻。」周瑜問：「怎麼講？」張昭就把曹操傳檄示威，自己主張投降曹操，使江東免遭戰火，但魯肅、諸葛亮卻執迷不悟，一心要慫恿孫將軍開戰的經過添油加醋地說了，「幸好都督回來，一切就仰仗都督作主了。」周瑜問：「你們幾位都是這個意見嗎？」顧雍等人連忙回答：「這是我們一致的意見。」周瑜說：「我也早就想投降了。諸位請先回去吧，明天見到主公，就會有個結果的。」張昭等人告辭走了。

不一會兒，程普、黃蓋、韓當等一班戰將也來拜見。周瑜請他們進來，相互慰問了一番。程普搶先問道：「都督知道江東不久就要落到別人手裡了嗎？」周瑜說：「不知道啊？」程普說：「我們這些老臣追隨孫策將軍開基創業，大小數百戰，方才打下這江東六郡地方。如今主公卻聽信那些謀士的胡言亂語，打算投降曹操，真是太可惜了！我們寧死也不能接受這種屈辱。希望都督勸主公下決心迎戰，我們都願意拚死效力。」周瑜問：「眾位將軍都是這麼想嗎？」黃蓋一躍而起，用手拍著腦袋，大聲回答：「寧可殺頭，絕不降曹！」其他人也都說：「我們都不願意投降！」周瑜便說：「我也正想和曹操好好較量一下，怎麼肯投降？各位將軍先請回去，等我見了主公，自有決定。」程普等人也告辭去了。

不久，諸葛瑾、呂範、呂蒙、甘寧等文臣武將都陸續前來拜見周瑜，談到當前形勢，有主戰的，也有主降的，相互爭論不休。周瑜一一勸慰了幾句，請他們明天到大堂上公議。眾人辭去後，周瑜獨自冷笑不止。

到了晚上，魯肅陪著孔明前來拜訪。周瑜迎入中堂，敘禮坐定，魯肅先問周瑜主和主戰？周瑜說：「曹操打著天子的旗號，兵勢強大，難以抗拒。一旦開戰，我們必敗，投降了或許還可以保全。我已打定主意，明天見到主公，就請他派使者向曹操求降。」魯肅一愣，忙說：「都督這話不對啊！江東基業已經傳了三代，怎麼能輕易交給他人呢？孫伯符臨終時留下遺言，外事付託將軍。如今正要倚仗將軍保全疆土，怎麼你也和那幫膽小鬼一般見識了呢？」周瑜說：「江東六郡有這麼多百姓，如果遭受兵革戰禍，都會歸罪於我，所以我決定還是投降算了。」魯肅說：「不是這樣的。有將軍這樣的英雄人物，又憑藉江東險要的地勢，曹操未必能稱心如願的。」

二人互相爭辯，孔明卻在袖手冷笑。周瑜看在眼裡，便問：「先生笑什麼？」孔明道：「我不笑別人，只笑魯子敬不識時務。」魯肅氣憤地說：「我怎麼不識時務了？」孔明說：「公瑾主張投降曹操，合情合理。」魯肅驚訝地說：「孔明，你怎麼也這麼說？」孔明不緊不慢地解釋道：「曹操這個人，非常善於用兵，放眼天下，沒有幾個人是他的對手。以前還有呂布、袁紹、袁術、劉表等人敢和他對抗，如今都被他消滅了，只剩下劉豫州不識時務，還在硬撐著與他抗衡，但也孤守江夏，說不定哪天就保不住了。周都督決定降曹，不僅可以保全妻兒家小，榮華富貴也一樣少不了，至於國家存亡，聽憑天命好了，有什麼好可惜的呢！」魯肅氣壞了，嚷道：「你想叫我家主公屈膝投降，受曹操那奸賊的羞辱嗎？」孔明說：「我倒有一個辦法，不用牽羊擔酒，割地獻印，也不用孫將軍親自渡江投降，只須派一名使者，划一隻小船，送兩個人到對岸，曹操百萬大軍，就會立即卸甲捲旗，不戰而退。」周瑜一怔，忙問：「只要兩個人，就能讓曹操退兵？」孔明說：「江東送掉這兩個人，好比大樹失去一片葉子，國庫少了一粒粟米，不值一提，而曹操要是得到這兩個人，可真高興死了。」周瑜追問：「到底要哪兩個人？」孔明慢條斯理地說：「我隱居隆中的時候，就聽說曹操在漳河岸邊新造了一座銅雀臺，極其壯麗。曹操是個好色之徒，廣選天下美女，養在銅雀臺中。他早就聽說江東喬公有兩個女兒，一個叫大喬，一個叫小喬，都有沉魚落雁之容，閉月羞花之貌。曹操曾發誓說：『我平生只有兩大願望，一是掃平四海，成就帝業；一是能得到江東二喬，收置在銅雀臺中，陪我安度晚年。這兩個願望要能實現，我就死而無憾了。』如今他親率百萬大軍進犯江南，其實就是為了這兩個女子。將軍何不去找喬公，用重金把這兩個女子買來，派人送給曹操？曹操得到這兩個女子，稱心滿意，一定會班師退兵的。當年范蠡獻西施給吳王，用的就是這條計策啊！」周瑜問：「你說曹操想得到二喬，有什麼證據？」孔明說：「曹操有個小兒子叫曹植，才高八斗，下筆成文。曹操曾命他寫了一篇〈銅雀臺賦〉，裡面說的就是他家要當皇帝，要得到二喬。我喜愛它文辭華美，就偷偷把它記下來了。」說著，就當場背誦起〈銅雀臺賦〉來。當聽到「攬二喬於東南兮，樂朝夕之與共」兩句時，周瑜再也按捺不住，一下子從座位上跳起來，用手指著北方大罵道：「曹操老賊，欺人太甚！」孔明急忙起身勸解道：「過去單于侵犯邊境，漢朝皇帝還把公主送去和親，你又何必在乎兩個民間女子呢？」周瑜只好明白告訴孔明：「先生不知道，大喬是孫策將軍的夫人，小喬就是我的妻子。」孔明裝作驚惶失措的樣子，忙說：「我實在不知道，信口胡說，該死，該死！」周瑜怒不可遏，大叫：「我與老賊誓不兩立！」孔明說：「都督還是仔細想想，別因為一時衝動誤了大事。」周瑜這才實話實說：「我受孫策將軍臨終囑託，怎麼會屈身投降曹操？剛才那些話，不過是想試探一下先生的意思。我從鄱陽湖趕來，就是打定心思，要和曹操鬥一鬥的，希望孔明先生助我一臂之力，共破曹賊。」孔明當即表示義不容辭。三人又談了幾句，孔明就和魯肅告辭離去了。

第二天清晨，孫權升堂。左邊是張昭、顧雍等三十幾位文官，右邊是程普、黃蓋等三十多員武將，衣冠濟濟，劍佩鏘鏘，分班站立。過了一會兒，周瑜入見。孫權慰問了幾句，就拿出曹操的檄文給周瑜看。周瑜看完，笑道：「曹操老賊，真以為我江東無人了？」孫權說：「連日和眾人都在商議此事，有人勸我投降，也有人勸我應戰，我拿不定主意，想請公瑾為我做個決斷。」周瑜問：「有誰勸主公投降？」孫權說：「張昭他們幾個都是這個主意。」周瑜便轉向張昭問道：「我想聽聽先生主張投降的理由。」張昭說：「曹操挾天子以伐四方，動不動就抬出朝廷的名義做幌子；新近又得了荊州，聲勢更加強大。我江東可以阻擋曹操的，只有一道長江天險，如今曹操大小戰艦不下數百艘，水陸兩路分兵並進，我們根本無法抵擋。不如暫且投降，將來再想辦法。」周瑜笑道：「只有迂腐的書獃子才會有這種見解！江東自開國以來，已經傳了三代，怎麼能忍心一下子拋棄給別人？」孫權說：「話雖如此，又能有什麼對策呢？」周瑜說：「曹操此次南下，犯了很多兵家的忌諱。第一，北方尚未安定，曹操長時間遠征在外，馬騰、韓遂時刻都有可能偷襲他的後方；第二，北軍不習慣水戰，曹操棄鞍馬而登舟船，是放棄自己的長項，用弱項與東吳抗衡；第三，現在正值隆冬酷寒，馬匹找不到草料；第四，北方士卒遠赴江南，不服水土，易生疾病。曹操犯了這麼多忌諱，人數再多也打不贏這場戰爭，將軍要活捉曹操，現在正是最好的時機。我請求帶領幾萬精兵，進駐夏口，為將軍擊敗曹操！」孫權聽了，精神大振，猛地站起身來，說道：「你的話說到我心裡了！我與曹賊勢不兩立，一定要分出個高下！」周瑜說：「我願為將軍效力，萬死不辭。只恐怕將軍猶疑不定。」孫權拔出佩劍，將面前公案砍下一角，高聲說道：「今後有誰再提投降這兩個字，就和這公案一樣下場！」說完，當場將這把佩劍贈給周瑜，封他為兵馬大都督，程普為副都督，魯肅為贊軍校尉，文武百官，有敢不聽號令的，可以先斬後奏。周瑜接過寶劍，轉身對眾人宣布說：「我奉主公之命，率眾破曹，請諸位明天早上都到江畔行營聽候調度，有遲誤的，依軍法治罪！」說完，辭別孫權，起身回營。

周瑜回到營中，立即把孔明請來議事。孔明一到，周瑜就興奮地告訴他：「今天會議上已經做出迎戰的決定，請先生指點破曹的良策。」孔明卻說：「孫將軍心中的顧慮還沒有完全消除，總覺得曹軍人馬太多，擔心自己寡不敵眾。將軍只有從這方面打消他的疑慮，事情才能成功。」周瑜覺得孔明說得有理，就又重新回頭去見孫權，開口便問：「明天就要開始調撥軍馬，主公心裡還有什麼顧慮嗎？」孫權說：「我還是擔心曹操人兵太多，怕我們寡不敵眾。別的倒沒有什麼。」周瑜笑道：「我就是特為此事來開解主公的。只因主公見曹操檄文聲稱有百萬水陸大軍，心裡發慌，就顧不上驗證真假。讓我仔細來算一算：曹操原來的人馬不過十五、六萬，而且因為連年征戰，都已疲乏不堪；所得袁紹的降卒，也只有七、八萬人，還大多心懷不滿。這樣的軍隊，人數再多，也沒什麼可怕的。只要給我五萬人馬，保證能打敗他們，主公不必擔心。」孫權聽了，拍著周瑜的後背高興地說：「你的這一番話，完全打消了我的顧慮。子布（張昭）沒有遠見，很讓我失望；只有你和子敬與我是一條心。你和子敬、程普這就去選拔軍隊，馬上出發，我隨後陸續增援人馬，輸送物資糧食，保證你們的後勤供應。萬一你們在前方作戰不利，就回來找我，我將親自與曹操決一雌雄。」周瑜連連稱謝。

辭別孫權出來，周瑜暗自盤算：「孔明居然猜到我家主公的心思，明顯心計比我高明一籌，將來一定會對江東不利，不如現在就把他殺了。」於是連夜派人把魯肅請來，商量如何除掉孔明。魯肅聽了周瑜的想法，連稱「不可」。他說：「如今曹操未破，先殺孔明，猶如自己砍掉一隻臂膀一樣。」周瑜說：「此人幫助劉備，遲早會成為江東的禍患！」魯肅出了個主意，說：「諸葛瑾是孔明的親哥哥，不如讓他把設法把孔明拉到東吳來。」周瑜同意試試看。

第二天，諸葛瑾奉了周瑜的委託，興沖沖地趕到驛館，與孔明相見。兄弟二人彼此談起分別多年的思念之情，都忍不住流下淚來。諸葛瑾哽咽著說：「弟弟還記得伯夷、叔齊的故事嗎？」孔明一聽就明白，這是周瑜叫哥哥做說客來了，便隨口答道：「伯夷、叔齊都是古代的聖賢啊！」諸葛瑾說：「他們兄弟二人寧肯餓死也要守在一起，我們倆卻各事其主，不能朝夕相聚。和伯夷、叔齊相比，真的有些慚愧呀！」孔明說：「哥哥說得對。哥哥要是能離開東吳，和我一起為劉皇叔做事，兄弟二人就在一起了。」諸葛瑾暗想：「我來勸說他，反成了他勸說我了。」一時無言回答，起身告辭。回去見到周瑜，將兄弟相見的經過說了一遍，周瑜見說不動孔明，更打定主意，要將孔明置於死地。

次日清晨，周瑜來到行營升帳，聚集文官武將聽令。副都督程普年紀資歷都比周瑜高，反而做了周瑜的副手，心裡不痛快，這天託病告假，讓長子程咨代表自己出席。周瑜對眾將說：「王法無情，軍令如山。我奉孫將軍命令，率軍討賊，希望各位努力殺敵，奮勇向前。大軍所到之處，不得侵擾百姓。立功領賞，犯罪受罰，決不徇情。」隨後，任命韓當、黃蓋為前部先鋒，帶領本部戰船立刻出發，到三江口下寨，聽候下一步命令；指派蔣欽、周泰為第二隊，凌統、潘璋為第三隊，太史慈、呂蒙為第四隊，陸遜、董襲為第五隊，呂範、朱治為四方巡警使，催督各路人馬。調撥完畢，眾將各自收拾船隻軍器起程。程咨回去，將周瑜調動兵馬的情況告訴程普，程普大吃一驚，說：「我一向認為周郎性格懦弱，不配做大將，想不到他調撥軍馬這麼有章法，真是難得的將才！」立即親自趕往行營，向周瑜謝罪。周瑜也向程普表示感謝。

這一天，各路人馬都已聚齊，周瑜辭別了孫權，與程普、魯肅領兵出發，並邀請孔明同船前往。孔明欣然同意，一同登船浩浩蕩蕩地向夏口進發。離三江口五、六十里地時，各船依次第停錨靠岸。周瑜在中央下寨，孔明則只在一隻小船內暫且安身。

周瑜分配好營寨，就使人去請孔明商議軍情。孔明來到中軍帳，周瑜對他說：「當年曹操之所以能以少勝多戰勝袁紹，關鍵是因為採納了許攸的計策，切斷了袁軍的糧道。如今曹操有八十三萬大軍，我們只有五、六萬人，正面對抗是打不過的，只有先切斷曹軍的糧草供應，才可能擊敗他們。我已經打探清楚，曹軍的糧草都囤放在聚鐵山。先生長年生活在漢水上游一代，對那裡的地理環境十分熟悉。我想請先生帶領劉皇叔麾下人馬，我再支援一千士兵，連夜趕往聚鐵山，切斷曹操的糧道。這是對我們雙方都有好處的事，希望先生千萬不要推辭。」

孔明知道周瑜在設計陷害他，卻仍然痛快地答應下來。周瑜大喜。

孔明走後，魯肅私下問周瑜說：「你派孔明去劫曹軍糧草，有什麼用意嗎？」周瑜道：「我決心除掉孔明，又怕惹人笑話，所以要假借曹操之手殺了他，以絕後患。」魯肅聽了，就去探望孔明，看他有沒有察覺。誰知孔明正在整點軍馬準備出發，一點也沒有畏難的意思。魯肅實在不忍心，就用話挑逗說：「先生這次出兵，能成功嗎？」孔明笑道：「我水戰、步戰、馬戰、車戰沒有一樣不精，哪有不成功的道理？不像你和公瑾，只有一項擅長。」魯肅便問：「為什麼說我和公瑾只有一項擅長？」孔明說：「我聽江南童謠唱道：『伏路把關靠子敬，臨江水戰有周郎。』這不是說你只能在陸地上設伏把關，周公瑾只會水戰、不能陸戰嗎？」魯肅回去，把孔明的話講給周瑜聽，周瑜生氣地說：「孔明太欺負人了！不用他去了，我自己帶領一萬騎兵，去聚鐵山劫糧。」魯肅又將周瑜的話轉告孔明，孔明笑道：「公瑾讓我去斷糧道，分明是想借曹操之手殺我，我故意激他兩句，公瑾就受不了了。眼下正是用人之際，只有吳侯與劉使君同心協力，才有可能成功；如果相互猜忌陷害，事情就沒指望了。曹操狡詐多謀，平生慣會斷人糧道，自己怎麼會不加倍提防？我勸公瑾也不要去冒這個風險。當今只有盡早打一場水戰，先挫挫曹軍的銳氣，再慢慢想別的計策擊破敵人。」魯肅便連夜回來見周瑜，把孔明的話一五一十地講給周瑜聽。周瑜氣得搖頭頓足，說：「這人見識要比我高明十倍，現在不除掉他，後患無窮！」魯肅忙勸他以國家為重，先打敗曹操，然後再來對付孔明。周瑜這才勉強忍住了殺孔明的念頭。

第二十六回　三江口曹操折兵　群英會蔣幹中計

卻說劉備在江夏，得知東吳已經出兵，就點起江夏全部兵馬，移師樊口駐紮，與江東遙相呼應。劉備很久沒有孔明的消息，放心不下，就準備了一些羊酒禮品，派糜竺過江，以犒軍為名，探聽虛實。糜竺來到江東拜見周瑜，獻上禮物，周瑜設宴款待。糜竺請求讓孔明和他一起回去，周瑜卻藉口隨時要與孔明商量軍情，不肯放人，反而邀請劉備過江，會商破曹大計。糜竺回來見到劉備，把周瑜的意思說了，劉備便吩咐手下準備快船，當即就要動身。關羽勸阻說：「周瑜鬼點子很多，軍師又沒有帶信回來，要提防其中有詐。」劉備卻從兩家聯盟的大局考慮，甘願冒這個風險。關羽見阻攔不住，就請求一同前往，隨身保護。劉備便吩咐張飛、趙雲守寨，自己與關羽只帶著二十幾名隨從，乘小船來到江東。一路上，劉備見到東吳戰艦林立、旌旗飄揚，水陸兩軍實力強盛，心中十分高興。來到吳軍大營，周瑜親自出營迎接，將劉備請入中軍大帳，設宴款待。

再說孔明，在江邊聽說劉備來會周瑜，大吃一驚，急忙趕來查看動靜。只見營帳兩旁的壁衣中密密麻麻地藏滿了刀斧手，孔明不覺驚呼：「這該如何是好。」再探頭往帳內一看，見劉備談笑自若，背後卻有一人手按寶劍，威風凜凜地站在那裡，正是關羽。孔明這才放心，也不進帳相見，轉身回江邊等候。

且說周瑜此次請劉備過江，不懷好意，早已暗地埋伏下五十名刀斧手，準備在酒席宴上擲杯為號，殺死劉備，為江東消除一大隱患。不料見到關羽片刻不離劉備左右，顧忌關羽勇猛，遲遲不敢下手，只急得汗流浹背。過了一會兒，魯肅進來，劉備便請魯肅把孔明叫來相會，周瑜卻說：「等打敗了曹操，再見不遲。」眾人喝了幾杯悶酒，劉備起身告辭。周瑜也不強留，把劉備送到轅門外，兩人拱手作別。

劉備和關羽等人回到江邊，見孔明早已在船中等候，不覺喜出望外。孔明劈頭就問：「主公知道今天有多麼危險嗎？」劉備被他一問，弄得莫名其妙，老老實實地回答：「不知道。」孔明說：「今天要不是雲長在場，主公八成都不能活著出來。」便把周瑜企圖加害的事告訴劉備，劉備這才如夢初醒。劉備想請孔明一起回樊口，孔明卻說：「我在這裡十分安全，主公不必擔心。主公回去後，請抓緊預備船隻軍馬，等我回去調遣。十一月二十日前後，可叫子龍駕著小船到南岸來接我。只要見到颳起東南風，就是我回去的時候到了。」說完，催促劉備趕快開船離開，自己就告辭了。

再說周瑜送走劉備，回到寨中，想起今天錯過了殺劉備的最好時機，正在懊惱，忽然接到報告，曹操派人送來一封書信。周瑜接過書信，一見封面上寫著「漢大丞相付周都督開拆」，立刻氣往上撞，連書信內容都沒有看，就三把兩把將書信扯得粉碎，扔到地上，喝令將送信的使者斬首，把他的腦袋交給隨從帶給曹操。隨即任命甘寧為先鋒，韓當為左翼，蔣欽為右翼，周瑜親自率領眾將在後接應。通知各營明天四更做飯，五更開船，準備與曹操決一死戰。

曹操得知周瑜毀書斬使，勃然大怒，便命蔡瑁、張允等一班荊州降將為前部，曹操自領後軍，催督戰船，順流南下。剛過三江口，就見東吳的戰船鋪天蓋地地迎了上來。為首一員大將，坐在船頭上大喊：「我是甘寧甘興霸，誰敢來與我決戰？」蔡瑁急令他的弟弟蔡壎上前迎敵。兩條船漸漸靠近，甘寧拈弓搭箭，瞄準蔡壎就是一箭，蔡壎應聲而倒。甘寧指揮手下戰船乘勢進攻，一時間萬箭齊發，曹軍不能擋當。此時，蔣欽從右翼，韓當從左翼，一起衝入曹軍船隊中。曹軍大部分是從青州、徐州過來的北方士兵，從來沒有打過水戰，來到大江面上，戰船一搖晃，早就站立不穩了。甘寧等三路戰船在江面上往來衝殺，周瑜又催船助戰，曹軍中箭著炮者，不計其數。這一場大戰從上午一直持續到黃昏，周瑜雖然得了不小的便宜，但看到曹軍確實船多，不敢硬拚下去，便下令鳴金收兵。

曹軍吃了一場敗仗，回到岸上旱寨，曹操立刻派人把蔡瑁、張允召去，大罵了一頓，說東吳兵少，反而被他們打敗，都是兩人沒有竭盡全力。蔡瑁分辯說：「荊州的水軍已經好久沒有操練了；北方的士兵又從未打過水戰，所以才會失利。如今應當先把水寨建立起來，讓北方兵在內，荊州軍在外，一起教習操練。等操練精熟了，才能作戰。」曹操說：「你身為水軍都督，這種事就相機處理好了，不必事事來稟報我！」於是蔡瑁、張允二人便去訓練水軍，沿著江岸設立了二十四座水門，把大船圍在外面做為屏障，小船放在裡面，可以交通往來。到晚間點上燈火，照得天空水面一片通紅。在水寨背後，便是綿延三百多里的旱寨軍營，更是煙火繚繞，一眼望不到盡頭。

卻說周瑜打了勝仗，一面犒賞三軍，一面派人去向孫權報捷。到了晚上，周瑜登高觀望，只見西邊紅光漫天，身邊的人告訴他：「那都是北軍營寨的燈火亮光。」周瑜見了，也暗自心驚。第二天，周瑜乘坐一隻樓船，帶了幾名精幹的隨從，親自去探看曹軍的水寨。來到曹軍水寨附近，周瑜吩咐停船，又叫船上吹奏起鼓樂，自己悄悄登上船樓眺望。看到曹軍水寨布置得井井有條，周瑜大為吃驚，忙問身邊的隨從：「他們的水軍都督是誰？」左右回答：「是蔡瑁、張允。」周瑜暗自盤算：「這二人生長在江東，精通水戰，要想擊敗曹操，必須先設法把這二人除掉。」正思想間，忽然看見對面水寨中旗號亂動，知道已被曹軍發現，要出動戰船捉拿，周瑜立即命令手下收起碇石，兩邊的水手一齊搖櫓划槳，掉轉船頭，飛快地向江心駛去。等到曹軍的戰船衝出水寨，周瑜的樓船已經離了十多里遠，追趕不上了。

曹操剛吃了一場敗仗，士卒的銳氣受挫，又被周瑜偷看了水寨的虛實，心中懊惱，便召集眾將，商議對策。忽然有一人站出來說：「我從小和周瑜同學，交情很好，願意到江東走一趟，憑我這三寸不爛之舌，說動周瑜前來投降。」曹操一看，說話的是帳下一位幕僚，姓蔣，名幹，字子翼。曹操問他需要準備什麼東西，蔣幹說：「只要兩個駕船的僕從，一個隨行的書僮就可以了，別的一概不要。」曹操大喜，立刻設宴為蔣幹送行。

第二天，蔣幹一身布衣打扮，坐著一隻小船來到江東周瑜的水寨。蔣幹大搖大擺地叫人通報：「故友蔣幹來訪。」周瑜正在帳中議事，聽說蔣幹求見，笑道：「曹操的說客到了。」便把眾將叫到跟前，低聲吩咐了一番。眾人各自領命而去。周瑜這才換了一身衣服，由幾百名錦衣花帽的侍從前後簇擁著，出帳迎接。只見蔣幹帶著一名青衣小童，昂然走來，周瑜連忙上前行禮，笑道：「子翼辛苦了！大老遠地過江來，是為曹操做說客的吧？」蔣幹一愣，不高興地說：「我們好久不見，特地來看望老朋友，怎麼疑心我是說客呢？」周瑜笑道：「我雖然沒有古人師曠『聽琴聲而知雅意』的本事，這一點還是看得出來的。」蔣幹假裝生氣地說：「想不到你就這樣對待老朋友，我這就告辭了。」周瑜笑著挽住他的胳臂說：「我就怕老兄是為曹操做說客來的，既然不是，何必這麼著急走呢？」說著，拉著蔣幹一同走進大帳。

兩人敘禮坐定，周瑜便傳下口令，叫帳下文武官員都來與蔣幹相見。不一會兒，只見文官穿著錦袍，武官披著銀甲，分成兩行，整整齊齊地走了進來。周瑜一一將他們引見給蔣幹，叫大家兩旁入坐，自己拉著蔣幹坐在首位，吩咐大擺宴席，為蔣幹接風。周瑜舉著酒杯對大家說：「子翼是我同窗好友，雖然從江北過來，卻不是曹操的說客，各位不要驚疑。」又從腰間解下佩劍，交給太史慈，說：「請你佩上我的寶劍當一回監酒官。今天的宴會，只敘朋友交情，不許談論軍事，違令者斬！」蔣幹聽了暗暗吃驚，不敢多說。周瑜又道：「我自從帶兵以來，滴酒不飲；今天見了老朋友，又沒有什麼疑忌，應當喝個痛快。」說完，哈哈大笑，舉杯暢飲。在座的人也都你一杯我一杯地喝了起來。

喝到半醉，周瑜拉著蔣幹的手，一同到帳外散步。只見到處是穿著鎧甲的軍士，手執長矛，站崗守衛。周瑜得意地問：「你看我的軍士，還挺威武的吧？」蔣幹連忙稱讚：「真像虎豹一樣威猛！」周瑜又帶著蔣幹轉到營帳後面，指著堆積如山的糧草問：「我的糧草也夠充足吧？」蔣幹只得連聲附和：「兵精糧足，名不虛傳。」周瑜借著酒意，握著蔣幹的手說：「想當年我和你同窗求學時，哪裡會想到能有今天這樣的風光！大丈夫活在世上，能遇到知心的主公，名為君臣，親如兄弟，言聽計從，禍福與共，就是有蘇秦、張儀、陸賈、酈生那樣能說會道的利口，又怎能說動我的心呢？」說完放聲大笑。蔣幹嚇得面如土色，一句話也說不出來。

周瑜又拉著蔣幹入帳，繼續飲酒。他指著在座的眾將對蔣幹說：「這些都是我們江東出類拔萃的英雄人物，今天的聚會，稱得上是一場『群英會』了！」眾人開懷暢飲，不知不覺天色已晚，大帳點上了燈燭。周瑜喝得高興，作了一首短歌，拔出寶劍，邊舞邊唱。眾人歡笑助興，周瑜已是爛醉如泥。

一直喝到深夜，蔣幹推辭說：「我實在不能喝了。」周瑜便命撤去酒席，眾將也告辭離去。周瑜大醉，拉著蔣幹說：「我們好久沒有見面，今晚就睡在一起吧。」不由分說，拉著蔣幹回到自己的帳內，一頭撲倒在床上，沉沉入睡，連衣服都沒有脫。蔣幹在床腳找了塊地方躺下，心裡有事，翻來覆去，哪裡睡得著？

耳聽得軍中的更鼓打過二更，蔣幹悄悄坐起身，只見周瑜依然鼾聲如雷。借著殘留的燭光，蔣幹望見帳內桌上堆著一卷文書，便起床過去，偷偷翻看，原來都是些往來的信件。其中有一封，上面寫著「蔡瑁張允謹封」。蔣幹大吃一驚，連忙抽出信紙觀看，只見上面寫道：「我們二人投降曹操，並非貪圖富貴利祿，實是為時勢所迫，沒有辦法。如今已設計把北方兵士困在水寨中間，只要找到機會，就會把曹操的腦袋割下，獻給都督。過幾天還會派人聯絡……」蔣幹暗道：「想不到蔡瑁、張允暗中勾結東吳！」就順手把信藏進衣服裡。正要再翻看其他書信，忽然周瑜在床上翻了個身，嚇得蔣幹急忙吹熄了燈燭，摸回床上睡下。只聽周瑜口中含含糊糊地說著夢話：「子翼，用不了幾天，我就叫你看看曹操的頭……」蔣幹答應著，想多套他一些話，不料周瑜又睡著了。

快到四更的時候，蔣幹聽見有人走進帳來，低聲呼喚：「都督醒了嗎？」周瑜好像剛從夢中驚醒，迷迷糊糊地問：「誰睡在我的床上？」那人回答：「都督請蔣先生睡在一起，怎麼忘了？」只聽周瑜懊悔地說：「昨天喝醉了酒，不知說過什麼不該說的沒有？」那人剛說了一句：「江北有人來了……」周瑜連忙制止，回頭輕聲呼喚：「子翼，子翼！」蔣幹裝作睡著，哪敢出聲答應？周瑜悄悄走出帳外，蔣幹側著耳朵偷聽，只聽見那人在外間說道：「張、蔡二位都督說，一時還沒有機會下手……」後面的聲音就低下去，聽不清了。過了一會兒，周瑜回到帳中，又喚了幾聲「子翼」，蔣幹只是蒙頭假睡。周瑜也就脫衣睡下，很快又睡著了。

蔣幹心想：「周瑜是個精細人，天亮後找不到那封信，一定會懷疑我。不如趁此時趕快溜走。」於是悄悄戴好頭巾，溜出帳外，叫醒了隨從的小童，一直走出轅門來。守門的軍士問他去哪裡，蔣幹胡亂敷衍了兩句，就匆匆下船，飛一般地趕回江北。

曹操見蔣幹回來，問道：「事情辦得怎麼樣？」蔣幹說：「周瑜態度堅決，無法用言語打動。」曹操很不高興地說：「事情沒有辦成，反而被他恥笑！」蔣幹卻得意地說：「雖然沒有說動周瑜，卻為丞相打聽到一件大事。」蔣幹先請曹操讓身邊的人退下，然後取出那封書信，將事情的經過詳細稟告曹操。曹操勃然大怒，喝道：「這兩個賊子，竟敢害我！」立即派人把蔡瑁、張允喚到帳下。曹操壓住火氣，假意說道：「我要你們二人馬上進兵！」蔡瑁說：「水軍還沒有練熟，不可貿然進攻。」曹操大喝道：「等你們練熟，我的腦袋已經被獻給周瑜了！」蔡、張二人一時摸不到頭腦，驚慌得不知如何回答。曹操喝令武士將二人推出斬首。轉眼工夫，兩人的腦袋被獻於帳下，曹操猛然省悟，暗道：「我中計了！」這時眾將都已得知二人被殺的消息，紛紛趕來探問原因，曹操心知中計，嘴上卻不肯認錯，只是推說：「二人藐視軍法，所以把他們殺了。」隨即從眾將中指派毛玠、于禁為水軍都督，接替蔡、張二人的職務。

消息傳到江東，周瑜非常開心，笑道：「這兩個人一除，我就沒什麼可擔憂了。」魯肅也來賀喜，說：「都督用計如此巧妙，何愁曹操不破！」周瑜得意地說：「我這個計策，別人都難以識破，只有諸葛亮見識高我一籌，恐怕瞞不過他的眼睛。你去試探他一下，看他知道不知道，回來告訴我。」

魯肅奉命，到小船上來見孔明。兩人在船中坐定，魯肅先向孔明道歉說：「這幾天忙著操持軍務，好久沒有過來看望先生。」孔明說：「沒有關係，就是我也沒有來得及向都督賀喜呢。」魯肅詫異地問：「為什麼事賀喜？」孔明說：「就是都督讓你來打探我知不知道的那件事啊，難道不值得賀喜嗎？」魯肅大吃一驚，脫口問道：「先生怎麼知道？」孔明說：「這條計策也只能騙騙蔣幹。曹操雖然被一時瞞過，很快便會省悟的。蔡、張兩人一死，江東去了一大禍患。我聽說曹操換了毛玠、于禁為水軍都督，曹操的水軍遲早要斷送在這兩個人手裡。」魯肅聽了，開口不得，隨便支吾了兩句，就要告辭回去。孔明叮囑他說：「子敬在公瑾面前，千萬不要提我已經識破他的計策，否則他心懷妒忌，又要找事害我的。」魯肅含混地答應下來。

回來見到周瑜，魯肅到底不敢隱瞞，還是把實情說了。周瑜大驚，決心要把孔明除掉。魯肅勸道：「現在殺了孔明，恐怕要被曹操恥笑。」周瑜說：「我自有辦法，叫他死而無怨。」

第二天，周瑜升帳，將眾將召集在一起，又派人把孔明請來，共同商議軍情。周瑜故意問孔明：「馬上就要和曹軍開戰了，不知水上交兵，最需要什麼兵器？」孔明說：「當然是弓箭最重要。」周瑜說：「我也是這樣想。只是軍中眼下正缺少箭用，能不能請先生監造十萬枝箭，以為應敵之用？這是公事，希望先生不要推辭。」孔明說：「都督派的任務，自當效勞。請問這十萬枝箭，何時要用？」周瑜說：「不知十天之內，能不能造齊？」孔明道：「曹軍眼看就要大舉進攻，要是十天才能造好，恐怕會耽誤大事。」周瑜便問：「照先生的估計，幾天能造好呢？」孔明說：「只需三天。」周瑜說：「軍中無戲言。」孔明說：「我怎敢戲弄都督！我願意立下軍令狀：三日完不了，甘受重罰。」周瑜大喜，馬上把軍政司找來，當面讓孔明立了文書。周瑜親自擺酒款待孔明，說：「等打完了仗，一定好好酬謝先生。」孔明喝了兩杯酒，說道：「今天已經來不及了。從明天算起，到第三天，請都督派五百小軍到江邊搬箭。」說完拱了拱手，飄然離去。

魯肅望著孔明的背影，不相信地說：「這人不是在吹牛吧？」周瑜說：「這可是他自己送死，不是我逼他。今天當眾立下了軍令狀，他就是生了翅膀，也逃不過這一關。我只要吩咐軍匠們故意拖延，所有應用材料都不給他供應齊全，到時耽誤了工期，立刻定他的罪，看他有什麼話說！你今天再去打探一下他的動靜，回來告訴我。」

第二十七回　諸葛亮草船借箭　黃公覆獻書詐降

卻說魯肅奉命來見孔明，孔明一見到他就埋怨道：「我叫你不要告訴公瑾，你偏要說，如今果然又弄出事來。三天內怎麼造得好十萬枝箭？子敬你要救我！」魯肅說：「是你自討苦吃，我怎麼救得了你？」孔明說：「請你借給我二十隻船，每船配備三十名軍士，船上張滿青布幔帳，每隻船上各紮束一千來個草人，分布兩邊。我自有妙用。到第三天，包管有十萬枝箭。只是不能再叫公瑾得知，他要是知道，我的計策就不能成功了。」魯肅不明白他要幹什麼，只好糊里糊塗地答應下來。回來見到周瑜，果然不提起借船之事，只說：「孔明並不用箭竹、翎毛、膠漆等材料，自有辦法。」周瑜聽了，也琢磨不透，只好等到三天後再說。

魯肅私下把軍士、船隻調撥齊備，照孔明的吩咐準備妥當，等候孔明調用。不料轉眼兩天過去，孔明一點動靜也沒有。直到第三天四更時分，孔明悄悄把魯肅請到船中，要和他一起前去取箭。魯肅問到哪裡去取，孔明卻叫他不必多問，同去便知。

孔明指揮軍士將二十隻船用長繩子連在一起，向北岸進發。這一夜大霧瀰漫，江面上霧氣更濃，對面都看不見人。孔明催促船隻快速前進，自己和魯肅在船艙中對坐飲酒。將近五更時候，船隻已靠近曹操水寨。孔明吩咐將二十隻船頭西尾東，一字擺開，然後命令船上士兵擂起戰鼓，齊聲吶喊。魯肅嚇壞了，忙問孔明：「倘若曹兵一齊殺出，我們如何是好？」

孔明笑道：「霧這麼大，曹兵絕不敢輕易出動，我們只管在這裡飲酒作樂，霧散了便回南岸。」

卻說曹寨中聽得江上擂鼓吶喊，毛玠、于禁二人慌忙飛報曹操。曹操聽說敵人乘著大霧突然發動進攻，料想必有埋伏，便傳令不得輕舉妄動，只叫水軍弓弩手向江上射箭。同時派人到旱寨，命張遼、徐晃各帶三千弓弩手，火速趕到江邊助射。一時間，水陸兩寨一萬多名弓弩手，一齊往江心放箭，那箭就像雨點一樣射過來，都插在稻草人上。過了一會兒，孔明又命士卒調轉船頭，頭東尾西，逼近水寨受箭，一面加緊擂鼓吶喊。等到太陽升起，濃霧快要散了，孔明才傳令各船迅速往回駛去，此時二十隻船兩邊的草人身上，都已插滿了箭枝。孔明令各船上的軍士齊聲叫喊：「謝丞相箭！」等到曹軍報知曹操，再出寨追趕時，孔明這邊船輕水急，已經退出二十多里，追不上了。曹操懊悔莫及。

孔明在船上對魯肅說：「每隻船上大約有五、六千枝箭。不費江東半分氣力，十萬多枝箭就到手了。明天就用來射殺曹軍，多麼方便！」魯肅敬佩地說：「先生真是神了！你怎麼知道今天會有大霧呢？」孔明笑道：「領軍打仗的人，怎能不通天文、不識地理？我在三天前已算定今天將有大霧，所以才敢答應三天的期限啊。」

船到南岸，周瑜已經派了五百名兵士在江邊等候。孔明叫他們上船搬箭，清點下來，足有十幾萬枝，一起搬到中軍帳繳令。魯肅搶先來見周瑜，把孔明草船借箭的經過講述了一遍，周瑜大驚，慨嘆道：「孔明神機妙算，我確實比不上他。」便親自出帳迎接孔明，連稱佩服，當即傳令設宴為孔明慶功。

席間，周瑜對孔明說：「昨天我家主公派使者前來，催我趕快進兵。我看曹軍水寨，布置得嚴整有序，很難進攻，苦苦思索，想了一條計策，不知能不能行得通，想請先生替我拿個主意。」孔明說：「都督先別說出來，我們各自把它寫在手心裡，看看想得是不是一樣。」周瑜大喜，叫人取過筆硯，先暗自寫好，再遞給孔明，孔明也背身寫在手心裡。兩人湊在一起，同時伸出手來，互相觀看，都哈哈大笑。原來兩人手心裡都寫著一個「火」字。周瑜說：「既然我們意見相同，用不著再猶疑了，只是千萬不能洩露出去！」孔明說：「這是我們兩家的大事，豈有洩露的道理？」當日兩人盡歡而散，帳下眾將，都不知道這是怎麼一回事。

卻說曹操白白損失了十五、六萬枝箭，心中煩悶。荀攸獻計道：「江東有周瑜、諸葛亮二人出謀畫策，一時難以攻破。不如先派人到東吳詐降，充當奸細內應，隨時通報敵人的動向，我們再慢慢尋找戰機。」曹操道：「我也在考慮這件事。你看我們軍中誰去比較合適？」荀攸說：「蔡瑁的同族兄弟蔡中、蔡和現在軍中擔任副將，丞相可以給他們一些好處，讓他們假裝投降東吳，一定不會被懷疑。」曹操便連夜派人把蔡中、蔡和找來，祕密吩咐了一番，給了他們很多賞賜。第二天一早，二人就帶著五百名軍士，駕著幾隻小船，順風駛過江南來。

周瑜正在忙著為進兵做準備，忽然聽說蔡和、蔡中過江投降，立刻傳令喚入。二人見到周瑜，哭拜在地，口稱：「我們的兄長蔡瑁無故被曹操殺害，我二人想為兄長報仇，特來投降。」周瑜非常高興，重賞二人，把他們分派在前鋒甘寧手下。兩人以為周瑜中計，暗自欣喜。周瑜卻私下裡把甘寧找來，囑咐道：「這二人沒有帶家眷，不是真心投降，一定是曹操派來當奸細的。如今我要將計就計，利用他們傳遞消息。你要表面上好好對待他們，暗中提防。到出兵決戰那天，先殺他兩個祭旗，不可有誤。」甘寧領命去了。

魯肅來見周瑜，勸道：「蔡中、蔡和很可能是假投降，不可收用。」周瑜不聽，反而責怪魯肅心胸狹小，不能容人。氣得魯肅跑到孔明那裡大發牢騷。孔明笑著說：「你難道沒有看出公瑾是在用計嗎？敵我雙方被大江遠遠隔開，細作很難往來。所以曹操派蔡中、蔡和詐降，刺探我軍情報，公瑾將計就計，趁機通過他二人傳遞消息。這就是兵書上所說的『兵不厭詐』呀。」魯肅這才恍然大悟。

這天夜裡，周瑜正在帳中獨坐，忽見黃蓋悄悄地走了進來。周瑜問道：「老將軍深夜前來，想必是有什麼好建議？」黃蓋說：「敵眾我寡，長久相持下去對我們不利，為什麼不試火攻？」周瑜問：「是誰讓你獻這個計策的？」黃蓋說：「是我自己想出來的。」周瑜便告訴他：「我也正打算這樣做，所以故意留下詐降的蔡中、蔡和，以便傳遞消息；可惜還沒找到為我方行詐降計的人。」黃蓋說：「我願意做這件事。」周瑜為難地說：「要讓曹操相信，恐怕要先吃點苦頭。」黃蓋毫不躊躇，慨然回答：「為了保全江東，就是肝腦塗地，我也絕不怨悔。」周瑜十分感動，當即離座拜謝。兩人密謀了一番，各自散去。

第二天，周瑜鳴鼓召集眾將，孔明也來了。周瑜對大家說：「曹操統領百萬大軍，連營三百多里，看來不是一天可破。你們每人可先領三個月糧草，準備長期相持。」話音剛落，黃蓋就站出來大聲說：「別說三個月，就是領上三十個月糧草，也不頂用！依我看，要是這個月內打得贏，就打；要是這個月打不贏，乾脆就依了張子布的話，投降算了！」周瑜一聽這話，當即變了臉色，勃然大怒，喝道：「我奉吳侯之命，督軍破曹，有敢再言投降者，必斬不饒！如今大敵當前，你竟敢說出這種話來擾亂軍心，不殺你怎能服眾！」喝令左右將黃蓋推出斬首。黃蓋也不示弱，指著周瑜大罵：「我自從跟隨孫堅將軍出道以來，縱橫東南，已經歷了三代主公，那時候你還不知道在哪裡呢！」周瑜更加怒不可遏，連聲喝令：「快把黃蓋斬了！」甘寧上前求情說：「公覆乃東吳老臣，請都督饒恕他這一回。」周瑜喝斥道：「這裡哪是你多嘴的地方！」叱令左右將甘寧亂棒打出。眾將一看情勢嚴重，都跪下為黃蓋求情。周瑜怒氣未消，恨恨地說：「要不是看在眾人的情面上，非要了你老命不可！如今暫且免你一死。」吩咐左右：「把他摁在地上，重打一百脊杖！」眾人又苦苦求免，當場惹惱了周瑜，只見他一把推翻案桌，叱退眾官，喝令快打。左右只得將黃蓋剝去衣服，拖翻在地，打了五十脊杖。眾將看不過去，再次上前苦苦央求，周瑜才指著黃蓋大罵一陣，氣呼呼地走進後帳去了。眾人扶起黃蓋一看，已被打得皮開肉綻，鮮血迸流，連忙把他扶回本寨休息。黃蓋昏死過去好幾次，前去探望的人見了，沒有一個不落淚的。

魯肅也去看望了黃蓋，回來就繞道孔明的船中，責怪他說：「今天公瑾發怒，責打公覆，我們都是他的部下，不好多說什麼；你是客人，為什麼也袖手旁觀，一句話也不說？」孔明笑道：「子敬又來哄我了。」魯肅說：「自從和先生一起來到江東，我什麼時候哄瞞過先生？」孔明說：「子敬難道沒有看出來，公瑾今天毒打黃公覆，是他們用的『苦肉計』嗎？一個願打，一個願挨，我幹嗎要去勸他？」魯肅這才明白過來。孔明又說：「公瑾一定是打算派黃公覆去詐降，卻叫蔡中、蔡和通風報信，不讓黃公覆吃點苦頭，怎麼能騙過曹操？子敬見到公瑾，千萬別說我已識破他的計謀，只說我也埋怨他就是了。」魯肅回來見到周瑜，周瑜果然向他打聽眾將的反應，魯肅說：「很多人都替黃將軍抱屈呢。」周瑜又問孔明的態度，魯肅說：「他也埋怨都督太不留情面。」周瑜哈哈大笑，得意地說：「這回總算把他騙過了。」就把實情告訴了魯肅。魯肅暗自佩服孔明的眼力，只是不敢明說。

再說黃蓋在自己營帳中養傷，眾將都來慰問，他一句話也不說，只是躺在床上不住地嘆氣。忽然聽說好友參謀闞澤前來探望，黃蓋令人把他請到床邊，支開左右，只和闞澤一人說話。闞澤問：「將軍是不是和都督有什麼仇怨？」黃蓋說：「沒有。」闞澤說：「那麼你這次挨打，是使苦肉計吧？」黃蓋問：「你怎麼知道？」闞澤笑道：「我一看公瑾的舉動，就猜出八、九分了。」黃蓋也不隱瞞，就把自己和周瑜商量的計策告訴了闞澤，又說：「只要能擊敗曹操，我受點苦不算什麼。只是還缺少一個送詐降書的人。」闞澤說：「你把這麼機密的事情告訴我，是想讓我去送詐降書嘍？」黃蓋說：「我確實有這個想法，只是不知你肯不肯去？」闞澤欣然答應，說：「大丈夫在世，不能立功建業，與草木有什麼區別！你都能捨身報國，我這條性命又算得了什麼！」黃蓋聽了，不顧傷痛，從床上滾下地來，拜謝闞澤。又取出事先寫好的書信，交給闞澤。闞澤說：「事不宜遲，我今晚便動身。」

當天夜裡，闞澤打扮成漁翁模樣，駕著一隻小船，往北岸而來。三更時候，到了曹軍水寨。巡江軍士拿住，連夜報知曹操：「有一漁翁，自稱是東吳參謀闞澤，有機密事來見。」曹操便叫人把他帶上來。闞澤進入帳中，只見四下燈火輝煌，曹操手扶几案，端端正正地坐在上面，問道：「你既是東吳參謀，來這裡幹什麼？」闞澤說：「人們都說曹丞相求賢若渴，今日一見，卻與傳說相差太遠。黃蓋啊黃蓋，這回你又打錯算盤了。」曹操奇怪地問：「我和東吳馬上就要開戰，你在這個時候突然到來，我問問都不行嗎？」闞澤微微一笑，才說到正題：「黃公覆是東吳三代老臣，今天被周瑜在眾將面前無端毒打，十分憤恨，想投降丞相，為自己報仇。特派我送來一封密信，不知丞相肯不肯收納我們。」曹操說：「信在哪裡？」闞澤就把黃蓋的信遞了上去。

曹操拆開書信，湊到燈下觀看。信中大意是：周瑜自不量力，貿然與丞相交戰，無異於以卵擊石；而且專橫跋扈，賞罰不明，我無端被他羞辱，心中憤恨不平，情願率領屬下歸降丞相，不久即收拾糧草、軍器過江來投……曹操把信翻來覆去看了十多遍，忽然一瞪眼睛，拍著桌子，大聲喝道：「黃蓋用苦肉計，派你來下詐降書，你們膽子不小，敢來開我的玩笑！」說完，便命左右將闞澤推出去斬首。左右一擁而上，推著闞澤往外走。闞澤面不改色，仰天大笑。曹操叫人把他牽回來，喝問：「你們的奸計已經被我識破，還有什麼可笑的？」闞澤說：「我不是笑你，是笑黃公覆看錯了人！」曹操說：「我自幼熟讀兵書，什麼花樣沒有見過？你們這條計策，只好去騙騙別人，哪裡瞞得了我！」闞澤道：「你倒說說，從哪裡看出我們是詐降？」曹操說：「我就說出你的破綻，教你死個明白。你既是真心獻書投降，為什麼不約好時間？」闞澤聽罷，仰天大笑，道：「虧你大言不慚，敢自誇熟讀兵書！還不及早收兵回去！倘若交戰，肯定會成為周瑜的俘虜！只可惜我屈死在一個不學無術的傢伙手裡！」曹操不服，連聲追問，一定要闞澤說出自己有什麼不對。闞澤說：「難道你連『私通敵人，不可定期』都沒有聽說過？倘若早早約定日期，到時意外下不了手，這裡反來接應，事情不就敗露了？你連這個道理都不懂，不是不學無術又是什麼？」曹操想想有理，便立刻換了一副臉色，離席向闞澤賠禮道：「我一時失察，冒犯了你，希望不要介意。」闞澤說：「我和黃公覆真心投降，怎麼會有詐呢？」曹操高興地說：「要是你們二人能立下大功，我一定重重封賞。」當即設宴款待闞澤。

正在飲酒，有人走進帳來，在曹操耳邊低語了幾句。曹操吩咐：「把信拿來給我看。」那人呈上書信，曹操看了，臉上露出高興的神色。闞澤看在眼裡，暗想：「這一定是蔡中、蔡和密報黃蓋受刑的消息，曹操這下會相信我是真投降了。」果然曹操看完信，對闞澤說：「麻煩先生再回江東一趟，與黃公覆定好日子，就派人通知一聲，我這裡派兵接應。」闞澤說：「我已經離開江東，不方便再回去，請丞相最好另派別人。」曹操說：「其他人去，恐怕會走漏消息。」闞澤推辭了半天，才勉強答應下來，說：「要走就馬上動身，不敢久留。」曹操要送他金銀財物，闞澤堅決不收，重新駕起小船，返回江東。

回來見到黃蓋，闞澤把經過詳細敘述了一遍。黃蓋欽佩地說：「要不是你能言善辯，我這頓打就白挨了。」闞澤說：「我這就去甘寧寨中，探探蔡中、蔡和的消息。」

闞澤來到甘寧的營寨，甘寧迎入大帳。闞澤說：「將軍昨天為黃公覆說情，反被周公瑾羞辱了一頓，我實在為你不平。」甘寧微微一笑，並不回答。正在這時，蔡和、蔡中來了。闞澤向甘寧使了個眼色，甘寧會意，故意咬牙切齒，拍案叫道：「周公瑾只顧自己逞能，全不為我們大家著想，我吃了這一場羞辱，還怎麼有臉見人！」闞澤便伏在甘寧耳邊低聲說了幾句，甘寧低頭不語，只是連聲長嘆。蔡和、蔡中見甘寧、闞澤都有謀反的意思，便用言語挑逗道：「甘將軍為什麼煩惱？闞先生又為什麼不高興？」闞澤說：「我們心裡的苦悶，你們哪裡知道！」蔡和試探地問：「莫非是想背吳投曹嗎？」闞澤一聽，嚇得臉色都變了。甘寧一把拔出寶劍，跳起來說：「我們的心事已經被你們看破，不得不殺了你們滅口！」蔡和、蔡中慌忙說道：「二位不必擔心，我們就是曹丞相派來詐降的。你們如果有心歸順，我們願意幫助引見。」甘寧假裝高興地說：「要真是這樣，就是老天幫忙了！」當下四個人坐在一起，相互交換了情況，祕密商議下一步的行動。二蔡當場寫信給曹操，說甘寧願做內應。闞澤也另寫了一封信，派人送給曹操。信中說黃蓋很想早日過江，只是沒有機會，以後只要看到船頭插著青牙旗過江的，就是黃蓋來降了。

第二十八回　鐵索橫江孟德賦詩　南屏築壇孔明祭風

卻說曹操接連接到蔡氏兄弟和闞澤的兩封來信，心中疑惑不定，召聚眾謀士商議，打算再派一人過江，探聽虛實。蔣幹自告奮勇道：「我上次去江東，徒勞無功，心中一直深感慚愧。這次願意冒死再走一遭，務必打探到確實消息，回來報告丞相。」曹操很是高興，當即打發蔣幹過江。

周瑜聽說蔣幹又來，心中暗喜，道：「這人一來，我的計畫就成功了。」馬上囑咐魯肅把龐統請來。原來這龐統字士元，襄陽人，就是與孔明齊名的「鳳雛先生」，此時因躲避戰亂寓居江東。魯肅把他引薦給周瑜，獻上一條連環計，深得周瑜賞識，只是沒有得到下手的機會。恰巧蔣幹二次過江，周瑜就和龐統祕密商議，要借助蔣幹，引誘曹操中計。

商議妥當，魯肅、龐統各自退去，周瑜坐在大帳上，派人請蔣幹來見。一見面，周瑜就板起面孔說道：「子翼，你未免欺人太甚！」蔣幹勉強賠笑道：「我和你多年老友，你怎麼這樣說呢？」周瑜道：「上次我念舊日交情，請你痛飲一醉，還留你睡在一張床上，你卻偷了我的絕密書信，不辭而別，還攛掇曹操殺了蔡瑁、張允，壞了我的計畫。今天無故又來，一定不懷好意，我要不是看在以前的交情分上，真想把你一刀兩段！我這一兩天內就要消滅曹軍，把你留在營中，又會走漏消息。」便吩咐手下：「把蔣先生送到西山的庵裡休息幾天，等我打敗了曹操，再送他過江。」說完，不等蔣幹開口，就起身回後帳去了。

手下按照周瑜的命令，把蔣幹送到西山背後一座小庵裡，留下兩名軍卒服侍。蔣幹在庵內，心中憂悶，寢食不安。到了夜晚，繁星滿天，蔣幹一個人出庵散步，隱約聽到有人在念書。蔣幹順著聲音傳來的方向慢慢尋去，轉過山腳，見有幾間草屋，裡面隱隱透出燈光來。蔣幹走到近前，藉著窗縫往裡一看，只見一個書生正坐在燈下誦讀兵法，牆上還掛著一把寶劍。蔣幹暗想：「這一定是位奇人。」就敲門求見，請問姓名。那人回答：「姓龐名統，字士元。」蔣幹驚訝地說：「難道你就是鳳雛先生？真是久聞大名。可是為什麼一個人住在這種偏僻的地方呢？」龐統回答：「周瑜自負才高，不能容人，我只好在此隱居。請問先生是誰？」蔣幹說了自己的姓名，龐統便請他進去，對坐談心。蔣幹勸說龐統：「以先生的才學，在哪裡不是青雲得意？如果願意到曹丞相那邊，我可以做個引薦。」龐統說：「我也早想離開江東，先生既然願意引見，我就到那邊看看。不過要走就得趕快，遲了被周瑜發覺，就麻煩了。」於是兩人連夜收拾下山，到江邊尋著蔣幹來時乘坐的小船，飛快地奔向江北。

來到曹軍營寨，蔣幹先進去通報。曹操聽說鳳雛先生來了，親自出帳迎接，說了很多景仰的話。龐統謙虛了幾句，便說：「早就聽說丞相用兵神妙，希望能一睹大軍的風采。」曹操馬上吩咐備馬，先邀龐統觀看旱寨。兩人登高眺望，龐統連聲稱讚說：「靠山依林，前後呼應，出入有門，進退曲折，即使是孫臏、吳起再生，司馬穰苴復出，也不過如此吧。」曹操十分得意，又領龐統去看水寨。只見那水寨朝南開了二十四座水門，四周由巨型戰艦團團圍繞，中間留出水路通道，有小船往來交通，真如一座城池一般。龐統讚道：「丞相用兵如神，名不虛傳！」又用手指著江南說道：「周郎、周郎！眼看就要滅亡！」曹操大喜，請龐統同回大寨，擺酒款待。席間談起兵法，龐統高談雄辯，應答如流，曹操更加佩服。

喝了一會兒，龐統趁著酒意問道：「不知丞相軍中可有好醫生嗎？」曹操問要醫生何用，龐統說：「水軍容易得病，得請些好醫生醫治。」此時曹軍因不服水土，得病的很多，還死了不少，曹操正為此事發愁，聽龐統這麼一說，連忙向他討教。龐統說：「我倒有一個辦法，保管大小水軍不再生病，安穩成功。」曹操大喜，忙問是什麼好辦法。龐統說：「大江之中，潮生潮落，風浪不息；北方人不習慣坐船，一受顛簸，就要生病。如果把大小戰船搭配起來，或三十一排，或五十一排，首尾用鐵環連在一起，上面鋪設寬寬的木板，就像平地一般，別說人，連馬都可以行走。乘坐這樣的船，不管風浪多大，都不怕了。」曹操聽了，離開座位道謝說：「要不是先生想出這樣的妙計，我哪能破得了東吳？」龐統忙說：「這不過是我一點粗淺的想法，能不能行得通，還請丞相自己斟酌。」曹操當即傳令，叫軍中鐵匠連夜打造連環大釘，把船隻鎖在一起。眾軍聽到這個消息，都十分高興。

龐統又對曹操說：「據我觀察，江東將領中不少人都怨恨周瑜，我願意去遊說他們投降丞相。周瑜孤立無援，非敗不可。周瑜一被擊敗，劉備也就沒什麼作為了。」曹操高興地說：「先生如果真能立此大功，我一定奏報天子，封你三公之位。」龐統說：「我做這些不是貪圖富貴，只是想拯救無辜百姓罷了。希望丞相渡江後，不要傷害百姓。」曹操欣然答應。

龐統辭別曹操，來到江邊，正要下船，忽然有人將他一把揪住，說道：「你好大的膽子！黃蓋用苦肉計，闞澤下詐降書，你又來獻連環計：生怕這把火燒不乾淨！你們使出這等毒辣的手段，只能騙騙曹操，卻騙不了我！」龐統嚇了一跳，回頭一看，卻是老友徐庶，這才放下心來。龐統看看四下無人，低聲說道：「你要是戳穿了我的計謀，可憐江南八十一州的百姓，就要斷送在你的手裡了！」徐庶笑道：「那曹軍八十三萬人馬，性命就不要了嗎？」龐統忙問：「你真的打算戳穿我的計策嗎？」徐庶這才認真地說：「劉皇叔待我最好，我一直想找機會報答；而曹操逼死我的老母，我曾發誓終生不為他出一條主意，怎麼肯破壞你的好事？不過你也得為我想一個脫身之計，免得被一起燒死啊。」龐統笑道：「你這麼聰明，還能被這點小事難住？」說著附在徐庶耳邊小聲說了幾句，就揮手告別，下船回江東去了。

第二天，曹軍營寨中紛紛傳言，說西涼馬騰、韓遂造反，正領兵殺向許都。曹操聽了，心中也驚疑不定。徐庶乘機請求回後方鎮守。曹操便撥給他三千人馬，星夜趕回許昌支援。其實這是龐統為徐庶出的脫身之計，軍中的傳言都是徐庶派人私下散布的。

建安十三年（西元二〇八年）十一月十五日這一天，天氣晴朗，風平浪靜。曹操親自乘坐一隻大船，巡視水寨。視察完畢，曹操興致正高，叫人就在大船上擺下酒席，請隨軍的文官武將都來聚會。轉眼天色將晚，一輪明月從東山上升起，在月色的映照下，蜿蜒曲折的長江就像一條白色的綢帶。曹操坐在大船上，幾百名身穿錦袍的侍衛，人人手握戈戟，威風凜凜地站立兩邊，文武百官，各依次序入坐。曹操四下眺望，但見青山如畫，天地空闊，心裡十分高興，對眾人說：「我自起兵以來，為國家除凶去害，發誓願掃清四海，平定天下，如今只有江南還沒有收復；憑著手下這百萬雄師，以及各位的努力，還怕不能成功嗎？等收服了江南，天下無事，我就和各位共享太平富貴。」文武眾官都起身祝賀道：「盼丞相早奏凱歌！」曹操大喜，命大家斟滿酒杯，開懷痛飲。

喝到半夜，曹操已經有七、八分醉意，用手指著南岸大喊：「周瑜、魯肅，不識時務的傢伙！你們當中已有人投降我了，你們很快就要完蛋了！」又指著夏口方向叫道：「劉備、諸葛亮，你們不自量力，想和我作對，簡直是太愚蠢了！」又回頭對眾將說：「我今年五十四歲了，如果攻下江南，一定要把喬公的兩個女兒娶來，養在銅雀臺上，陪伴我歡度晚年！」說完大笑不止。

正談笑間，忽然聽到一陣烏鴉叫聲，抬頭望去，見一隊烏鴉正鳴叫著向南方飛去。曹操問：「烏鴉為什麼在夜間鳴叫？」身邊的人回答：「大概是見到皎潔的月光，誤以為已經天亮，所以離樹鳴叫吧。」曹操又是一陣大笑。此時曹操已經大醉，拿著一枝鐵槊站到船頭上，先把酒倒向江心祭奠長江，然後連飲三大杯，橫槊對眾將說：「我憑著這枝鐵槊，破黃巾、擒呂布、滅袁術、收袁紹，深入塞北，直抵遼東，縱橫天下，也算沒有辜負一個男人的平生志向。今日面對長江夜景，很有一些感慨，忍不住詩興大發，請眾位捧場。」說完，放聲吟道：

對酒當歌，人生幾何？譬如朝露，去日苦多。
慨當以慷，憂思難忘；何以解憂，唯有杜康。
青青子衿，悠悠我心；但為君故，沉吟至今。

呦呦鹿鳴，食野之蘋；我有嘉賓，鼓瑟吹笙。
皎皎如月，何時可輟？憂從中來，不可斷絕！
越陌度阡，枉用相存；契闊談宴，心念舊恩。
月明星稀，烏鵲南飛；繞樹三匝，無枝可依。
山不厭高，水不厭深；周公吐哺，天下歸心。

一首〈短歌行〉吟罷，眾人齊聲讚好，當夜盡歡而散。

第二天，水軍都督毛玠、于禁來報：「大小船隻都已連鎖停當，旌旗戰具一一齊備，隨時聽候丞相調遣。」曹操便來到水軍中央大戰船上坐定，召集眾將聽令。只見水旱二軍，各分五色旗號，列好陣勢。三通戰鼓響過，各隊戰船分門而出。這天突然颳起了西北風，各船扯起風帆，沖波激浪，穩如平地。北方士兵在船上刺槍使刀，往來跳躍，絲毫不受影響。前後左右各軍，旗幟分明，五十多隻小船在中間往來穿梭，巡邏監督。曹操在將臺上看了，非常滿意，傳令各軍收帆回寨。

曹操回到營帳，對眾謀士說：「多虧龐統的連環妙計，使士兵在大江之上，仍像走在陸地上一樣平穩。」程昱提醒說：「戰船連鎖在一起固然平穩，但如果敵人使用火攻，卻不容易迴避，不可不防。」荀攸也贊同他的意見。曹操卻大笑著說：「你們雖然考慮得仔細，卻也有見識不到的地方。凡使用火攻，必須要借助風力。眼下正值隆冬季節，只有西北風，沒有東南風，江東要用火攻，只會燒到自己的人馬，我又何必擔心呢？要是在十月初的時候，我早就會提防了。」眾人都佩服地說：「丞相見識高遠，我們實在不如。」曹操回頭看看手下各位將領，感嘆地說：「我們北方人不習慣乘船，要不用這種方法，怎麼能渡過這長江天險呢？」

話音未落，只見兩員戰將從隊列中挺身而出，說道：「我們雖然生長在河北，也會乘船。請丞相借給我們二十隻戰船，到對岸奪幾面旗鼓回來，也叫敵人知道，我們北方人不怕水戰。」曹操一看，原來是袁紹手下的兩員降將焦觸、張南，便道：「江南士兵常年在水面上來來往往，操練精熟，你們不要拿自己的性命當兒戲呀。」焦觸、張南大叫道：「如果不能獲勝，願受軍法處置！」曹操還是有些猶豫，說：「大船都已經連鎖在一起了，小船每隻僅能容納二十人，恐怕不適合作戰。」焦觸說：「要用大船，怎麼能顯出我們的本領？只求丞相給我們二十隻小船，我和張南各領一半，現在就殺奔江南水寨，給他們一點顏色看看。」曹操見二人勇氣可嘉，便答應了。

第二天天不亮，焦觸、張南領了二十隻哨船，穿出水寨，望江南進發。曹操怕他們有閃失，又派文聘帶領三十隻戰船隨後接應。周瑜得到報告，便命韓當、周泰各領哨船五隻迎敵，自己率領眾將登上山頂觀戰。焦觸的小船先到，見對面韓當手執長槍站在船頭，便命軍士亂箭射去。韓當用盾牌擋住亂箭，又見焦觸挺槍刺來，當即手起一槍，將焦觸刺死。張南隨後大叫著趕來，周泰的戰船從斜刺裡殺出攔住，兩船相距七、八尺，相互用弓矢亂射。周泰見張南挺槍立在船頭，便一臂挽著盾牌，一手提著單刀，飛身一躍，一下跳到張南船上，手起刀落，將張南砍入水中。其他各船急忙掉頭逃跑，韓當、周泰催船追趕，到了江心，正與文聘的戰船相遇，廝殺在一起。韓當、周泰奮力攻擊，文聘抵敵不住，也回船退走，韓、周二人還要追趕，周瑜怕二人深入重地，忙令鳴金收兵。

卻說周瑜在山頂眺望隔江戰船，心中尋思破曹之計。忽然狂風大作，江中波濤拍岸。一陣風吹來，身邊的軍旗被颳起一角，從周瑜的臉上拂過。周瑜望了一眼飄拂的軍旗，猛然想起一件大事，大叫一聲，往後便倒。眾將急忙上前扶起，卻見周瑜口吐鮮血，早已不省人事。魯肅急忙命左右將他救回帳中，一面派人飛報吳侯，一面求醫調治。

卻說魯肅心中憂悶，來見孔明，告訴他周瑜突然病倒的消息。孔明笑道：「公瑾的病，我倒可以治好。」魯肅連忙帶孔明前去看病。孔明一見周瑜，就問候道：「幾天不見，想不到都督就病倒了。」周瑜哼哼唧唧地說：「人有旦夕禍福，誰也保不定的。」孔明笑道：「天有不測風雲，誰又能料得到呢？」周瑜聽了暗自吃驚，一時無話回答，只好故意呻吟。孔明問：「都督是不是覺得心裡憋悶？試過涼藥沒有？」周瑜說：「已經服過涼藥，一點也不見效。」孔明說：「那就需要先通通氣，氣一通順，毛病自然就好了。」周瑜料定孔明已經知道他的心思，便故意用話挑逗說：「要想順氣，該服什麼藥呢？」孔明笑道：「我這裡有一個方子，包管可以使都督順氣。」說著討來紙筆，摒退左右，寫了幾個字遞給周瑜，說：「這就是都督的病根了。」周瑜接過一看，見上面寫著：「欲破曹兵，宜用火攻；萬事俱備，只欠東風。」周瑜大吃一驚，暗想：「孔明真是厲害，早就料中了我的心事。只好對他說實話了。」便笑著說：「先生既然已經知道我的病根，不知是否有藥可治？」孔明說：「我雖然沒什麼本事，卻曾跟一位奇人學過幾天法術，會點呼風喚雨的粗淺功夫。都督若想要東南風，就請在南屏山上建一座七星壇，我登壇作法，可以借三天三夜東南風給你，你看怎樣？」周瑜聽了，一下子從床上跳起來，驚喜地說：「不用三天三夜，只要有一夜大風，大事就成功了。只是事在眼前，不容遲緩。」孔明當下保證：「十一月二十日登壇祭風，到二十二日，東南風必起。」周瑜一高興，身上的病全好了，馬上叫魯肅調撥軍士，隨時聽候孔明差遣。

孔明隨即和魯肅騎馬來到南屏山，看好地勢，令軍士築起一座三層土臺。每層都按孔明的吩咐布置停當，由數十名軍士手持各種名目的旌旗旛蓋環繞。到了十一月二十日這一天，孔明身披道衣，赤足散髮，登壇作法。事先吩咐守壇將士：「不許擅離方位，不許交頭接耳，不許張口亂言，不許大驚小怪。違令者斬！」眾人無不聽命。周瑜這邊早已將人馬、船隻、軍器調配妥當，自己和程普、魯肅等人在帳中守候，只等東南風一起，便分兵出擊。眾兵將也都得到號令，一個個摩拳擦掌，準備大戰一場。

轉眼到了二十二日傍晚，看看天色，依然十分晴朗，一點風都沒有。周瑜忍不住對魯肅說：「孔明該不是在說大話吧？正值深冬時節，怎麼會有東南風呢？」魯肅卻說：「我看孔明一定不會信口胡說。」將近三更時分，忽然風聲大作，吹得旗旛嘩嘩亂響。周瑜急忙出帳觀看，見所有旗腳都朝西北方向飄動，果然起了東南風。周瑜大驚，心想：「孔明的本領已到能奪天地造化、鬼神難測的地步，絕不能讓他留在世上！」忙令帳前護軍校尉丁奉、徐盛二人各帶一百軍士，分水旱兩路趕往南屏山，「什麼話也別多說，抓住孔明就把他殺了，割下腦袋回來請功。」

丁奉帶了一百名弓箭手騎馬走旱路，先一步趕到南屏山，只見壇上執旗的將士依然迎風而立。丁奉手提寶劍衝上壇去，卻尋不見孔明的蹤影，一問守壇將士，說他早已下壇去了。丁奉急忙下壇尋找。此時徐盛也帶著水軍趕到，二人在江邊會合，四下打探。有一個守壇的小卒報告說：「昨晚有一隻快船停在前面灘口，剛才見到孔明上了那隻船，往上游去了。」丁奉、徐盛連忙分從水陸兩路追去。

徐盛的船扯滿風帆，拚命追趕，遠遠望見孔明乘坐的小船就在前面。徐盛站在船頭上高聲大叫：「諸葛軍師別走，都督有要事相請！」只見孔明站在船尾大笑道：「請回去轉告都督，好好用兵。諸葛亮暫回夏口，改日再來相見。」徐盛喊道：「請等一等，都督有要緊話說。」孔明道：「我早已料定都督不能容人，必來害我，預先叫趙子龍來接應。將軍不要再追了。」徐盛見前面的船沒撐風帆，就只管追上前去。眼看快要追上了，卻見趙雲站在船尾，拈弓搭箭，大聲叫道：「我是常山趙子龍，奉命來接軍師。你再窮追不捨，休怪我傷了兩家和氣。」說完，嗖地一箭，將徐盛船上的篷索射斷。那船立刻在江中橫了過來。趙雲卻叫自己的船扯起滿帆，乘著順風，飛一般地去了。

第二十九回　周公瑾火燒赤壁　關雲長義釋華容

話說孔明精通天文，早就測定十一月二十二日前後會有東南風，卻不說破，以借東風為名，避開周瑜的大營，要伺機離開江東。當時徐盛、丁奉二人追趕不及，只得回營向周瑜覆命。周瑜急得跺腳，說：「此人如此多謀，一日不除，我寢食難安！」魯肅在一旁勸解道：「還是等打敗曹操之後，再慢慢想辦法對付他吧。」周瑜這才暫且罷休。

周瑜當下升坐大帳，召集眾將聽令。先命甘寧帶領一軍，由降將蔡中做嚮導，打著曹軍旗號，從陸路直取烏林，深入曹操後方屯糧之所，放火燒糧。又派太史慈率領三千兵馬，直奔黃州地界，切斷曹操向合淝方向的退路。這兩路兵馬路程最遠，先行出發。周瑜再派呂蒙領三千兵為第三路，去烏林接應甘寧，順便焚燒曹操寨柵；喚凌統領三千兵為第四路，切斷彝陵一線；董襲領三千兵為第五路，從漢川殺奔曹操寨中。潘璋領三千兵為第六路，往漢陽接應董襲。又令黃蓋備好火船，派人送信給曹操，約定當晚過江投降。韓當、周泰、蔣欽、陳武各引戰船三百隻，隨在黃蓋船後接應。周瑜自與程普在大船上督戰，徐盛、丁奉為左右護衛，只留魯肅、闞澤以及眾謀士守寨。各各準備停當，只等黃昏一到，便發動總攻。

再說孔明回到夏口，劉備、劉琦早在岸上迎接。孔明問知劉備已按照他的囑咐，將軍馬戰船準備停當，立即升帳，調兵遣將。孔明先命趙雲帶領三千軍馬，悄悄渡江，在烏林北面的小路旁埋伏。「今夜四更過後，曹操必從那條路逃走。等他大隊軍馬過去，就半中間放起火來。雖然不能殺他個精光，起碼也消滅掉他一半人馬。」趙雲問：「烏林北面有兩條路，一條通南郡，一條通荊州，不知曹操會走哪條路？」孔明說：「南郡形勢危急，曹操不敢去那裡，一定會經荊州逃奔許昌。」趙雲領計去了。孔明又對張飛說：「翼德也領三千兵渡江，去葫蘆谷口埋伏，截斷彝陵這條路。曹操不敢走南彝陵，必往北彝陵去。你只要看到有炊煙升起，就是曹軍正在路邊埋鍋造飯，馬上出擊，即使捉不到曹操，也一定收穫不小。」張飛也領計去了。孔明又命糜竺、糜芳、劉封三人各駕船隻，沿江追剿敗軍，奪取器械。三人各自領計去了。孔明站起身，對公子劉琦說：「武昌離戰場很近，最為緊要。請公子馬上回去，率領本部兵馬守住岸口，阻截曹操的敗兵，但不可輕易離城追擊。」劉琦也告辭去了。孔明回頭對劉備說：「主公就留在樊口，找個地勢高的地方，坐看今夜周郎成就大功吧。」

關羽站在旁邊，見孔明始終不理會他，再也忍耐不住，高聲叫道：「關某追隨兄長征戰多年，從沒有落在別人後面。今天遇到這麼重要的大戰，軍師卻不委派我任務，這到底是什麼意思？」孔明笑道：「雲長不要見怪！我本想請你去把守一個最緊要的隘口，無奈有些不方便，只好算了。」關羽道：「有什麼不方便，請軍師說個明白。」孔明說：「當年曹操對你很好，你一直想找機會報答他。這次曹操兵敗逃跑，一定會從華容道經過；如果派你去守華容，必然把他放走。」關羽說：「軍師太多心了！當年曹操確實待我不錯，可我已斬顏良，誅文醜，解救白馬之圍，報答過他了。今天再撞見他，怎會放過！」孔明說：「倘若真的放了，那該怎樣？」關羽說：「願依軍法處置！」孔明便叫關羽立下軍令狀。然後囑咐關羽：「你在華容小路兩邊的高山上堆積柴草，放起一把火煙，就能把曹操引來。」關羽詫異地問：「曹操望見煙火，知道前面有埋伏，怎麼還敢走這條路？」孔明笑道：「你難道沒聽說過兵法上『虛則實之，實則虛之』的道理？曹操自負很會用兵，只有這樣才能誘他上當。」雲長便領了將令，帶著關平、周倉和五百名校刀手，奔華容道埋伏去了。劉備擔心地說：「我二弟特重義氣，倘若曹操果然從華容道經過，只怕他真的會放曹操過去。」孔明說：「要真是那樣，就算曹操命不該絕，讓雲長做一個大人情，也是流傳千古的美談。」

卻說曹操在大寨中，天天等待著黃蓋的消息。二十二日這天，突然颳起了猛烈的東南風，程昱提醒曹操要提防敵人火攻。曹操笑道：「冬至過後陽氣開始復甦，是會有東南風的，不必大驚小怪。」正說話間，軍士忽報江東一隻小船來到，聲稱帶有黃蓋密信。曹操急忙叫把來人喚進大帳。那人呈上密信，曹操拆開一看，上面說黃蓋將在當夜刺殺江東大將，帶著糧船過江投降，船上插青龍牙旗做為記號。曹操大喜，便和眾將來到水寨中大船上，遙望江東，等待黃蓋的船隻到來。

再說江東，天快黑的時候，周瑜喚出蔡和，一刀斬了，令軍士祭過大旗，傳令開船出發。走在最前面的是黃蓋率領的二十隻火船，每隻船內都滿載著蘆葦乾柴，灌了魚油，鋪上硫磺，再用青布遮住。黃蓋身披掩心甲，手提利刃，站在第三隻火船上，乘著順風，望赤壁進發。此時東風越來越大，江中波浪洶湧，在月色的照耀下，如萬道金蛇，翻波戲浪。曹操站在中軍大船上，遠遠望見有一簇帆檣，乘風破浪而來，船上都插著青龍牙旗，中間一面大旗上寫著「先鋒黃蓋」四個大字。曹操高興得呵呵大笑。

來船漸漸靠近，一直在旁邊留意觀察的程昱忽然對曹操說：「來船一定有詐，不要讓它靠近營寨。」曹操忙問：「你怎麼知道？」程昱說：「船中如果載滿糧草，船身一定十分穩重，眼前的這些來船卻又輕又飄；加上今夜東南風很緊，要防備敵人使詐。」曹操猛然省悟過來，忙叫文聘前去阻止來船。文聘帶著十幾隻巡船衝出水寨，站在船頭大叫：「丞相有令：來船先不要近寨，在江心停住。」話音未落，只聽弓弦響處，一箭射來，正中文聘左臂。文聘倒在船中，巡船上的曹兵慌了手腳，紛紛掉轉船頭，各自逃命。

此時黃蓋的船隻距離曹軍的水寨只有不到二里遠，黃蓋用刀一招，前船一齊點火，火趁風威，風助火勢，轉眼之間，已是煙焰瀰天。二十隻火船像離弦的火箭一樣一齊撞入水寨，曹軍寨中的船隻一下子全被燃著，又被鐵環鎖住，無處逃避。但見江面上，火逐風飛，一派通紅，漫天徹地。黃蓋跳上一隻小船，冒煙突火，來尋曹操。曹操見形勢危急，想跳上岸去，不料岸上也到處著起火來。多虧張遼駕著一隻小船趕來相救，剛把曹操扶下小船，那隻大船已經燒著了。張遼和十幾個士卒保護著曹操，向渡口飛駛。黃蓋在火光中看見一個穿絳紅袍的人下了小船，估計是曹操，便催動船隻飛速趕來，口中高聲大叫：「曹賊休走！黃蓋在此！」嚇得曹操連聲叫苦。張遼見了，連忙拈弓搭箭，瞄準黃蓋射去。此時風聲正大，黃蓋在火光中沒有聽見弓弦響，被一箭射中肩窩，翻身落入水中。恰巧韓當隨後趕到，急叫兵士救起黃蓋，送回大寨醫治。

此時江面上早成一片火海。韓當、蔣欽兩軍從赤壁西邊殺來，周泰、陳武兩軍從赤壁東邊殺來，正中是周瑜、程普、徐盛、丁奉統領的大隊船隻殺到。再看岸上，甘寧率軍潛入曹營背後，一刀殺了蔡中，就在曹軍的糧草垛上放起火來。呂蒙、潘璋、董襲各路人馬也分頭放火吶喊，四下裡鼓聲大震。一時間火借兵勢，兵仗火威，一場鏖戰，曹軍著槍中箭、火焚水溺而死者不計其數。曹操和張遼帶著一百來名騎兵在火海中左衝右突，就是衝不出去。正在走投無路，毛玠救出文聘，帶領十幾名騎兵從後面趕了上來。眾人一商量，決定奔向烏林。走不多遠，背後一軍趕到，大叫：「曹賊休走！」火光中現出呂蒙旗號。曹操催動軍馬向前，留張遼斷後，抵敵呂蒙。卻見前面火把又起，從山谷中殺出一軍，大叫：「凌統在此！」曹操嚇得肝膽皆裂。正在緊急關頭，徐晃帶領一隊軍馬從斜刺裡趕來，迎住凌統，混戰一場，殺出一條血路，保護著曹操向北逃走。忽見一隊軍馬屯在山坡前，徐晃上前一問，才知是袁紹手下降將馬延、張顗，帶領三千北方士卒在此紮寨，當夜見江岸大火漫天，不知虛實，不敢輕易出動，恰好接著曹操。曹操得到這支生力軍，心中稍稍安定，叫二將帶一千軍馬開路，其餘留著護身。

馬延、張顗二將飛騎前行，不到十里，喊聲起處，又殺出一彪軍馬，為首大將正是甘寧。馬延正要交鋒，早被甘寧一刀斬於馬下；張顗挺槍來迎，甘寧大喝一聲，手起刀落，張顗翻身落馬。曹操見無法前行，指望合淝有兵救應，不想又有陸遜、太史慈兩路東吳軍馬殺來，只得往彝陵方向逃走。路上撞見張郃，曹操令他在後面抵擋追兵，自己縱馬加鞭，一路狂奔。一直走到五更光景，後面的火光越來越遠，曹操才稍微定下心神，問道：「我們現在在什麼地方？」左右回答：「大概位於烏林的西面，宜都的北面。」曹操見四周樹木叢雜，山川險峻，忽然在馬上仰面大笑。眾將問道：「丞相何故大笑？」曹操說：「我不笑別人，只笑周瑜無謀，諸葛亮少智。要是換了我用兵，預先在這裡埋伏下一支軍馬，看敵人往哪裡逃？」話沒說完，兩邊鼓聲大震，火光沖天而起，嚇得曹操幾乎從馬背上掉下來。只見從岔路上殺出一隊軍馬，為首一將大叫：「我趙子龍奉軍師將令，在此等候多時了！」曹操忙叫徐晃、張郃一起上前擋住趙雲，自己冒煙突火而逃。趙雲也不追趕，只顧搶奪旗幟，曹操得以脫身。

此時天色微明，烏雲密布，東南風還一直颳個不停。轉眼間大雨傾盆而下，曹操與軍士冒雨前行，衣甲全都溼透，又冷又餓。正要埋鍋造飯，一支人馬從後面追來，曹操大驚。定神一看，卻是李典、許褚保護著眾謀士來到，曹操這才轉憂為喜。眾人會合在一起，繼續趕路。不久來到一處岔路口，一邊是南彝陵大路，一邊是北彝陵山路。曹操問：「哪條路去南郡、江陵較近？」有軍士告道：「走南彝陵過葫蘆口最近。」曹操便命走南彝陵。走到葫蘆口，雨漸漸停了下來，將士們都餓得邁不動步了，戰馬也疲乏至極，不時有倒在路邊死去的。曹操傳令暫且休息，就在山腳邊揀乾燥的地方埋鍋造飯，割馬肉燒食。眾人紛紛脫下溼衣服，掛在迎風的地方吹晒，馬匹也被摘去鞍韉，放牠們吃草。曹操坐在一片稀疏的樹叢下，忽然又哈哈大笑起來。眾官問道：「剛才丞相笑周瑜、諸葛亮，引惹出一個趙雲來，折損了許多人馬。這會兒又笑什麼呢？」曹操說：「我笑諸葛亮、周瑜終究智謀不足。要是我用兵，就在這裡也埋伏一彪軍馬，以逸待勞。敵人即使逃得了性命，也不免損失慘重。」正說著，前軍、後軍忽然一齊發喊，曹操知道情勢不妙，顧不得披上鎧甲，趕忙上馬。只見四下煙火密布，山口處閃出一支軍馬，為首一人橫矛立馬，大叫：「曹賊往哪裡走！」正是燕人張翼德。眾將見了張飛，個個心驚膽寒。許褚、張遼、徐晃三人硬著頭皮迎上前去，夾攻張飛，兩邊軍馬混戰成一團。曹操顧不上別人，撥馬先逃，三將也不敢戀戰，各自脫身。張飛在後面緊追不捨。曹操拚命奔逃，好不容易把追兵甩掉，回頭再看眾將，大半都已帶傷。

又往前走了一段，軍士稟告曹操：「前面又有兩條路，請問丞相走哪條路？」曹操問：「哪條路近？」軍士回答：「大路比較平坦，卻遠五十多里；小路經過華容道，近五十多里，只是地窄路險，坎坷難行。」曹操令人上山頂觀望，回報說：「大路上沒有什麼動靜，小路山邊有幾處在冒煙。」曹操命前軍走華容道小路。眾將不解地問：「烽煙起處，必有軍馬，為什麼反而走這條路？」曹操說：「你們哪裡懂得，兵法上說：虛則實之，實則虛之。諸葛亮足智多謀，故意讓人在偏僻的山路上放火燒煙，使我軍不敢從這條山路走，他卻在大路埋下伏兵等著。我偏不中他的詭計！」眾將都說：「丞相神機妙算，無人可及。」於是帶領士兵向華容道走去。

此時曹軍早已人困馬乏，不是被大火燒得焦頭爛額，就是帶著箭創槍傷，衣服鎧甲都被大雨淋得溼透，軍器旗旛也七零八落；剛在彝陵道上被張飛追殺，匆忙逃命，大多數人的鞍轡衣服都不知丟到哪裡去了，只能騎在光禿禿的馬背上，一步一挪地艱難前行。此時正是隆冬季節，天寒地凍，士兵個個苦不堪言。走了一會兒，前隊突然停了下來。原來前面一段山路本來就非常狹窄，經過早晨的一場大雨，坑坑坎坎的地方都儲滿了積水，道路一片泥濘，馬匹一腳踏下去。就會陷在淤泥內拔不出來。曹操接到報告，大發雷霆，傳令讓老弱傷病的士卒走在後面，身體強壯的在前面擔土搬草，搶修道路；又命令張遼、許褚、徐晃帶領一百名刀斧手督隊，動作遲緩的一律斬首。有的士卒實在耐不住飢乏，一頭栽[illegible]上，很快便被後面上來的人踩成肉泥。一路上悲嚎哀哭之聲，不絕於耳。

好不容易過了最險峻的一段，道路漸漸平坦。曹操回頭看看，身後只剩下三百來人，連一個衣甲整齊的也沒有。曹操騎在馬上，忽然揚鞭大笑，對眾將說：「人們都說周瑜、諸葛亮足智多謀，在我看來，終究不到火候。如果在這裡埋伏下幾百人，我們豈不得乖乖地束手就擒嗎？」眾人還來不及答話，忽聽得一聲炮響，兩邊五百名校刀手擺開，為首一員大將，手提青龍刀，胯下赤兔馬，截住去路，正是關羽關雲長。曹軍見了，個個失魂喪膽，面面相覷。曹操咬牙說道：「事到如今，只有決一死戰！」可是眾將都說：「就算我們不怕死，戰馬也早已沒了力氣，根本無法再戰鬥了。」

此時，謀士程昱給曹操出了個主意。他說：「關羽這個人一向恩怨分明，很重信義。丞相過去對他有恩，如今親自上前求他，也許能放我們過去。」曹操沒有別的辦法，只好縱馬向前，對關羽欠了欠身，說道：「將軍，好久不見！」關羽也欠身還禮，答道：「我奉軍師將令，在此等候丞相多時。」曹操說：「我曹操如今兵敗勢危，走投無路，還望將軍看在往日的情分上，放我一條生路。」關羽說：「丞相對我的恩德，我已經斬顏良、誅文醜報答過了，今天怎敢以私廢公？」曹操說：「過五關斬六將的事，將軍還記得嗎？大丈夫要以信義為重啊！」關羽是個義重如山之人，想起當初曹操對自己的許多恩義，以及後來過關斬將之事，不禁有些心動；又見曹軍個個戰戰兢兢，眼巴巴地望著自己，越發心中不忍。於是把馬頭勒回，對手下軍士喝道：「四下散開。」這分明是放曹操的意思。曹操見關羽勒轉馬頭，立刻和眾將一齊衝將過去。等關羽回過身時，曹操已和眾將過去了。關羽大喝一聲，曹軍一齊滾下馬來，跪在地上哭求饒命。關羽更加不忍。正在猶豫的時候，張遼騎馬趕來，關羽一見，又觸動了故舊之情，長嘆一聲，終於把他們都放走了。

曹操逃出華容道，回顧身後追隨的將士，只剩下二十七騎。等到快天黑的時候，已經逃到南郡附近，終於遇到帶兵趕來接應的曹仁，一齊進入南郡休整。曹仁設酒為曹操一行壓驚。酒席宴上，曹操忽然放聲大哭。眾謀士奇怪地問：「丞相於虎口逃難之時，毫無畏怯，如今已經平安脫險，正應該整頓軍馬，復仇雪恨，為什麼反而痛哭不止？」曹操說：「我是在哭郭奉孝啊！如果郭嘉能活到今天，絕不會讓我遭受這一場大敗啊！」說完，捶胸頓足，念著郭嘉的名字嚎啕大哭。眾謀士都慚愧得說不出話來。第二天，曹操留下曹仁守南郡，夏侯惇守襄陽，張遼、樂進、李典守合淝，自己帶著殘餘的兵卒灰溜溜地回許昌去了。

卻說關羽放了曹操，帶著人馬回去覆命。此時各路軍馬，都繳獲了大量的馬匹、器械、錢糧，送回夏口，只有關羽一個人也沒有捉到，空手回見劉備。孔明正大擺酒席，為劉備賀喜，聽說關羽回來了，急忙離開座位，親自捧著一杯酒來迎關羽，口中連聲道賀。關羽卻站在階下，默不作聲。孔明問：「將軍莫非怪我們沒有出城遠迎，有些不高興？」關羽才低著頭說：「我是特地來領罪的。」孔明故作驚訝地問：「莫不是曹操沒有從華容道經過？」關羽說：「是從那裡經過的。關某無能，被他逃脫了。」孔明又問：「那抓住他多少將士呢？」關羽說：「一個也沒捉到。」孔明一聽這話，把臉一翻，說：「這麼說，一定是你念及曹操過去的恩情，故意放了他們。但既然立下了軍令狀，就不得不按軍法處置。」說著，喝令武士將關羽推出去斬首。劉備慌忙起身，向孔明求情說：「當初我三人結義的時候，曾立下同生共死的誓言。如今雲長犯了軍法，還請軍師看在我們當年盟誓的情面上，饒過這次，給他個將功贖罪的機會。」孔明只好答應從寬發落。

第三十回　曹仁計賺東吳兵　孔明一氣周公瑾

卻說赤壁一戰，東吳水師大獲全勝。周瑜收軍回營，一面大賞三軍，上書孫權報捷，一面臨江紮寨，準備乘勝攻取南郡。周瑜正與眾將商議進兵之策，忽報：「劉備派孫乾前來祝賀。」周瑜叫人將孫乾請入大帳，客套了幾句，便問孫乾：「劉使君現在哪裡？」孫乾回答：「現已移師油江口屯紮。」周瑜聽了，暗自吃驚。當下打發走了孫乾，便把魯肅找來商議。周瑜忿忿地說：「劉備屯兵油江，一定是在打南郡的主意。我們耗費了這麼多軍馬錢糧，眼看南郡垂手可得，他們卻想來撿現成便宜；除非我周瑜死了，絕不能叫他們得逞！」當即點起三千輕騎兵，和魯肅一起奔油江口來見劉備。

劉備早已從孫乾那裡得到消息，依了孔明的主意，布置停當，派趙雲到江岸迎接周瑜。周瑜來到油江口，見江邊排著戰船，岸上列著軍馬，軍勢雄壯，心中很是不安。來到營門外，劉備、孔明親自迎入帳中，設宴相待。喝了幾杯酒，周瑜開口問道：「劉使君屯兵油江，不會是想取南郡吧？」劉備說：「我是聽說都督要取南郡，特意前來幫把手。要是都督沒這個打算，我就自己試試。」周瑜笑道：「我們東吳早就想吞併江漢地區，如今南郡已經攥在我的手心裡，有什麼理由不取呢？」劉備也笑著說：「勝負不可預料。曹操臨走的時候，留下曹仁守南郡，一定有所準備；那曹仁勇不可擋，要拿下南郡，我怕都督沒那麼容易呢。」周瑜說：「我要是拿不下南郡，就任憑你來取。」劉備立刻接口說：「子敬、孔明都在這裡做見證，都督可不要反悔。」魯肅猶豫著還沒回答，周瑜已經滿口承諾：「大丈夫一言既出，駟馬難追，有什麼可後悔的！」說完，與魯肅辭別劉備、孔明，騎上馬回去了。

望著周瑜的背影，劉備擔憂地對孔明說：「剛才我都按照先生教給我的話說了，可是心裡翻來覆去地尋思，總覺得這件事在情理上說不大通。如今我孤窮一身，連一塊落腳的地方都沒有，要是南郡再被周瑜搶先得了，我們到哪裡安身呢？」孔明笑著說：「主公不必憂慮，儘管讓周瑜去廝殺，早晚教主公在南郡城中高坐。」說著將自己的計畫悄悄告訴劉備。劉備大喜，便按兵不動，安心在油江口屯紮。

再說周瑜、魯肅回到寨中，魯肅不解地問：「都督為什麼答應讓劉備去取南郡？」周瑜說：「我轉眼間就能拿下南郡，幹嘛不做個順水人情呢？」當即命蔣欽為先鋒，徐盛、丁奉為副將，帶領五千精銳軍馬先行渡江去奪南郡，自己率領大隊人馬隨後接應。

不想那曹仁十分驍勇，蔣欽等人剛一交鋒，就吃了一場敗仗，灰頭土臉地來見周瑜。周瑜大怒，立即點起人馬，要親自與曹仁決一死戰。甘寧卻在一旁勸阻道：「都督不可莽撞行事。眼下曹仁派曹洪分守彝陵，與南郡相互呼應，很難一舉成功。請都督分給我三千軍馬，先去奪了彝陵，南郡也就唾手可得了。」周瑜覺得有理，就同意了甘寧的請求。

曹仁得知消息，忙與南郡太守陳矯商議。陳矯認為彝陵是南郡的屏障，非救不可。曹仁便派部將曹純、牛金暗地帶兵去救彝陵。

甘寧領兵來到彝陵城下，曹洪親自出城迎戰。打了二十來個回合，曹洪詐敗逃走，甘寧輕而易舉地奪了彝陵。不料到了黃昏，曹純、牛金帶領的援軍趕到，與曹洪合兵一處，反而將甘寧圍困在彝陵城中。探馬飛報周瑜，周瑜大驚，急忙留下一萬人馬，交凌統率領繼續攻打南郡，自己親率主力來救甘寧。甘寧見援兵來到，也從彝陵城中奮勇殺出，內外夾擊，大敗曹軍。曹洪等人投小路逃回南郡。

周瑜救出甘寧，乘勝回師南郡。只見南郡城頭虛插著許多旗幟，卻無人守護；又見曹軍士卒腰下各自束縛著包裹，周瑜料定曹仁必定準備逃走，便傳下號令，分布兩軍為左右翼，如果見到前鋒得勝，只管向前追趕，聽不到鳴鑼不許收兵。又命程普督率後軍，周瑜親自帶領前鋒攻城。對方曹洪出馬挑戰，與韓當打了三十幾個回合，掉頭逃走。曹仁親自出城迎戰，與周泰鬥了十來個回合，也敗下陣去。周瑜見曹軍陣勢錯亂，急忙指揮兩翼軍馬一齊殺出，曹軍大敗，都顧不上回城，紛紛朝西北方向潰逃。韓當、周泰帶領吳軍前部盡力追趕。

周瑜來到彝陵城邊，只見城門大開，城上無人把守，便命令手下將士奮力奪城。周瑜帶著幾十名騎兵搶先衝入城內，忽然聽到一聲梆子響，城頭弓弩齊發，勢如驟雨，衝在前面的吳兵，都被顛落在陷坑中。周瑜知道中計，急忙勒轉馬頭想要後退，卻被不知從哪裡飛來的一枝弩箭射中左肋，翻身落馬。徐盛、丁奉二人捨命將他救起。此時陳矯、牛金從城內殺出，曹仁、曹洪也分兵兩路殺回，吳兵大敗，自相踐踏、失落陷坑者不計其數。多虧凌統帶領一支軍馬從斜刺裡趕來，敵住曹兵，程普等人才得以收拾敗軍，逃回大寨。

且說丁奉、徐盛二將救得周瑜回寨，忙喚隨行軍醫用鐵鉗子拔出箭頭，將金瘡藥敷在創口，周瑜疼痛難忍，飲食俱廢。軍醫叮囑說：「那箭頭上有毒，傷口一時半會兒難以痊癒，一旦遇到怒氣沖激，便會復發。」程普便傳令各軍緊守營寨，不許擅自出戰。此後數日，曹將牛金天天來陣前挑戰，從早到晚，百般叫罵挑釁，程普只是按兵不動。又恐周瑜知道生氣，不敢告訴他，暗自與眾將商議，準備暫且退兵，再作打算。

誰知周瑜雖然傷口疼痛，心裡卻很明白。他知道曹兵常在寨前叫罵，卻不見眾將進來稟報，早就清楚是怎麼回事。一天，曹仁親自帶領大軍，擂鼓吶喊，前來挑戰，程普堅守不出。周瑜把眾將叫入帳中問道：「什麼地方鼓噪吶喊？」眾將回答：「是軍營中正在操練士卒。」周瑜生氣地說：「你們為什麼要騙我！我已知曹兵常來寨前辱罵，程德謀既然代掌兵權，為什麼坐視不管？」說著命人把程普找來，當面問他。程普說：「醫生說你不宜動怒，所以曹兵挑戰，我沒有告訴你。」周瑜問：「你們有什麼打算嗎？」程普說：「大家都主張暫時收兵退回江東，等都督箭傷養好了，再作打算。」周瑜聽了這話，猛地從床上躍起來說：「大丈夫理當馬革裹屍，戰死疆場，怎能因為我一個人，耽誤了國家大事呢？」說完，便披甲上馬，帶著幾百名騎兵衝出軍營。

遠遠望見曹兵已布成陣勢，曹仁騎馬站在門旗下面，正舉著馬鞭大罵：「周瑜這小子一直不敢露面，想必已經不得好死了吧！」罵聲未落，周瑜突然越過眾將出現在陣前，大喝：「曹仁老東西睜眼看看，周郎在這裡！」曹軍將士見周瑜突然出現，都大吃一驚。曹仁忙令眾將一齊高聲大罵，周瑜怒不可遏，命潘璋出戰。雙方還沒交上手，周瑜忽然大叫一聲，口吐鮮血，從馬上一頭栽了下去。曹兵趁機衝殺過來，江東眾將上前擋住，混戰一場，把周瑜救回帳中。

程普急忙趕來探問周瑜的病情，周瑜卻悄悄對他說：「這是我使的計策。我的傷口已經不怎麼疼了，我故意裝出那個樣子，是想讓曹軍以為我病情嚴重，放鬆警惕。現在你按照我的吩咐去準備，可一舉擒獲曹仁。」便把自己的打算告訴了程普，程普聽了，連聲稱妙。

過了一會兒，中軍大帳忽然傳出一片哭聲。吳軍將士都驚疑不定，紛紛傳言周瑜箭瘡發作，已經死了。不久，果然各營都接到掛孝舉哀的命令。消息傳到曹營，曹仁大喜，立刻決定留陳矯帶領小部分人馬守城，自己親率大軍，以牛金為先鋒，曹洪、曹純為後隊，連夜偷襲吳軍營寨。

當天半夜，曹仁帶兵來到周瑜大寨，一聲吶喊衝入寨門，卻一個人影也沒有見到，只是到處虛插著許多旗幟而已。曹仁知道中計，急忙下令退軍。忽聽四下炮聲齊發：東邊韓當、蔣欽殺來，西邊周泰、潘璋殺來，南邊徐盛、丁奉殺來，北邊陳武、呂蒙殺來。曹兵大敗，三路軍馬都被衝散，首尾不能相救。曹仁帶著十幾騎殺出重圍，正遇曹洪，便收拾敗殘軍馬，一同逃走。沿途又被凌統、甘寧先後領軍攔截，曹仁眼看回不了南郡，只得掉頭朝襄陽方向逃去。

周瑜、程普收住眾軍，逕直來到南郡城下，卻見城頭旌旗遍布，敵樓上閃出一員大將，高聲叫道：「都督莫怪！我是常山趙子龍，奉軍師將令，已奪下南郡城多時了。」周瑜大怒，下令攻城。城上亂箭射下，哪裡攻得上去？

周瑜只好暫且收兵，與眾將商議，打算先派甘寧、凌統各引數千軍馬，分頭奪取荊州、襄陽，然後再回兵攻打南郡。正在調撥人馬準備出發，卻接連接到探馬報告，說諸葛亮用曹仁的兵符，連夜詐調荊州、襄陽的守城軍馬來救南郡，然後乘城中守備空虛，卻叫張飛襲取了荊州，關羽襲取了襄陽，不費半點力氣，這二處城池已經都歸屬劉備了。周瑜詫異地問：「諸葛亮怎麼會有曹軍的兵符？」程普說：「他攻破南郡抓住了陳矯，兵符自然都被他拿去了。」周瑜聽了，氣得大叫一聲，箭瘡迸裂，一頭昏倒在地。

過了半天，周瑜才漸漸甦醒過來。眾將再三勸解，周瑜卻始終嚥不下這口怨氣，發誓要把南郡奪下，交還東吳。正在此時，魯肅從後方趕來。周瑜拉著魯肅的手，請求他幫助自己，與劉備、諸葛亮一決雌雄。魯肅卻說：「不行。如今和曹操的戰鬥還沒有最後分出勝負，吳侯親自帶兵圍攻合淝，與張遼正相持不下，要是現在和劉備自相吞併起來，萬一曹兵乘虛而入，局勢就危險了。再說，如果把劉備逼急了，獻城投降曹操，聯合起來一同攻打東吳，我們怎麼辦？」周瑜憤憤地說：「我們用盡心計，耗費了這麼多兵馬錢糧，到頭來卻讓劉備撿了現成便宜，真是太可恨了！」魯肅勸道：「都督請先忍耐忍耐，讓我親自去見劉備說理，如果說不通，再出兵也不晚。」眾將都說這個辦法好，周瑜也只得答應了。

魯肅打聽到劉備和孔明現在荊州，就帶了幾名隨從趕奔荊州相見。一路上，魯肅見到劉備的軍營旌旗招展，軍容整齊，不禁暗自稱讚孔明治軍有方。到了荊州，孔明大開城門，親自把魯肅迎入府中。魯肅也不客套，一開口就直奔主題：「我家主公吳侯和公瑾都督派我來討還荊州。上次曹操率領百萬大軍南下，就是衝著劉皇叔來的，多虧我們東吳出兵殺退曹軍，劉皇叔才逃過一場劫難。東吳耗費了大量的錢糧軍馬，荊襄九郡就應該歸我們所有，現在劉皇叔卻坐享其成，恐怕道理上說不過去吧？」孔明說：「子敬，你是個明白人，怎麼也說出這種話來？常言道『物歸原主』，荊襄九郡是劉表的基業，劉表雖死，他的兒子還活著。我家主公與劉表情如兄弟，現在以叔父的身分幫他的兒子收復失地，有什麼不可以呢？」魯肅說：「要真是劉琦公子占據了南郡，事情還好商量，可是如今劉琦公子遠在江夏，根本不在這裡呀？」孔明說：「子敬想見公子嗎？」隨即吩咐左右：「請公子出來。」只見兩個侍從從屏風後面攙扶著劉琦走了出來，對魯肅說：「我身體有病，不能施禮，請你不要怪罪。」魯肅吃了一驚，一句話也說不出來，過了好長時間，才吞吞吐吐地說：「要是公子劉琦不在人世了，須將城池還給我東吳。」孔明含混地答應說：「子敬說得在理。」隨即吩咐設宴，款待魯肅。

魯肅辭別了孔明，連夜回寨來見周瑜，將經過一五一十地告訴他。周瑜不高興地說：「劉琦年紀輕輕，怎麼可能轉眼就死？這荊州什麼時候才會還給咱們？」魯肅說：「都督放心。我看劉琦面色羸瘦，氣喘嘔血，一副病懨懨的樣子，想必已經病入膏肓，不超過半年準保沒命。那時再去討荊州，劉備就沒有藉口推托了。」周瑜依然怒氣未消。忽報孫權遣使節到來，說孫權領兵圍攻合淝，一直無法取勝，特令周瑜調撥軍馬相助。周瑜只好暫且班師，把戰船士卒交給程普統領，趕往合淝支援孫權，自己回柴桑養病去了。

卻說劉備自從得了荊州、南郡、襄陽，心中歡喜，便召集將士，商議未來的方針大計。謀士馬良說：「荊州四面受敵，恐怕不適合長久據守。不如上表舉薦公子劉琦為荊州刺史，留守後方招納賢士，安定民心。主公則親率大軍南征，奪取武陵、長沙、桂陽、零陵四郡，積儲錢糧，做為日後發展的根本。」劉備聽從了馬良的建議，送劉琦回襄陽養病，留關羽鎮守荊州，自己和孔明帶領一萬五千人馬，以張飛為先鋒，趙雲為後隊，向零陵進發。

零陵太守劉度聽說劉備大軍到來，便叫他兒子劉賢與大將邢道榮帶領一萬多士兵出城迎敵。二人離城三十里，剛剛依山靠水紮下營寨，就接到探馬報告，說孔明親自率領一支人馬趕來，邢道榮便引軍出戰。兩陣對圓，邢道榮出馬討戰，只見對陣中一簇黃旗左右分開，推出一輛四輪車來，車中端坐一人，頭戴綸巾，身披鶴氅，手執羽扇，指著邢道榮說：「我就是南陽諸葛孔明。曹操百萬大軍，被我略施小計，殺得片甲不回，你們哪裡是我的對手？不如趕快下馬投降。」邢道榮聽了，哈哈大笑，說：「赤壁鏖兵，全靠江東周郎的運籌謀畫，和你有什麼相干，敢到這裡來招搖撞騙？」說完，掄動手中的開山大斧，直奔孔明殺來。孔明回車便走，陣門重新閉闔在一起。邢道榮衝入陣中，只望定那簇黃旗追趕。轉過山腳，黃旗忽然停住，從中央四散分開，卻不見四輪車，只見一將挺矛躍馬，大喝一聲，直取邢道榮，卻是張飛。邢道榮打了幾個回合，氣力就跟不上了，只得撥馬逃走。張飛隨後趕來。忽然喊聲大震，道路兩邊的伏兵一齊殺出。邢道榮拚死衝殺過去，又被趙雲截住了去路。道榮料敵不過，又無處可逃，只得下馬請求投降。

趙雲將邢道榮綁送到大寨中，交劉備、孔明處置。劉備喝令推出去殺了，孔明急忙阻止，對邢道榮說：「你要是幫我捉住劉賢，我便准你投降。」道榮連聲答應。孔明問：「你打算用什麼辦法捉他？」邢道榮說：「軍師要真的放我回去，我自有一套說詞。今晚軍師可來劫寨，我為內應，包管一舉活捉劉賢。只要抓住劉賢，劉度就會乖乖地主動投降。」劉備有些不相信，孔明卻說：「邢將軍不會騙我。」就把邢道榮放了回去。

邢道榮回到本寨，將事情的經過如實地告訴了劉賢。劉賢問他：「現在該怎麼辦？」邢道榮說：「我們不妨將計就計，今夜命將士們埋伏在營寨外面，在寨中虛立一些旗旛，等孔明來劫寨的時候，一擁而上把他捉了。」

當夜二更，果然有一彪軍馬殺到寨口，每人各帶草把，一齊放火。劉賢、邢道榮從兩側殺出，放火的士兵連忙後退，劉賢、邢道榮兩軍乘勢追趕。趕了十多里，忽然敵人都不見了。劉賢、邢道榮覺得勢頭不對，急忙趕回自己的軍寨。將近寨門，從裡面衝出一員大將，借著火光看去，正是張飛。劉賢忙叫邢道榮：「大寨是回不去了，不如索性去劫孔明的營寨。」於是又往回走。走了不到十里，趙雲突然引兵從斜刺裡殺出，一槍刺邢道榮於馬下。劉賢急忙撥馬要逃，背後張飛趕來，一把將劉賢活捉過馬，綁縛著去見孔明。

孔明命人解開劉賢的捆綁，給他換了一身新衣服，又親自擺酒為他壓驚，要他回去勸說劉度投降。劉賢回到零陵，見到父親劉度，極力稱讚孔明的恩德，勸父親投降。劉度聽從了，當即在城頭豎起降旗，大開城門，雙手捧著印綬，親自到劉備的大寨投降。劉備讓劉度繼續做零陵太守，將劉賢調赴荊州，隨軍辦事。零陵全城的百姓都非常高興，夾道歡迎劉備進入零陵。